U0668402

青绿如许

王雁翔 著

SPM
南方传媒 | 花城出版社

中国·广州

图书在版编目（ＣＩＰ）数据

青绿如许 / 王雁翔著. -- 广州 ： 花城出版社，
2024.3
ISBN 978-7-5749-0225-1

Ⅰ．①青… Ⅱ．①王… Ⅲ．①纪实文学－中国－当代
Ⅳ．①I25

中国国家版本馆CIP数据核字(2024)第061196号

出 版 人：张　懿
责任编辑：陈诗泳
责任校对：卢凯婷
技术编辑：凌春梅
装帧设计：集力書裝　彭力

书　　名	青绿如许
	QINGLÜ RUXU
出版发行	花城出版社
	（广州市环市东路水荫路 11 号）
经　　销	全国新华书店
印　　刷	广州市岭美文化科技有限公司
	（广州市荔湾区花地大道南海南工商贸易区 A 幢）
开　　本	880 毫米 ×1230 毫米　32 开
印　　张	9.875　19 插页
字　　数	245,000 字
版　　次	2024 年 3 月第 1 版　2024 年 3 月第 1 次印刷
定　　价	60.00 元

如发现印装质量问题，请直接与印刷厂联系调换。
购书热线：020-37604658　37602954
花城出版社网站：http://www.fcph.com.cn

人不负青山，青山定不负人。

自 序

辑 一

青绿如许

目录
Contents

自 序

在河源，生态、绿色是一切，自然、天然是一切。

走马粤东北

　　我知道，某一天，我还会来这里。看没看够的青绿，也看江水般奔腾的发展，感受这里的江上之清风，山间之明月，让这方秀美水山再濯洗我的眼睛，沐浴我的心灵。

　　这是我结束河源之行，离开那天的真实心境。有些恋恋不舍，像与相识多年、情感笃厚的老友话别。

　　我决意奔赴粤东，偶然，也必然。

　　有一天，朋友来电话："想不想去万绿湖玩一趟？"

　　我说："万绿湖在哪儿？"

　　电话那边，半晌没声儿。然后，他呵呵笑道："在河源哈！"

　　我仍一副不依不饶的傻相："河源又在哪里？"

　　朋友不吱声，也许是气笑了，然后在电话那头笑。我也笑，笑自己。

　　挂了电话，我猜他当时肯定一脸愕然，被我问愣了，脑子卡壳，有点转不动，又或者懒得解释。

万绿湖我当然听说过，也晓得河源在哪里，但我确实没去过。

这是2023年寒露过后的事情。放下手机，我心里猛然一惊，觉得很惭愧。

当然，朋友说我孤陋寡闻，倒也未必。作为一名资深媒体人，我几乎跑遍了祖国的万水千山，小到新疆、西藏、云南、贵州的偏远乡村，大到名山胜湖，不敢妄说见多识广，但多少还是经见了一些地方。在广州生活快二十年，岭南的市县大都去过，有的远不止一两次。后来我认真想了一遍，竟唯独河源没去过。它像一股春风，一滴春雨，一只飞鸟，悄然从我的生活里漏掉了。

打开中华人民共和国地图，很容易找到河源，噢，在这里，一个1988年设立的地级市，山岭与盆地相间，气候温和，光照充足。

河源下辖源城区、东源县、连平县、和平县、龙川县、紫金县，地处广东东北山区与珠江三角洲平原地区的接合部，东江中上游，东靠梅州，南接惠州，西连韶关。

河源东周为百越地，秦汉属古龙川，隋唐时置循州。《旧唐书》载："河源，隋县。循江，一名河源水。"因而得名河源。自秦始皇帝三十三年（前214年）设县，以先秦百越为肇始，以赵佗任县令为起点，历经百代之久远，是客家人开发岭南最早的地区。

2023年10月的第三个周末，我出发了，决定利用宝贵的假期，走进北回归线上这个被我遗漏的地方。

走马，当然不是骑马，这个时代也无马可骑。我的行程仓促而潦草，只能算走马观花，或者蜻蜓点水。

行走从万绿湖开始。原来的想法是，把湖边的六个镇走一遍，在湖边300多公里的慢行里，享受一段湖光山色的惬意时光，然后返回广州。但在一种巨大的陌生与好奇里，突然改变了方向，我想看到更广阔深邃的未知，便越走越远。

走在连绵起伏的山区丘陵间，我被满眼深沉的青绿，被这片土地上的纷繁多彩，被眼前美丽的山川，被大自然的鬼斧神工、神奇造化，被遇到的许多人和事深深震撼。

也许人生就是这样，一方山水，有人在此劳作居住，有人慕名而至，有人遥望思念。

回来之后，我在电脑前沉默地坐了很久，在沉默与寂静里，反复思量自己的细碎经历，那些巨大的喜悦与感动。我珍视这些经历，想努力抵近一种内心与现实的真实，便有了这本小册子。

尽管我已从那迷人的青绿里回来，但我心里清楚，我仍然没读懂、没看清它，就像我走进龙川古县，走在东江边，走进山区乡村与那些脸膛黝黑、内心明亮执着的人面对面时一样，我恍然知道自己很无知。

我们平常说一个地方好，大都会有这样一个评判标准：山美，水美，人美。

"地势坤，君子以厚德载物。"

莽莽苍苍，浩荡蓬勃的粤东北，就是这样的福地。在这里，生态、绿色是一切，自然、天然是一切，恰如你我所愿。

王雁翔

2023年12月于花城广州

辑 一

. . . .

即使一天里的同一时间，万绿湖的绿也是不同的，抬眼四顾，因为距离远近，绿色便有了万千变化，嫩绿、碧绿、翠绿、青绿、深绿、翡翠绿、湛蓝绿、墨绿、苍绿……每时每日每月，都会随着大自然的阴晴雨雾与四季而变换

碧波如海万绿湖

    万绿湖的早晨，从氤氲的雾霭里醒来，舒缓，从容，像一位戴着神秘面纱、姿态婀娜、绰约妩媚的美少女，风情万种，犹抱琵琶。

    从民宿出来，沿小坡一路向下，在鸟声与淡淡的花香里，穿过一排排挺拔的绿树，走向新港码头。

    人在静谧的山水间，仿佛也站成了一棵绿树，一茎轻轻摇曳的花，一棵落着晶莹露珠的草，从容，自在，幸福。

    早起的鸟儿有虫吃，鸟儿比人起得早。在碧绿的山野里，在绿树上，在静静泊在湖边的游船上，欢快的鸣唱此起彼伏。

    万绿湖是鸟儿歌声轻轻唤醒的，还是朝阳的一缕缕阳光？

    如梦似幻的雾霭笼罩着湖面与青山。朝阳升起，薄薄的轻纱由浓渐淡，一点一点慢慢消散。各种鸟儿仍在树上叽叽喳喳，像迎接一场隆重热烈的盛装舞会。深吸一口气，清新的空气里有甜丝丝的气息，这是清甜湖水的气息，草木的气息，大地的芬芳。

2023年10月23日早晨，我将从万绿湖开始——

我眼前是辽阔、苍茫，被誉为"山中海洋"的万绿湖。

它确实不像湖，长140千米，宽12千米，根本望不到边儿。万顷碧波远远超出了我对湖的概念与想象，它是被翠绿群山环绕的碧海。

我站在望不到边际的大水边，思考湖的意义。

人们将湖泊称为海子，最早的历史出现在隋唐，据说元世祖忽必烈建立元大都后，中原地区便有了海子的称谓。

清代董敬舆《十刹海观荷用苏文忠公金山诗韵》：

北人不识江与湖，潴水为潭便称海。

金源十刹迹成尘，指点烟萝果安在。

空余高柳绕坡陀，屋宇之外皆澄波。

……

新疆是我国陆地面积最大的省份，面积约占我国国土总面积的六分之一。我在广袤辽阔的新疆工作生活多年，新疆地大物博，人的眼界也宽，他们不把湖叫湖，不论大小，都称为海子。赛里木湖，开车环湖一周需一个多小时，够大，但新疆人说，小得很，一面小小的镜子嘛。

赛里木湖、天池、纳木错湖、青海湖、洱海、滇池，都可以从湖的一边眺望到浩瀚水面隐秘缥缈的另一边。万绿湖的边在哪里呢？

如果绕着湖边起伏的山峦与峡谷跑一圈，得多久？

"太大了，还真没绕湖跑过。"从河源市文化广电旅游体育局挂职万绿湖景区管委会副主任、年轻帅气的博士曹源哈哈笑道。他告诉我，万绿湖总面积1600多平方千米，森林覆盖面积1100平方千米，水域面积370平方千米，蓄水量139亿立方米，360多个岛屿错落于辽阔的湖水中。想揭开万绿湖的神秘面纱，看到它的全域、全貌，必须坐直升机从高空鸟瞰。

太阳已经升起很高了。我从万绿湖南端，也就是景区旅游码头登上一条游船，向着湖面深处驶去。

尽管已是深秋时节，粤东北山区的阳光仍是炽热的。上午的浩瀚湖面，薄纱般蒸腾的雾霭已悄然退去，退到四周的山谷与山巅。翁郁青翠的峰峦倒映在湛蓝清澈的水面，与纯净的天光、洁白的云朵共徘徊。几只白鹭掠过水面，向远处静谧青翠的小岛飞去。快艇在船尾犁出一道长长的波浪，白色浪花如晶莹的珍珠飞溅，像飞机在蓝玻璃般的天空拉出一道白雾。白浪两边的水面微微漾起涟漪，像无边柔滑的蓝色丝绸，在微风里轻轻起伏、鼓荡。

万绿湖因四季常绿而得名。但这里的绿，不是单调的，而是千变万化的绿，湖四周层峦叠嶂，有海拔超千米的高山，亦有称不上雄伟险峻，却秀丽清幽的群山，山牵着山，山拥着山，围着湖高低起伏、绵延。湖中岛屿星罗棋布，大的上千亩，小的不过数亩，大山林木苍苍莽莽，小岛杂花灵草葳蕤，青松、茂竹挺拔，在辽阔的盆地中，形成清秀妩媚而又壮阔奇丽的人间仙境。

即使一天里的同一时间，万绿湖的绿也是不同的，抬眼四顾，因为距离远近，绿色便有了万千变化，嫩绿、碧绿、翠绿、青绿、深绿、翡翠绿、湛蓝绿、墨绿、苍绿……每时每日每月，都会随着大自然的阴晴雨雾与四季而变换。从湖到山，绿得纯净、透明，沁人心脾。

湖水颜色也会因天气阴晴、深浅，而呈现出澄、青、绿、蓝诸般变化。

暮春时节，桐花盛开，青山绿水间的大片大片淡雅白，形成一道"十里飞雪"的独特景观。青翠起伏的山峦上，洁白的桐花一簇簇、一片片肆意怒放。

深秋，岛屿和山林里夹杂的枫叶红了，还有油茶树的花朵，为苍绿添上零星的火红与洁白，又是别样的美。

辽阔的湖面上，晴天丽日，月落满湖，星子在水上如金菊，如金币，浮光跃金，静影沉璧；夕阳西下，红霞落于山林、湖面，鸟儿在岛屿间，在林梢飞翔，落霞与孤鹜齐飞，秋水共长天一色；薄雾天，满眼苍茫迷离，云海缥缈，时沉时浮，萦绕岛屿、群山，如梦似幻，恍若海市蜃楼。

我用长焦镜头拉近，看湖边茂林上的一只鸟，尾长而白，背白，头顶黑，长冠羽黑白，中央尾羽纯白，背及其余尾羽白色带黑斑和细纹，下身黑色，飞羽棕褐色，次级飞羽外缀有黑色斑点，中央尾羽棕褐色，外侧尾羽褐色，布满白色波状斑，而尾下覆羽则是黑褐色又有白斑，嘴黄色，而脚是鲜红色。

再细看，心里嗡儿一声，那是国家二级保护鸟类白鹇，可是一般地方难得一见的稀客啊！

白鹇的主要栖息地是中等海拔的亚热带常绿阔叶林，喜欢在森林茂密、林下植被稀疏的常绿阔叶林和沟谷雨林，或者针叶与阔叶混交林里活动，以锥栗、悬钩子、百香果等植物的嫩叶、幼芽、花、浆果、种子，以及蝗虫、蚂蚁等为食物。

难得见到真容的白鹇，竟然出现在万绿湖。

我再将镜头移向有白鸟的小岛。羽毛洁白，体形结实，头圆、嘴厚、颈粗短，略显橙黄的牛背鹭，有10多只，在绿枝上忽起忽落。

牛背鹭喜欢栖息在牧场、湖泊、水库，是目前世界上唯一不以食鱼为主，而以昆虫为主食的鹭类。在空气清新、植被茂密、生态环境很好的海岛上，我多次与它们相遇。

有些鸟类，对生存环境的要求十分严苛。它们的身影，往往是一个地方生态环境的晴雨表。

此刻，近处的山与岛，碧绿如翡翠，远山如墨，或浓或淡。空气清新湿润，人便不由自主地大口呼吸，心情舒畅得想对着碧波与青山大声呼喊。我试着喊了一嗓子："万绿湖，我无限地爱你！"

声音一出口就消散了。我忽然觉得有些不妥，面对如此静谧的湖光山色，自己一嗓子粗犷的喊叫，很粗俗。真正的爱大都不在嘴上，而在心里。静水深流。

欣赏万绿湖的美，要安静下来，远离尖叫与喧哗，用心灵慢慢欣赏、体味。

导游周捷航笑说："我也无限热爱万绿湖。"

42岁的周捷航，身形结实，脸庞被骄阳涂上了淡淡的古铜色，肩上背一个蓝色双肩包。

他不是一般的导游，在广东省导游技能大赛中获得明星导游和最佳风采奖，被文化和旅游部评为"金牌导游"，是万绿湖景区负责导游中心和研学中心的部门经理。

从广州商学院房地产专业毕业，周捷航原本可留在广州发展，他却主动放弃了多家企业的邀请，理由竟是喝不惯城里的自来水。

这话听起来矫情了。

周捷航嘿嘿笑道："我家在河源连平县，门前就是连平河，连平河是新丰江的一条支流。我自小喝山泉水长大，不是矫情，是真不习惯城里的水。"

2004年，他毅然回到家乡，在河源万绿湖旅行社当国际导游，带着旅游团在世界各国跑，薪水比国内导游高近一半，别人都挺羡慕。不料干了几年，他又主动要求到湖区的导游团队工作。

他说："第一次进万绿湖，我就被这里的湖光山色迷住了，没想到自己的家乡有这么美的风景。我是真心喜欢这里。"

他宁愿拿比原来少一半的工资，也要天天走在这青山秀水间。这期间，广州几家大型旅行社多次想高薪挖他，不管对方待遇多好，他皆雷打不动。

跟无数在外漂泊的年轻人一样，在河源，他先租房住，然后东挪西借凑钱、从银行贷款，买了一套不大的房子栖身。他的生活其实很需要钱。他的放弃与选择，在朋友和亲人眼里是不合时宜的、另类的。

想起《论语·雍也》：

知者乐水，仁者乐山。知者动，仁者静。知者乐，仁者寿。

我眼前的周捷航，不是知者，也不是仁者，他是一位普通人，是身上背负着房贷的打工仔。但他又是令人心生敬意的人。他的追求让我想到柏拉图《理想国》里一则"洞穴隐喻"的故事：

有一群囚徒，居住在一个洞穴之中，洞里有一条长长的通道通向洞外边的世界。

他们身后燃着火把，火光把囚徒们举着的各种各样的道具，投射到他们眼前的洞墙上。

囚徒们脖子和双脚都被铁链子锁着，没法回头，时间长了，他们便认为那些影子就是真实的世界。

后来，有一些人挣脱了枷锁，向着洞外的光亮走去。因为在洞内待得太久，眼睛被洞外阳光刺得流泪、疼痛，有人又折身逃回洞里。而一些勇敢的人，则坚定地走出去，去看真实的世界。

柏拉图是古希腊最伟大的哲学家之一，他的老师是苏格拉底，亚里士多德是他的学生，他被希腊人称为"阿波罗之子"。

英国哲学家阿尔弗雷德·怀特曾这样评价他："整个西方哲学史无非是对柏拉图的一系列注脚。"

名利、权利……形形色色的欲望与诱惑，都是我们人生的洞穴。

哲学在人与世界的关系上，有三种观点：自由的智慧、科学的知识和存在的方式。其实，这也是哲学为人类开出的三种境界。

智慧的含义很丰富，但自由的智慧应该是一种摆脱、解放、超越。

记得罗翔教授有一句话：这个世界上最远的距离，就是知道与做到之间的距离。

知与行的选择，需要勇气、觉悟，周捷航没有被欲望的枷锁捆住脚，他听从内心召唤，选择了一条自己的路，干自己喜欢的事情，过自己想过的人生。

途中，我们需要扔掉垃圾，若身边没有垃圾桶，他会第一时间要过去，装进双肩包里的一个塑料袋，走到有垃圾桶的地方再拿出来投进去，或者就那样一路默默背着。他热爱、敬畏自然，在身体力行里确立自己不一样的人生体验与追求。

再打量眼前这位客家汉子，心里又想起作家迟子建的话：只要心灵美好，一切皆微不足道。

水月湾，是万绿湖内一个认识水的景点，主题是水文化。下船上岛，树木葱茏，绿叶婆娑。

关于水月湾得名，有两种说法：一是从高空俯瞰，这片水域像弯弯的月牙；另一种是，清代李汝珍章回小说《镜花缘》第六、七回："百花仙子降生于岭南河源唐秀才家。"

进湖区之前，在景区码头看到一块牌子：

百花仙子

百花仙子是天界中的花神，担任的是最美丽的任务，掌管天地间上百种花草，被誉为"百花之主"。

小说《镜花缘》讲述：总司天下百花的群芳之首百花仙子，被贬入凡尘，降生在海丰郡河源县的秀才唐敖家为女，名叫唐小山。父亲唐敖在游历海外40多个国家后，上蓬莱山成仙而去。唐小山为寻回父亲，不顾千辛万苦前往小蓬莱，并在泣红亭识得仙机。遵父命改名诏闰臣，回到家乡认真攻读，参加武则天开设的"女试"，获得了功名。但她并没有做官,决意再次上山寻父,最后寻父不着,自己也留在山上修炼,再也没有回家。

我盯着牌子上的文字看了半晌,一头雾水。想起作家彭程的文字:"一个地方的山川风物,如果与历史沾上边,不管是信史还是传说,都会被赋予某种意蕴或者滋味。这些属于历史范畴的因素未必有多重要,也许不过是一些残屑碎末,但仍然会产生一些影响,给天地之间氤氲出某种特别的东西,仿佛瓷器上一道闪亮的釉彩。"

我觉得还是第一种说法比较靠谱。但此时,我无法像孙大圣那样,蹦到高空俯瞰体会这弯弯的月牙。

亲水长廊步道上,上下三千六百年,不同朝代、不同书法家笔下的99个水字,一个一个一直延伸到长廊尽头。

在亲水长廊上看到一块牌子,颇有意趣:

客家话中的"水"

客家话中"水"的使用率很高,且不少与普通话的意思相差甚远:

【进水】jìn shuǐ 即赢利、收入。水喻"钱财"。

【出水】chū shuǐ 因语境不同,有多种意义:①犹普通话之"出血",即赌博输钱或做生意亏本;②房屋建筑等竣工,客家谓"出水"或"下水"。

【吓出水】xià chū shuǐ 水指尿,有"吓出尿来"的意思,常用反义。

【渗水】shèn shuǐ 即"泉水"，多喻细水长流意，常指固定收入。

【醒水】xǐng shuǐ 对人际关系、利害得失或工作事务等精通明白。

【拱水】gǒng shuǐ 又为"乱拱水"，犹普通话之"搅混水""瞎掺和"之意。

【发大水】fā dà shuǐ 除字面意思外，客家话还有"发大财"的意思。尤指在生意上某次或某一阶段猛然大赚了一笔。

……

河源是纯客家地区，从"客家古邑"的历史荣光走来的一代代客家儿女，历经两千多年岁月，在这片神奇的土地上繁衍生息，创造了丰厚的历史文化，但乡音难忘，也难改。

后来，我在一些资料上看到东江"水源音"客家话：水源音，又称水源话、河源话，是一种分布于东江流域的客家话。

一方水土养一方人。方言是人类社会文化的一部分，通常与地域密切相关，不仅是承载信息的工具，也是情感交流的纽带。在地处东江上游的河源，广泛分布着一种内部颇为一致的方言土语，有水源话、蛇话（蛇声）、本地话等。这些方言土语有撮口呼、七个声调等异于别处客家方言的特点，虽然名称不一，但从语感到本质特征都相当接近，水源音流行的地方也同样通行其他客家方言。

水源音是明代以前自江西赣南迁到东江粤中片的"老客"讲的客家话，比"客家音"早一些。这些老客没有走闽西线至粤中，而是走贡水、桃江水一线到龙川、河源、惠州一带，因此他们所说的客家话被称为"水源音"。而明清时期走闽西线至粤东的"新客"所说的客家话，则被称为"客家音"。

章太炎在《新方言·岭外三州语》序言中说："言语敦古，与土著不相能……陋者且议其非汉种。余尝问其邦人雅训旧音，往往而在。"

也有学者认为，从当今语言面貌来看，河源水源音可划入方言范畴。

而相关研究资料显示，水源音的语言特征更多地与客家话接近。因为水源音与客、粤方言有很多相同的语音特征，在诸多重要的音韵特征表现上相当一致。另外，水源音许多词基本上与各地的客家话一致，尤其是客家方言的一些特色词也有大致相同的表现；无论词法还是句法，水源音都与其他客家方言保持了较高程度的一致性，但也有自己的个性与特色。

一位河源作家还给我送了一本学习客家方言的书，越看越有意思，但要学会说，并不容易。在广东工作生活这么多年，只能听懂一些简单的日常会话，始终不会说。

东江是河源人的母亲河。它发源于江西寻乌县桠髻钵，上游称寻乌水，流至广东龙川县合河坝，汇入安远水后称为东江，自北向南流经河源市区，作为其支流的新丰江从西向东绕城而过，两江在河源市区东面交汇。东江灌溉了河源的土地，哺育了世世代代的河源人。

据史料记载，新石器时代，河源人便依江而居，渔猎、躬耕，开启了最初的文明。"河源"的得名，也与其是三河（连平河、忠信河、新丰河）之源有关。河源于南齐永明元年（483年）设县，

1988年撤县设市，此间1500多年县名未变。

河源市东江流域面积达13737平方千米，约占全市面积的87.3%，东江是珠江流域的四大水系之一，流经境内龙川、和平、东源、源城和紫金等县区，长达193.6千米，再从紫金流入惠阳、博罗等县，至东莞石龙后入珠江三角洲。

清清东江水
日夜向南流
流进深圳，流进了港九
流进我的家门口

清清东江水
日夜向南流
流进了深圳，流进了港九
流进了我的心里头
……

前天，在来河源的路上，我一路上反复听着歌唱家张也演唱的《多情东江水》，心情如窗外苍翠群山般起伏。东江我并不陌生，沉稳、舒缓的江河水，能打开人的胸襟，也能抚平人心灵的皱褶。

一到河源，我立即去了市区的东江之畔，在江边一条蜿蜒数千米的自行车道上，骑着单车看风景。湛蓝的天空下，清澈宽阔的江水缓缓向前。夕阳余晖给青绿江水染上一片片或浓或淡的橙色，映着两岸翠竹绿树，草木葳蕤的浅汀沙渚，江风拂面，鸟语花香。在走走停停里远眺、遐想，很是惬意。

关于水，在岛上的水月广场，还看到一副对联：

朝朝潮潮潮潮水
日日日日日日月

岛上有一大片大京九市长林。2003年10月30日至31日，从北京到香港九龙的京九铁路沿线城市市长及中央、省级主管领导齐聚广东河源市，举行"大京九经济协作带第六届市长联席会议"，会议期间，京九铁路沿线城市领导在水月湾亲自种下了代表各自城市的市树。

一湖绿水皆春雨，半岸青山半夕阳。水月湾是观赏和拍摄日落的最佳地点。

"这水能喝吗？"我蹲在水边，双手掬起湖水，实在清得诱人。

"能喝！"周捷航坚定地回答。

随之他又说："万绿湖的水质，长期保持着国家I类水质标准，但烧开喝好一点。"

我没理会他后边这句话，掬起水喝了两口，清凉里有丝丝清甜。

在岛上缓缓走了一圈，我们在临水的茶吧要了几杯茶，坐下歇脚。

喝着茶，满眼湖光山色。景区广播里正在播放蒋开儒作词、刘玮演唱的歌曲《多彩的万绿湖》：

万绿湖啊你好美

太阳出来一汪胭脂水

万绿湖啊你好美

那个红呀那个红呀

就像那万朵红玫瑰

万绿湖啊你好美

绿色长廊镶了块大翡翠

万绿湖啊你好美

那个绿呀那个绿呀

绿得让人醉

……

喝着茶，听着歌，发呆，什么也不想，身心释然，甚至有些慵懒，就这样在这湖光山色里从容、闲散地坐着，傻傻的，呆呆的，不管不顾，任内心自由平静或澎湃，坐到晚霞染红碧波，月光的碎银落满湖面。

遗憾的是，喝茶的东西有些简陋，一大壶茶水，杯是纸杯，失了这好山水的情调。

这样的天气，如此静谧迷人的环境和氛围，喝茶该有一些讲究、情调的。紫砂壶，一两样糕点，酒精炉、烧水壶、茶叶，青瓷小茶盏或透明的玻璃小杯。去湖边取了水，坐于酒精炉上，热滚了，沏入紫砂壶中，黄观音、安吉白茶或英德红，茶叶的香气溢出来，茶色迷人，一句"香啊"便不再多言。茶一道一道喝着，淡了，换一种茶叶继续沏，有一句没一句，说些不咸不淡的话，无用的话，或者就某个彼此关心的话头缓缓聊下去，直到过了离岛登船时间。

在纯天然的山水间，能这样无所事事地坐着，让身心安静地沐浴在大自然的怀抱里，看湖光、岛屿、远山在天光云影里不断变化，就是一种难得享受的最浪漫的旅行。日子不紧不慢，人不慌不忙，甚好。

秋高气爽，阳光暖而不烈，又或者，坐一叶小舟，茶席移至舟上，三四人摇着橹，缓缓往碧水与青山相接处去，湖上风景移动，移步换景，在湖边浅水处，不期然里与一两只野鸭、黑水鸡、苍鹭、鸳鸯邂逅，人闲闲地坐着，吃着茶，万物静默如迷，也是极惬意舒心的。心回到了安静状态，人生里诸多困惑或许就厘清了，化解了。

急匆匆赶路、拍照，大呼小叫，不仅辜负了这静谧的好山好水，也与这人间美景不相宜。

周捷航说："2003年，万绿湖第一次发现桃花水母就是在水月湾水域。"

然后，我们起身走进了水文化馆，去看那难得一见的桃花水母。

让我惊讶、兴奋的是，在一个一个精致的小玻璃水柜里，一元硬币大小的桃花水母，在水里缓缓游动。

桃花水母因体形像盛开的桃花花瓣而得名。

因为全球环境污染，桃花水母已成为世界濒危、罕见的珍稀物种，是我国一级保护动物。据说它已存在6.5亿年的历史，比恐龙还早，被誉为"水中大熊猫"，是生物进化研究的"活化石"。

与人类相比，桃花水母更懂得如何在这个残酷的地球上生存。

跟萤火虫一样，桃花水母对生存环境要求极为苛刻——水质不能有任何污染。它的个体很小，伞部呈半球型，边缘有250至280根短触手，伞高约为直径的一半，伞底有四角形消化腔，体态晶莹透亮，触手与伞部略带粉砂色，在水中游动时，姿态如漂浮在水面上的桃花花瓣，被称为"水中精灵"。

桃花水母是一种淡水水母，喜欢生活在水深两米左右的湖泊中。在柔和阳光下，它们会游浮至水面；阳光强烈或阴雨天，则多在水底。运动靠伞部的收缩进行，以甲壳类水蚤及其他微小生物为食，生殖有有性与无性两种繁殖方式。

自2003年10月1日万绿湖首次发现桃花水母至今，它的身影已先后七次在湖区桂山码头附近、龙凤岛、水月湾等多处水域出现。2023年9月23日，龙凤岛周边再次出现桃花水母。

周捷航说："今年特别多，在3000多平方米范围内都可以看到，非常震撼。这说明万绿湖的水质是非常纯净、无污染的。"

2018年国庆节期间，中山大学生命与科学学院徐润林教授在水月湾水域现场鉴定万绿湖桃花水母：万绿湖发现的桃花水母学名为"索氏桃花水母"；桃花水母的近亲是珊瑚，其祖先比恐龙的祖先出现还早；桃花水母出现的地方，水质一定非常好。

桃花水母为什么几年难得一见？一是桃花水母直径为15到25毫米，体形小，通体透明，人的肉眼很难一眼看到；二是桃花水母喜弱光，有一定的趋光性，早、晚分布在水的上层或表层，中午光照强、水温高时，会分布在水的中下层。

一般什么时间比较容易遇见桃花水母呢？徐润林教授的答案是，每年6至10月的夏秋季节出现最多，因为适宜的水温和充足的食物使其大量繁殖，10月底或11月初，桃花水母群体数量会迅速下降。同一水域常年出现的现象罕见。

现在，这个珍贵的物种，已是游弋万绿湖的常客。

聊起万绿湖的天然生态，几乎每个河源人的神情里都透射着自豪与骄傲。

"万绿湖林区还有恐龙时代的植物桫椤树呢！"周捷航笑呵呵地说。

我说："桫椤树我在不少地方见过，云南的原始森林里不少。"

他眉毛一扬："桫椤树是恐龙的食物，有食物，说明这里很久以前有恐龙。"

他的话让我心里一震，倏地想起河源是"中华恐龙之乡"。

河源恐龙博物馆是中国科学院在广东地级市首个直接授牌的国家级博物馆。后来，我专门去看了。在馆里看到窃蛋龙类黄氏河源龙、霸王龙类牙齿、大型蜥脚类恐龙椎体等恐龙骨骼化石19具。馆里收藏的"黄氏河源龙"是南方发现窃蛋龙类化石的新属种。

"黄氏河源龙"，是恐龙向鸟类演化的重要佐证。

更让我惊讶的是，2002年河源市区石峡山发现恐龙足迹化石达8组168个之多，据专业鉴定，这些足迹化石，属鸭嘴龙类、兽脚类和甲龙类的脚印。

不是少见多怪，我确实没法不惊诧，恐龙蛋、恐龙骨骼、恐龙足迹，"三位一体"的恐龙地质遗迹资源，以及抢救发掘的恐龙蛋化石多达20000余枚，位居世界之首，荣获吉尼斯世界纪录。在馆里，我还看到不少整窝的恐龙蛋化石。

有如此神奇遗迹资源的地方，不能不被授予"中华恐龙之乡"的美誉。

博物馆旁边的龟峰山上，有建立于南宋绍兴二年的龟峰塔，是"河源八景"之首，有"东江第一塔"美誉，也是广东省内仅有绝对年份可考的南宋早期砖塔，塔下还有始建于南宋时期的龟峰古寺。那天上午，我很想爬上山，去看看那座平面六角楼阁式砖塔，无奈上山的栅栏铁门上挂着锁，只好作罢。

说不定我们眼前的丛林峡谷，曾经就是恐龙的栖息之地。

万绿湖地处北回归线上，受太平洋季风影响，气候温暖，雨量充沛，属南亚热带气候边缘，具有南亚热带向中亚热带过渡的性质。

这里年平均日照时长达2057小时。不仅日照时间长，阳光强度大，热量丰富，而且夏、秋无台风，春、冬少霜冻，温暖多雨，热辐射少，温和湿润。

周捷航说，万绿湖年平均气温21℃，即使南方最热的盛夏七月，这里的气温也多在28℃左右；一二月份，北方冰天雪地，滴水成冰，这里最冷也就12℃上下。

当然，冬季寒潮南侵时，这里也有短暂的0℃上下的霜冻现象，不过时间很短，一二十天就过去了。每年的无霜期在340至350天。

末了，他转脸看看我说："这里非常适合旅游度假或生活，欢迎你定居河源。"

我笑说："金牌导游的话我信。"

放眼望去，四周的山多浑圆，峰峦高峻，亦有悬崖峭壁的陡地深谷，皆被浓稠的绿覆盖。

湖面无时不绿，无山不绿，无水不绿，甚至连空气也带着纯净的绿意。忽然心生感慨，给这方灵秀山水命名万绿湖的人，是智慧之人，也是懂自然的人。

万绿湖生态之美，当然不只浩瀚清澈的湖水。

这里，除了11.5平方千米核心景区，还有约420平方千米常绿阔叶林，是北回归线上广东最大，也是世界少有的常绿阔叶林，是国家森林公园、国家湿地公园和广东省级自然保护区。

湖水、岛屿、溪流、林野，组成了万绿湖复杂多样的生态系统，丰厚的自然资源使万绿湖成为"植物王国"和"动物乐园"。湖区周围的群山及湖上的大小岛屿，均被茂密的森林覆盖，绿化率达98.8%，湖区森林覆盖率达75.6%，连片天然林就在湖区，生长着758种植物，活跃着140多种飞禽走兽。

据统计，万绿湖有维管植物184科589属915种，其中野生维管植物就有167科483属726种，分别占广东省野生维管植物的59.64%、29.36%和10.29%。珍稀濒危植物7种9属9种，其中国家重点保护野生植物4种。

动物资源亦十分丰富，有254种，野生动物149种，其中兽类24种、鸟类103种、爬行类14种，两栖类8种，在数量众多的动物中，国家重点保护动物20多种。

我知道数字是枯燥的，但数字里有科学，有万物平等，有人与万物的互相成就，和谐与共。

万绿湖水质纯美，有43万亩宜鱼水面，水域生态环境十分有利于鱼类繁殖和生长。湖内水生野生动植物丰富，共有经济鱼类13目18科73种。

敬畏自然、回归自然或与自然万物和谐相处，在这里已不是高谈阔论的话题，而是一种实实在在的现实存在。在这里，无论是动物还是植物，在生物圈中，它们跟人类一样，都拥有自己的位置和生存权利。

奥尔多·利奥波德说，一个事物，只有在它有助于保持生物共同体的和谐、稳定和美丽的时候，才是正确的；否则，它就是错误的。

利奥波德是谁？就是那位写自然随笔《沙乡年鉴》的作者，被誉为"生态伦理之父"，一位思想敏锐的观察家，造诣深厚的文学巨匠。

春天或秋天的万绿湖，很适合阅读《沙乡年鉴》《寂静的春天》《瓦尔登湖》。

登上龙凤岛，已是下午四点多。龙凤岛东部如龙，西部似凤，岛上有呈北斗七星状分布的百年奇松。这座岛上，也多是松树和枫树。

1996年龙凤岛开发初期，毛泽东的女儿李讷和丈夫王景清一起在岛上种下一棵细叶榕。时隔十年，2006年，她和丈夫再次来龙凤岛，又在这棵树旁边种下一株同样品种的细叶榕。二十多年过去，如今这两棵榕树已身粗如脸盆口，枝繁叶茂。

走到凤鸣谷，周捷航说，傍晚时分，这片山谷是各种鸟儿聚集的地方，百鸟归林，鸟声鼎沸，但游客很少能听到，清晨鸟儿早早就飞走了，去周围的山上和湖边觅食，等它们在外头玩一天归巢，游客们都下岛了。

下岛时，正是阳光西斜，白云如絮，远山如墨。不远处一座小岛，像一头静卧在碧波之上回望龙凤岛的雄狮，四周是白金般层层闪烁的涟漪。我端起相机，拍下了那个美到醉人的画面。

在万绿湖，可坐飞艇破浪，亦可坐小舟泛波湖上，有些地方还可撒网打鱼，体验渔夫之乐。万绿谷山泉急流是年轻旅行者的乐园，可在浪花飞溅的漂流里尖叫，激情四射。不管乐者，还是仁者，都可以悠然山水间，动静皆宜，各得其乐。

万绿湖的风景，是天然的，很少人为开发雕饰。

在岛上，在保护区，在山林里，我认识了许多以前不曾见过的树：白花油茶、红花油茶、木荷、铁冬青、半椎树、千年桐、山乌桕、苦楝、楠木、大叶相思、马占相思、柚木，还有珍贵的桫椤、金毛狗、半枫荷、黏木、见血青、藤黄檀等。

半椎树，秋冬时节结出的果子有点像板栗，炒了可以吃。

我的故乡叫桫椤，但大西北没有桫椤。桫椤喜欢生长在阴凉潮湿的地方。客家人管桫椤叫飞天擒罗、卡山捞，因为其刚刚长出的新枝是蜷曲的，像一只蜘蛛。

木荷，树冠浓密，含水量大，着火点高，不易燃烧，耐火、抗火性很强，是一种很好的防火树种。它的身躯笔直挺拔，直上云天。

铁冬青，叶和皮均可入药，凉血散血，有清热利湿、消炎解毒、消肿镇痛的功效。

大自然真是神奇，生物的多样性，有时不得不让人啧啧称奇。半枫荷是一种半枫半荷的树种，竟在一棵树上长出两种叶子，一种是类似枫香树（并非枫树）的叶子，一种是类似萱的叶子，叶片卵状椭圆形，人们将这叶子形象地称为荷叶。半枫荷是一种珍贵的药用植物。

据说万绿湖保护区，可入药的植物有500多种。

水月湾、龙凤岛、镜花缘，加上我未去的万绿谷，我看见的景致还不到万绿湖核心景区的3%。

这仙境般的湖光山色从何而来？

明天，我将探访它的前世。

2023年10月23日

矗立的丰碑

　　六十五年前，没有万绿湖。群山环绕的万绿湖是盆地和峡谷，是新丰江两岸富饶的鱼米之乡。

　　"有女就嫁榄子坝，又有萝卜又有蔗，又有糖条搭外家。"

　　"没了小江米，饿死槎城仔。"

　　跟云贵高原一样，丘陵山区间金贵的狭小平地，客家人也称坝子；小江是新丰江，槎城是河源城。这两则谚语，道出了新丰江沿岸地区的丰饶。

　　河源为何曾经被称槎城？《河源县志》记载：

　　南齐永明元年（483年），龙川析土置河源县，因县城建在新丰江与东江交汇处，形如竹筏而取名槎城。城池多次兴废，自建县始至元朝末年以上城为城，元末屡遭兵燹，城墙毁坏。明洪武元年（1368年）于滨江地带建筑下城。明隆庆五年（1571年）建上城（古城）。明万历十年（1582年）始两城并峙。在东江边地形低，谓之下城，又称旧城；在西边地形高为上城，亦称新城，其实新城是最古之城基。清乾隆十七年（1752年）修筑上城东门至下城鼓楼道路、桥梁、堤岸，双城一气贯通，形成两城并治格局。

新丰江发源于广东韶关新丰县云髻山，一路自东向南蜿蜒而来，进入河源境内，汇集河源半江、治溪、立溪、古岭、南湖诸水后汇入东江，沿岸林木蔚茂，谷地纵横，物产丰富，粮食产量占河源四成，柴炭、竹木及各种山货远销东南亚。

1958年，国家第一个五年计划重点项目——新丰江水电站拦截东江最大支流新丰江，形成了碧波浩渺的万绿湖，也有了旅游码头外的广东省新丰江林业管理局和新港镇。

新港镇原来不叫新港，叫碉楼。1993年4月的《广东省新丰江林业管理局局志》大事记记载：

民国十九年（1930年）建成碉楼，碉楼始有人烟。

新港原称碉楼，碉楼前身称钟坑。1930年前这里是高山深谷、苍山茂林、野兽出没、土匪横行的地方，也是库内人民往河源城必由之路。由于土匪经常行劫，行人生命财产难保。1930年，就近的鲤鱼乡、红溪乡各保群众和绅士要求防劫，两乡乡公所应求负责发动筹资，由两乡的五保和八保保长黄维兴等在钟坑分水坳筹建碉楼一座，当年建成，并派鲤鱼乡三保联防大队长古桂荣率兵驻扎碉楼，防匪行劫，从此，碉楼地方始有人烟。人们也以建筑物称此地——碉楼。原称钟坑地名逐渐消失。

是年春，"文革"中"破四旧、立四新"，碉楼地区干群认为碉楼这个地名含旧观念，应破掉，故改称为新港。当年八月得河源县革委会确认，批准成立新港革命领导小组，新港称一直沿用至今。

新丰江水库大坝，使深山峡谷和坝子变成了碧波万顷的库区，新港渐渐成了河源郊区，有了平坦公路，成了繁华热闹的镇街。

库区和新港整个地貌以山为主。东部的涧头、双江两区的东部是丘陵，坡度和缓，南、北、西部被海拔500米到1000米的高山环抱，境内峰峦叠嶂，溪水纵横，形成许多狭窄的谷地。库区周围群山，海拔800米以上的山有复船嶂、将军府、铁帽顶、大嶂顶、石头坑、轿子顶、南山、牛皮嶂、苦竹坪、桂山等。库区最低的地形是新丰江水电站底部，海拔43米。整个库区群山环拥，山谷纵横，山脉多数为东西走向，阴坡与阳坡差异明显，形成特殊的小气候环境。

地处水库边的新港，多是高山峻岭和峡谷。新港总面积12万亩，林地6.5万亩，其余几乎都是库区水面。

2023年10月24日上午，我们从景区码头驱车，直奔新丰江水电站大坝。

大坝位于万绿湖下游，不到20分钟车程。大坝也是湖区一个景点，但平时是关闭的，少有游客进入。

我在深秋的烈日里走上水电站大坝，走上一座历史与现实的丰碑。

没有游客大呼小叫，天地一派寂静，几乎听不到发电机组的轰鸣声。大坝一边是碧绿的万绿湖，一边是峡谷，大坝两岸山坡陡峭，往上趋向和缓，植被葱郁，湖水从大坝闸口泄出，在开阔的峡谷里喧哗着缓缓向前。

前方，就是河源的平原地带，出湖的新丰江会在9公里外与东江相会。

河源位于东江、新丰江交汇处，自公元483年建县以来，就是东江上游重要商埠和各种货物集散地。全长163公里的新丰江，年流量接近60亿立方米。

据史料记载，东江与新丰江两江洪水为患，不绝于史书。从明朝至中华人民共和国成立，河源有记载的严重洪涝灾害就有21次，凡涉洪涝灾害，多为持续暴雨引发的江水上涨。

新丰江两岸的亚婆山与亚公山两山夹峙，在这里形成上下落差数百米的峡谷，这段激流险滩，自古以来便是从韶关新丰一路沿江而下的船工们最胆战心惊的地方，穿过眼前这道激流与峡谷，就进入了江宽水阔的缓流。只要在亚婆山与亚公山最窄的山口——亚婆峡谷之间筑一道大坝，便能将两边的山连成一个天然的巨大水库。

《广东省新丰江林业管理局局志》大事记载：

1956年，国家第一个五年计划156项重点工程之一——新丰江水电站，经中央1956年和1957年全面测量及复查，确认新丰江建设大型水库是理想之地，批准建库发电。

实际上，早在1955年，上海水电设计院的专家们就已在新丰江两岸展开勘察。1956年1月，新丰江水电工程由原国家计委立项，华东水电工程广州勘测处接手勘测。1956年6月，中国水利电力工业部成立广州发电设计院后，新丰江水电站的勘察设计又交由该院设计负责。1957年9月，亚婆山峡谷正式确立为新丰江水电站坝址。

1958年4月，初步设计方案提出，最后选定了当时比较新型的单支墩大头坝方案。在确定坝体截面形状后，全体设计人员下工地绘制施工图，奋战四个月，完成技术施工设计。

1958年7月15日，新丰江大坝破土动工，工程由国家水利电力部新丰江水利工程建设局负责建设。1959年10月，大坝下闸蓄水，1960年10月25日并网发电。

已是深秋时节，阳光落到苍翠峡谷里，仍是热烈的，有一种金属质地，炽烈、明朗、洁净。静心聆听，隐隐里，能听到阳光颗粒落到灰黑色坝体上的叮当声。

此刻，我走在这座主体为混凝土结构，坝高105米、顶宽5米、长440米的大坝上，六十多年的阳光风雨，已缓缓给它庞大的身躯涂上一层层一片片黑色斑驳。

我扶着栏杆俯瞰湖面，有晕眩感，坝体的竖面似乎有略微的凹凸不平，我无法确定是视觉误差，还是原本就不够平。心头震撼如湖面上的涟漪，一层层涌动。

这是中华人民共和国成立后，我国第一批自主设计、施工、安装的大型水电大坝，是世界上第一座经受过6级地震考验的超百米高混凝土大坝。电站总装机容量29.25万千瓦，20世纪80年代之前，它的发电量占广东省一半以上，自建成之日起，一直发挥着防洪、发电、供水等巨大的综合效益。20世纪90年代之后，才逐渐由发电改为保障供水为主。

我默默地从坝顶的一端走到另一端，又折身往回走。坝上保安不时回头向我这边张望。他不晓得我在这里凝视、眺望、寻寻觅觅地干什么。工地上曾经的灯火、紧张、忙碌、喧嚷、惊叫……那些热火朝天、挥汗如雨的场景与人群，都已悄然远去。

让我心里更震撼的是，大坝建设时正是新中国百废待兴、物质条件极为匮乏的年代。雪上加霜的是1958年至1961年的三年困难时期。这对现在的我们来说，是陌生的，也是遥远的，已属于历史书籍中的一页。但在我86岁的母亲心里，在无数耄耋之人的记忆里，那是一段让人胆战心惊、中国最动荡艰难的岁月，是永远无法忘却的。

困难时期从1958年开始，一直延续到1961年，数以百万计的人口因为缺粮而饿死，困难时期和"大跃进"相互叠加，使社会经济陷入了巨大困境。在机械化十分有限，劳动工具极其简陋的条件下，土石方开采、围堰填筑等全靠人力徒手完成，最高峰时建筑工地上有2.7万劳动大军。

新丰江水库大坝建成后，原河源县回龙、南湖、锡场三个行政区和半江林场被全部淹没，部分半淹区有涧头、双江、顺天、灯塔、船塘等，共计8个公社11个圩镇389个村庄、18.4万间房屋、42.5万亩山林、17.9万亩良田被淹没水底，新丰江两岸10.6万群众迁离家园，这里变成了万顷碧波。

高峡出平湖。新丰江大坝不仅仅是国家第一个五年计划的建筑丰碑，更是一座精神丰碑。

于是，我默然离开大坝，又赶往另一个地方。

后来，我翻阅史料，查找出第一个五年计划：

第一个五年计划，简称"一五"计划（1953—1957年），是在党中央的直接领导下，由周恩来、陈云同志主持制订的，1955年7月经全国人大一届二次会议审议通过。至1957年，"一五"计划超额完成了规定的任务，实现了国民经济的快速增长，并为我国的工业化奠定了初步的基础。第一个五年计划的制订与实施标志着系统建设社会主义的开始。

在东源县城，我走进新丰江库区纪念馆。

馆内安静、肃然。细节丰沛的曾经已在这里浓缩成令人肃然起敬的历史，在馆内的展墙上，变成一组组数据和文字、一帧帧黑白照片，如清泉般默默流淌。

对亚婆山峡谷坝址，勘测报告这样描述："地形优越地质良好，坝段系粗粒花岗岩区，坚硬密致，漏水率小，地质无重大构造问题。"

1958年5月，解放军0462部队一个营的工兵部队开进工地，率先承担起进厂公路修筑和导流明渠开挖。除工程技术人员外，大量施工人员从广州、惠阳、佛山、韶关、汕头等地区，响应号召奔赴亚婆山峡谷大坝建设工地。建设者们先修通了河源县城至亚婆山的公路，修筑了一条10公里长的窄轨铁路、2座混凝土桥、8座码头、一座跨河吊桥，动力厂、搅拌塔、民工房、职工宿舍、饭堂等各种临时建筑绵延近三公里，热火朝天的奋战打响了。灯火辉煌的夜晚，像一片闪烁的星斗散落在了亚婆山峡谷。

巨大而艰险的工程，在展板上浓缩成一行简洁的文字：整个工程包括上下游围堰、导流明渠、坝基开挖、大坝、机房、机组安装六大块。

上游围堰为土石混合，混凝土盖面的过水围堰，位于坝轴线上游120米处，堰体长170米，高30米，底宽110米。下游围堰在坝轴线下游140米处，原设计用14节木框组成长100米，高15米，宽15米的结构，因木料供应困难，施工时修改为土石混合结构。围堰施工从1958年7月开始，仅用135天时间，上游围堰就堆高至40米的高度，上下游共填筑土方5.5万立方米，石方7.5万立方米。

数据，一个接一个数据，数据细碎而枯燥，但每一个数据背后，都是人，无数的人，是用双手创造这些数据的人，是默默无闻的建设大军。

我没有打扰馆里的工作人员，一个人默默地看，眼前的数据和画面，攫人心神，一时间如穿行于梦境。

当时，根据河源36年的水文记录，新丰江流域雨期多发生在4至7月，2月的降雨量不会超过82毫米。但1959年2月，施工工地暴雨如注，天像漏掉了，暴雨不管不顾，降雨量竟超过了240毫米，翻了近三倍。

1959年2月23日17时，刚刚筑起的大坝下游围堰被洪水冲垮，对大坝围堰进行抢险加固时，新丰江水利建设局第二工区党委副书记肖强和女技术员黄慎容不幸被洪水冲走，壮烈牺牲。

在"大跃进"时期上马的新丰江水电站，是"三边"工程，即边勘测、边施工、边设计，总体设计方案与施工细节之间，因为各种困难与条件限制，不断修正，要以最快的时间、最低的建设成本确保工程准确无误地完成，其艰难、曲折与考验可想而知。

第一次围龙，从3月12日下午两点一直持续到第二天下午六点。围龙开始前，天空无雨，天气预报也是无雨，但围龙攻坚战打响后，却是持续的大雨，不停上涨的新丰江如脱缰野马，怒吼，激流，一泻千里，势不可挡。

像一场提前精心预谋好的巨大考验，工人们持续一天一夜的奋战成果，最终没能抵挡住狂野的洪流，费尽千辛万苦刚刚围龙的堰体轰然坍塌。

时间，时间！争分夺秒，没有时间等待。3月19日，第二次围龙攻坚战再次打响。

近一个月的围堰抢修过程，新丰江大坝施工技术人员将其艰难与艰险过程，详细地写进了《在洪水期间抢修上游围堰施工技术总结》，刊登在1959年9月出版的首期《新丰江工程》杂志上，以专业细致的理论、丰富翔实的图表，留下了技术人员对大坝建设的呕心与忠诚。

何谓围堰？展馆有这样一段拓展介绍：

围堰，是指在水利工程建设中，为建造永久性水利设施修建的临时性围护结构，其作用是防止水和土进入建筑物的修建位置，以便在围堰内排水、开挖基坑，修筑建筑物。一般主要用在水工建筑中，除作为正式建筑物的一部分外，围堰一般在用完后拆除，围堰高度高于施工期内可能出现的最高水位。

新丰江水电站大坝是单支大头坝，坝体由19个支墩及两岸重力段组成，其中6到9号支墩为引水坝段，10至13号为溢水坝段，混凝土的浇筑程序，对整个坝体至关重要，两岸坝体混凝土与河槽坝体混凝土浇筑必须同时进行。

为保证混凝土浇筑质量，混凝土入仓温度要控制在28℃以下，若超过这个值限，则必须停止浇筑。所以，从1958年10月30日一直到1960年6月才基本完成浇筑，共浇筑混凝土61.75万立方米。

1959年10月，新丰江大坝开始蓄水。

1960年6月，新丰江水电站工程竣工，正式并网发电，创下当时国内同类水电工程建设速度最快、工期最短纪录。

在此之前，时任中共中央中南局书记、广东省委书记陶铸已亲笔写下苍劲有力的六个大字：新丰江水电站。

像一个令人难以置信的传奇故事，在新中国最困难的时期，在极短的时间里，新丰江大坝拔地而起，巍然屹立于粤东北的高山峡谷之间。

展馆里几乎看不到施工机械，镐、钎、锤子、箩筐……一件件简陋的工具；一张张施工图片与图表；一张张徒手抱石、水中捞石、挑石、碎石，工人划着扁舟投掷石料，在湍急的江水中奋战的图片，让人心生无限敬重。整个工程几乎全靠建设者的血肉之躯和双手，现在的我们完全无法想象，155万立方米的土石方全靠人工搬挖，8万立方米的石方全靠肩挑手抱。

这是一座2.7万建设者的丰碑，是劳动人民智慧与信仰的丰碑。

但巍然屹立的大坝，重重考验才刚刚开始。

新丰江水库大坝按6级抗震设计，但1959年10月20日水库蓄水后至1964年底，大坝附近记录的微震超过18次。

1960年5月27日，水库蓄水水位达到82米时，5级以下地震在大坝和水库附近不断发生。7月18日，忽然发生6级地震。此事立即引起党中央高度重视。为确保大坝安全，全国地质、地震、水工结构等专家迅速展开专题研究，新丰江大坝抗震加固战斗就此紧锣密鼓地打响。

第一次抗震加固，用"人字斜墙"将各支墩连接成一个整体，以增强横向稳定，标准按抗震震级8级设防。然而，就在加固工程即将完成之际，1962年3月19日4时18分，一场6.1级地震袭来，大坝右岸坝段顶部出现82米水平裂缝。左岸坝段同一高度也有较小不连续裂缝。

随之，二期加固启动，大坝防震级别被提高至9.5级与百年洪水水位110米结合设计，将坝体空腔43米高度以下部位，用混凝土填实，增加抗滑稳定。面对坝腔内爆破、新老混凝土接合等一个个技术难题，工程技术人员迎难而上，经过三年不懈努力，二期抗震加固工程于1966年1月完工，重新浇筑混凝土18.4万立方米。

紧接着，人防工程加固铺开，全部封堵大坝下游侧颈部空腔和第一期加固的"人字斜墙"连为一体，组成前沿厚墙，开凿左岸泄洪隧洞。此次加固后，水库大坝在正常水位116米高度时，抗震能力达到9.5级震级。

1969年9月，第三期加固工程完成。

此时，距大坝建成并网发电，时间已悄然过去了近10年。

截至2014年，新丰江水电站四台国产水轮发电机组，55年累计发电458.5亿千瓦时，属于完全多年调节性水库的新丰江水库，总库容138.96亿立方米，经历半个世纪仍运行良好。

村落是人类生活和精神的家园，千百年来，人类在这个载体中孕育、生存、长大，开枝散叶，绵延生息。按照大坝设计，新丰江库区水位线为120米高程，120米高程以下的群众都要搬迁。库区10.6万人，不得不离开昔日家园。

1993年4月的《广东省新丰江林业管理局局志》大事记记载：

1958年5月，新丰江水库在亚婆山下破土动工。6月23日河源县委、县人委成立"河源县移民安置委员会"，下设县移民安置办公室，组织指挥开始大清库，移民大搬迁，仅用一年多时间，就完成了大清库和十多万移民搬迁异乡安置。

按照清库要求，在水位120米高程以下的600多平方千米范围内的民房建筑、牛猪栏、厕所、树木及坟墓等物体，必须在1959年底水库蓄水发电前，全面清除干净，并做好消毒工作。118米高程以下的杂草、树枝等漂浮物必须焚烧，树木砍伐后残高不能超过30厘米，房屋墙基残高不得超过50厘米，为水库建成后发电、防洪、灌溉、航运及水产养殖扫清障碍，为库内和下游人民卫生健康消除隐患。

"建设新丰江水电站是国家经济建设发展的需要，献出家园，就是为社会主义建设作出自己应有的贡献。"抱着对祖国深沉的热爱，10.6万库区移民不计得失，献出世代生息的家园，踏上了重建家园的迁移之路。

有人根据当时的实际情况，算过一笔账：移民物资有农具、牲畜、家禽、粮食、种子、家具、炊具等，总载量约为19.31万吨，拨当时的3吨位卡车计算，需要6.53万车次运载。当时广东省委调拨了30辆汽车，按每天60车次，运量120吨计算，移民物资需要4年时间才能完成运输。

在展墙上，有这样一行字：

鼓足干劲，力争上游，多快好省建设社会主义！

我想这应该是水库移民搬迁时的一条标语。

不管多难，一切都在令人肃然的秩序中紧张地进行着。

为了使移民搬迁物资及时运往安置点，除了用车、船运载外，政府还发动群众扎竹排运送，交通不便的地方用推车和人力挑运。

由于移民安置方案不断调整变化，从库区迁到惠阳秋长的移民，还未到达安置地便被拦截，重新回到河源蓝口，当他们刚在蓝口安顿下来时，又被通知迁往韶关。

有的迁移地偏远，山高路陡，水陆路不通，移民们拖家带口，肩扛背驮，搬迁异常艰辛。有的挑着物资走了几十公里，在集结地等不到车，在路边风餐露宿。

我在展馆看到当时的清库标准：

树木、杂草：每平方公里1500元；

5年以上坟墓：每座2.5元；

5年以下坟墓：每座4元；

金埕：每个0.2元；

房屋：每间5元；

牛栏、猪圈等清理并消毒：每间0.5元。

短短一年时间，2.6万人外迁惠阳、博罗，韶关曲江、仁化、乳源等13个安置点，8万人前往河源县埔前、东埔、木京等154个安置点。

但因前期准备不足，移民到达安置地后，需要自行建移民房。很多移民到达安置地后，只能寄居在当地的祠堂、老屋、牛栏，或者自己搭草棚居住，又加上在三年困难时期，准备不足、资金短缺、先搬迁后安置等原因，各种难题也接踵而来。

生产生活条件困难、难舍故土、迁出后无处安身，刚刚迁出的移民，又大规模倒流回原地。

1961年到1962年，安置在韶关、惠阳及河源县内埔前公社等地的移民，出于安置选点不当、水土不适等诸多原因倒流回库区，仅1961年冬，原新丰江水库人民公社人口就从1.8万人增加到了3.5万人。

对于移民倒流回原地的原委，展馆里也有一段文字：

移民搬迁安置初期，住房条件困难、粮食严重不足、医疗卫生条件差，又处于国民经济困难时期，移民面临着巨大的生存挑战。

当天下午，我走进河源市源城区沥背小区一栋三层小楼，聆听80岁的肖火盛老人讲述这段难忘的经历。

肖老说，他家原来在库区南湖，家里有六亩稻田，七间瓦屋，生活不富裕，但吃得饱饭。

1958年春天，他家是第一批库区移民。肖老当时15岁，他爸爸和两个叔叔还没分家，一大家十四口人生活在一起。

他们家被迁移至博罗安置。两个叔叔先过去建房子，在那边半年，房子还没建好，无法适应那边的生活，就回来了。到了这年冬天，他家又被安排移民韶关，两个叔叔又先去，3个月后又跑回来了。

原来的家没了，田也没了，没地方安身，临时搭个草棚，一直熬到1959年8月，才移民到现在的东源县柳城镇。整整三年，没地方住，都是借住别人家的房子。一大家人，挤在两间小房子里，三年后才住上安置房。

肖老说："倒流回来的移民，有的在库水没淹到的山上开荒种田，有的在自家的山上搭草棚生活，库区水位上涨了，就再往山上移，死活不愿离开。"

他家田没了，没了收成，又是生活最困难的三年困难时期，家不停地搬来搬去，没吃的，没上学，也没事干。

"我像个流浪汉，家里人也顾不上管我。"肖老说。

1964年，肖火盛参军了，5年后退伍回来，被安排在河源石油公司上班，一直干到退休。

我知道事情肯定不会这么简单，但肖老说客家话，我听不懂，需要别人一句一句翻译，交流起来生涩，也困难，便不好过多打扰老人。

后来，我才知道，他的侄子肖龙是新丰江林业管理局干部，是万绿湖现在的建设者与守望者。

库区移民虽然回到了家乡的土地上，却不算家乡的人。当时粮食、布匹、油盐皆是凭票证供应，移民按规定无法享受到这些指标。

面对严峻的生存威胁，许多倒流回库区的移民，只能在库水没有淹到的山坡上开荒搭棚生存。偷砍树木、下库捕鱼，成了回流移民不得已而为之的选择。

罗翔在《法律的悖论》中说："每当一个问题只有一个答案时，答案的正确性总是可疑的。"

为解决库区移民问题，广东省决定成立专门机构管理库区。1962年11月，在广东省委、省政府支持下，"广东省新丰江林业管理局驻河源办事处"在新丰江库区双江公社斗背大队挂牌成立。5个月后，更名为"广东省新丰江林业管理局"，地址从斗背村迁至碉楼（现新港镇），主要职责是安置移民，发展林业，管理好水库。发展林业，盘活林地资源成为解决移民生产生活出路的一项重要任务。

1964年，河源县锡场、回龙、涧头、双江公社及灯塔公社的东坝大队等转为林场，并入新丰江林业管理局统一领导，同时成立锡场、回龙、涧头、半江、双江等五个人民公社，五个公社也是五个林场。新丰江林业管理局所在的碉楼，为库区的政治、经济、文化、交通中心。合作社、粮所、银行、邮电等　应部门也在这里相继建立起来，碉楼的一切单位和工厂、林场、交通、水电、船只都由林业管理局统管。

这年秋天，赴汕头视察工作的时任中共中央中南局书记、广东省委书记陶铸，返程到新丰江库区调研，得知近6万人口的库区，人均田地只有0.18亩，移民普遍吃不饱饭。陶铸回省后，广东省除分配20多名大中专生到库区担任林业技术员，每年还划拨造林补助款80万元，大米指标5万担，解决库区移民生活困难问题，新丰江库区掀起了轰轰烈烈的造林运动。1966年，库区锡场和回龙公社，两个月内就造出了"红旗山"和"革命山"两座万亩杉树山。

5年时间，库区山地造林20.2万亩。移民在绿化荒山头涵盖水库的同时，生活也有了一些基本保障。

因库区无法承担过多倒流移民的生活，1969年，河源县动员移民再次迁移。时值全国开展上山下乡运动，新丰江库区6800多名移民以"插队落户"形式，被安置到河源县内的灯塔、骆湖等地。因安置地承担不起众多移民人口，移民受当地村民排斥等，几年后，这些移民几乎全部倒流回库内。这一时期，广东省新丰江林业管理局被撤销，移民安置处于瘫痪状态。

一直到1981年1月23日，广东省下发文件，恢复新丰江林业管理局，重新负责管理库区移民安置工作，近万名居无定所的倒流库区移民，才落实户口，得到妥善安置。

关于新丰江水库移民，河源电视台记者、作家巫香丽经过三年调查采访，写有《故土家园》一书，书的序言里写道：

其实，伴随着移民工程开始，省、地区、县相对应的移民安置工作便已展开。移民部门曾以不断的曲折的尝试，追求库区移民生产发展的路子。造林伐木、种果种茶……只是，一个生产条件先天不足的地方，要变成稻谷满仓的沃土是何其艰难！政府的生产补助款，一度成为库区移民的救命稻草。

1980年之后，伴随着中国改革开放进程，国家、省、市移民扶持政策措施出台，新丰江水库移民的生产生活发生了翻天覆地的变化。1981年，广东省每年拨给新丰江库区360万元，免去库区移民10年公粮，新丰江水电站每发一度电返还地方一厘钱，从1987年起，广东省政府连续10年，每年拨款3000万元解决全省水库移民问题，每年分配给新丰江库区850万元。

从1984年到2003年，广东省先后五次出台扶持政策，解决库区移民安置及生产生活困难，其中2003年广东省政府下发82号文件，确定省财政每年安排省属水电厂水库移民专项经费1亿元，分配河源（新丰江水库和枫树坝水库）总经费1.41亿万元。

1995至1998年，广东连续三年共拨款2亿元，采取"外迁、内调、投亲靠友"的办法，将库区5万缺少生产条件、生活条件（简称"两缺"）的群众再次外迁安置到新建设的移民新村。

2006年，国务院下发文件，从2006年7月1日起，连续20年给予新丰江水库移民每人每年600元后期扶持资金。

从2006年到现在，国家和广东省发放直补到户的移民资金达7.6亿多元，使库区移民的生产生活发生了翻天覆地的变化。现在各级政府对水库移民的关心与扶持仍在继续。我相信，新丰江库区移民的日子还会越来越好。

沧海桑田，故土家园在蓝天碧水下长存，但时空永远无法隔断移民对"乡愁"的眷恋。

后来，在涧头镇，我跟许多水库移民一样，怀着一种难以言说的心情专门去看一座桥。它是新丰江水库唯一每隔几年可以看到一次真身的建筑物。

桥叫永定桥，始建于清道光二年壬午年（1822年），于道光五年乙酉年（1825年）竣工。为粤赣古道通往江西的径要之一。

桥是两孔墩柱式平桥，全部用花岗岩条石砌筑。桥全长60米，宽7.1米，桥两端砌成分水尖形，伸出约13米，桥两边设有围栏，高1.3米，两边桥身各有三块刻字石板，每块长36米，宽1米，其中西向一边刻"平砥""往攸有利""恒月"八个大字；东向一边刻有"直矢""永定桥""日升"七个字。每块石匾两边各有一副石刻对联，字迹模糊不清。

桥的两端为石筑古驿道。永定桥曾经连着粤赣两边的山川大地。

但是，我驱车一个多小时，跑到涧头镇东坝村，只看到万绿湖一角碧绿的湖水。永定桥在湖水之下。

我在湖边蹲了很久，然后起身返回。

在车上，脑海里想起每次回老家，都要去看少年时住过、已废弃几十年的几孔破窑洞。已经没人知道那故园曾经的一切，但我记得。

2023年10月24日

假如你能读懂万绿湖的绿

天上瑶池水，人间万绿湖。

万绿湖，是一片被赋予蓬勃生命的人间秘境。在这里，大自然的奇迹与人类的智慧、努力相交织，互相成就、相得益彰，共同创造出一曲壮丽的绿色、生态交响曲。

它像一块巨大的绿宝石，落在群山的怀抱里，其超凡脱俗之美，源自绿色、天然、生态，即使是景区的旅游景点，也几乎没太多人为雕饰。天然，是它最美的底色与最珍贵的品质。

万绿湖集水域壮美、水质纯美、水色秀美、水性恬美于一身，四周群山以及360多个岛屿均被茂密的森林所覆盖。也正因为这些罕见之美，万绿湖先后被评为广东省环境教育基地、全国首批"绿水青山就是金山银山实践创新基地"、中国优质饮用水资源开发基地，2020年被评为"中国十大氧吧"之一。

这方浩瀚缥缈的水域，不仅是国家4A级旅游景区，也不仅仅是华南地区最大的人工湖，更可贵的是，35年来，它的水质一直保持着国家I类地表水标准。

万绿湖每年以60亿立方米纯净甘甜的I类水汇入东江，是香港同胞，也是深圳、东莞、惠州等东江下游城市数千万居民重要的饮用水。

实际上，清澈纯净的万绿湖，远不止碧绿一种色彩。

2023年10月23日早晨，我从万绿湖南端，也就是景区旅游码头，跟肖建威、周捷航一起登上一条游船，向着湖面中部进发。

我是从湖的中部出来后，才去的旅游景点。群山与岛屿的青绿，湖水的碧绿纯净，如此辽阔的天然、生态之美，令我惊讶、震撼，同时心里也生出一个巨大的问号。

心念一动，我便翻阅资料，迈开双脚，想拉直这个问号。我相信，这也是无数来万绿湖的人想知道的——这里的湖水为何能三十多年一直保持国家I类地表水标准，奇迹从何而来？

快艇飞珠溅玉，在碧绿的湖面上轻轻犁出一道白浪。风在耳边呼啸，满眼纯净、纯粹的绿，远处是浩渺的墨色。其实那也是浓得化不开的绿。

我不想用陈词滥调描绘眼前掠过的美。我们几个人都安静地坐着，忘记了说话，或者不愿说话，不愿让说笑声打扰眼前的一切。我们沉默着，瞪大眼睛看，屏住呼吸看。我感觉我的眼睛和心都看化了。

在一处湖边，看到一行红色大字：

我们要像呵护眼睛一样呵护万绿湖！

游客少有到这里的。很显然，这行字是给自己人看的，是对守护这方山水的无数人的提醒。

快艇飞驰了一个多小时，抵达湖边一个山坡，三间瓦屋掩映在绿荫里，三个身着迷彩服的男人，八条大大小小的狗，立在岸边。

我对肖建威说："你走前边，都在列队迎接你。"

肖建威是广东河源新港省级自然保护区管理处副主任，是万绿湖的守护者之一。

他呵呵笑道："这是牛肚山管护站，三名同志负责这里的渔业和林业管护。平时外边来人少，来个人高兴得像过节。"

55岁的古惠恩告诉我，管护站人员一周轮换一次。三至六月为禁渔期。他比画着手势说，今年开渔节，渔民捕捞到一条重达165斤、长1.7米的大青鱼。

肖建威说："这么大的鱼，至少得在湖里生长二十多年。"

古惠恩是库区"移二代"，大坝蓄水时整个锡场公社全部淹在了湖底。古惠恩说："爷爷奶奶带着我父亲先后搬了五次家，先搬到船塘、治溪，后来又搬到半江镇，不停地搬家，最后才在高塘移民安置点安居下来。移民没了地，就没了吃的，为了活命，爷爷带着伯父和我父亲，靠在山里砍木材讨生活。"

偷砍与管护之间，是一对尖锐的矛盾。

古惠恩的爷爷当年为了生存，带着儿子砍树，现在，他的孙子守在这里看护山水茂林，这不仅仅是选择的转换，时光变迁，父辈们的曾经，现在的年轻后代已很少追问了。

肖建威也是库区"移二代"，父亲是万绿湖建库时的第一批移民。但我跟他聊那段岁月，他是模糊的，说得问他父亲。但他心里非常清楚的是，这湖碧水来之不易，必须睁大眼睛守护好。

后来，也就是2023年10月25日，我在河源市源城区东升路的一栋小楼里，拜访了肖建威78岁的父亲肖佰源。

肖佰源说："我这一辈子，只干了两件事，当了四年兵，围着万绿湖转了四十年。"

肖佰源的老家，原来在回龙公社合掌村，新丰江水库蓄水时，整个回龙淹在湖底，他家被安置在源城区埔前镇双头树。在那里无法落脚，不到一年，又倒流回库区。锡场也被淹在了湖底，他跟着父亲在锡场公社后靠的新岛村附近一个叫云下的湖边山坳落脚。

"我出生在库区，移民时已经13岁了，父母带着我们兄妹五个，坐自己扎的小竹排去埔前镇安置，那里啥都没有，没地方住，也没地种，大人一天三两大米，我们五个小孩没有口粮，一家人每天就靠父母的六两米活命。"肖佰源说，"在我的记忆里，小时候库区四周的山上绿油油的，全是森林，后来几乎被砍光，库区周边的公社也是林场，林场一边种树，一边砍树，每年要完成国家上调木材任务，许多倒流回来的移民也偷着砍，靠卖木材过活，生活非常困难，所以，我的父母很早就去世了。"

从部队退伍后，肖佰源先后在锡场镇、回龙镇任武装部长、镇长、书记，1992年进入新丰江林业管理局工作，带着职工一边管护万绿湖，一边植树造林。

肖佰源说："万绿湖的碧波饱含着库区十万移民的情怀与担当，党和国家一直在关心扶持移民的生产生活，随着生活的好转，老百姓的环保意识也强了，现在湖区的山水这么好，当地百姓有贡献。"

停了半晌，精神矍铄的肖佰源摁掉烟蒂："乡村振兴，村村通公路，老一辈人想都没想过，水泥路会修到那么偏远的小村子。我家原来山上的老房子还在，那是我父亲出生的地方，我出生的地方，我的儿子和女儿出生的地方。老屋一直留着，是纪念，也是对他们的教育。"

时光荏苒，那些曾经的艰难与悲伤，如今在灵秀山水的回馈中已沉淀、转化成他一脸的云淡风轻和爽朗的笑声。

东源县文联副主席叶德水说："肖老伯非常重视教育，两个儿子、一个女儿都是大学毕业。"

离开肖佰源家，走到喧嚣繁华的镇街上，想着他家上房客厅墙上那幅毛泽东苏绣挂像，想起了作家约翰·威廉斯的一句话：

你必须记得自己是什么人，你选择要成为什么人，记住你正从事的东西的重要意义。

现在，我们坐在万绿湖深处一个叫牛肚的管护站门前笑说，阳光温暖，也热烈。

69岁的罗亚学，他家世代都是渔民，一条渔船就是全家人移动的家，鱼打到哪里，家就在哪里。现在他的家在半江镇半江村。

我看湖区地图，半江镇地处新丰江水库上游最偏远的水尾处，如果从万绿湖边上新港码头坐船过来，几乎穿过了半个湖区。

罗亚学说："我家现在还是渔民，我自小就跟着父母在新丰江上打鱼。"

古惠恩笑了："他家日子比我自在好多，上班有工资，轮下去休息还可以打鱼挣钱。"

他的话逗得大家一片笑声。八条狗，在我们身后蹲一圈，像守护，也像听故事。

离开牛肚站，我们坐快艇继续往里走。保护区管理处在湖区周边设有8个管护站。

约半小时，泊艇上岸，45岁的站长刘志清像见了亲朋一样，满脸欢喜。绿树簇拥着一栋两层小楼，楼上是宿舍，一楼是餐厅、工作室。

大叶山管护站有四名管护员。

新港省级自然保护区始建于1976年6月，1979年3月归属于新丰江林业管理局，1989年9月晋升省级自然保护区，并更名为"广东河源新港省级自然保护区"。

保护区位于万绿湖中部与东北部，总面积7513公顷，林业用地6150.5公顷，水域面积1269.4公顷，按功能划分为核心区、缓冲区、实验区，森林活立木蓄积量16.7万立方米，森林覆盖率81.9%。

"这个站人员轮换时间稍长一点，半个月一次。志清是大叶山站工作时间最长的人。"肖建威说。

楼前四棵粗壮高大的桉树正在开花，成群的蝴蝶在枝叶上起起落落。我们围在屋外的桌子坐着喝茶、聊天。

1995年，18岁的刘志清来大叶山站工作时，这里没电，也没手机信号。从外头送进来的肉没法保存，吃不完，一两天就会坏掉。后来他们想了一个办法，将肉装进塑料袋，用绳子拴着沉进湖水保鲜。

满眼青绿山水晶莹剔透，风景如画，空气清新。阴雨天，烟雨迷蒙，晴天落霞染红山谷绿树，湖上银光闪闪，美若仙境。但这样的自然风光适合观光的游客，要长期在这里工作生活，孤独与寂寞并非谁都能忍受得了。

年轻人爱热闹，要恋爱，难以忍受生活里的诸般困难。跟刘志清同时分配来的五个年轻人坐卧不宁，甚至有人哭鼻子抹眼泪。那时没有轮换制，进山就是一年。年轻同事坚持不住，都一个一个离开了，唯刘志清没走。

常年守在这几乎与世隔绝的山水间，刘志清也寂寞，也孤独。白天忙工作，晚上，不能总坐着发呆、数星星，他在摇晃的烛光下写信打发难挨的时间。一封接一封地写，每天晚上写一封，给亲戚朋友和同学讲自己在库区山水间的见闻，写一棵树，初见的一只鸟或一条鱼，看到什么写什么。写了一堆，有客船路过，或送供养的船来了，捎到镇上去寄。

"你天天晚上埋头写信，一年得用掉多少蜡烛啊？"我逗他。

刘志清嘿嘿笑道："无聊呀，我们这里2001年才通上电，还时有时无，一直到2012年线路重新改造后，供电才正常。"

两天一小巡，三天一大巡，他和同事开着船，要巡查大叶山站守护的每个区域，还要经常开小船上岸，去附近村子里给村民宣传防火、动植物保护的各种规定和知识。

1996年秋天去一个村宣传，刘志清发现有村民用陷阱捕了两只黄色水鹿，一公一母。他和同事凑了钱，将两只受伤的水鹿买回来，在山上养了两个月，母水鹿养好伤放回了山里，公水鹿却死了。

他将死了的水鹿做成标本保存在管护站里，心里的内疚与痛惜很长时间都无法褪去。

刘志清说："原来的老房子在上边山坳里，没法住了，2001年才搬到了这里。"

我们起身跟着他，沿一条600多米长，1米多宽，近30°的坡度，铺满绿色苔藓的青石小径去后山。小径两边是高大的橄榄树、米椎树、杉树，一条拇指粗的眼镜蛇绕在路边树枝上。

刘志清说，出去巡逻，路上会碰到各种蛇，金环蛇、眼镜蛇等很多，要特别小心，有的蟒蛇，比盘口还粗。他每年从外头带回三四只小狗，刚长大，就被蟒蛇吃掉了。

"这里其他动物多吗？"我问。

"虎纹蛙、平胸龟，野外的监测设备还拍到过国家一、二级保护动物穿山甲、小灵猫、水獭、豹猫、水鹿等。我用望远镜观察过一次豹猫，比家猫略大一点，尾巴有身体的一半长，背部、腹部和四肢有纵行斑点，腰和臀部斑点小而多，背上的毛是土黄色，腹部毛灰白，眼睛边缘有白纹，脑门上有四条黑纹，非常可爱。"刘志清说，"还有赤鹿、小麂、食蟹獴、红颊獴等省级保护动物，挺多的。"

正说着，肖建威忽然手指伸到嘴边，示意我们噤声，然后，指向几米外一棵高高的杉树："上边有一只大斑啄木鸟。"

大家都静悄悄地往树上看。我端起相机，从长焦里看到一只灰嘴、灰脚，浑身黑色条纹，白色胸脯上略有红色的鸟。

还没等我摁下快门，它倏地飞走了。

啄木鸟我常见，抱着树咚咚咚地敲，大斑啄木鸟我还是第一次见。肖建威说："雄性的后脑部有一条红色，雌鸟没有。大斑啄木鸟跟赤胸啄木鸟和棕胸啄木鸟长得很像，唯一的区别是白胸脯上的一点颜色，胸脯带红色的是赤胸啄木鸟，带橙红色的是棕腹啄木鸟。"

我说："我镜头里看到的好像胸脯上有红色。"

肖建威说："那应该是赤胸啄木鸟，拍到没有？"

"没拍到，光顾着看了。"这是我拍照时总也改不掉的毛病，长焦镜头经常被我当望远镜用。

几个人不约而同地"噢"了一声。

很惭愧，我手上拿着看似专业的设备，却连摄影发烧友都算不上。

听着两个万绿湖守护者的见闻，我心里忽地一热，他们都是用心坚守哨位的人，如果缺乏真心真爱，哪里会有这些细致入微的观察与记忆？

肖建威说："大斑啄木鸟喜欢栖息针叶林、针阔叶混交林之中，吃昆虫及树皮下的蛴螬。亚热带常绿阔叶林是保护区分布面积最大、范围最广泛的森林植被类型，这里气候湿润，植被茂密，食物充足，野生动植物资源十分丰富，保护区现在记录到的国家和省级重点保护动物有56种，仅国家一、二级保护动物就有26种。"

后来我翻阅2021年11月的《河源新港省级自然保护区综合科学考察报告》，上面记载：

新港自然保护区国家重点保护野生植物共计4科4属4种：金毛狗、水蕨、苏铁蕨、普洱茶。

珍稀濒危野生植物6科6属6种：普洱茶、水蕨、苏铁蕨、黏木、薄叶红厚壳、半枫荷。

动物区系，共记录到陆生野生脊椎动物211种，东洋界种类117种，占55.45%，东洋界古北界种94种，占全部种类的44.55%。

爬行类区系，记录到的33种爬行动物，体现了保护区地处热带向亚热带过渡的区系特征。

鸟类区系，记录到的121种鸟类动物中，广布种占优势，种的地理成分表现为多种区系成分汇集。

哺乳类区系，38种哺乳动物中，属于东洋界种26种，广布种12种。兽类的迁移能力比较强，能穿越地理阻隔，呈现出古北界成分向东洋界渗透的现象。

肖建威说，万绿湖的野生动植物资源里，植物有956种，野生脊椎动物有270多种。仅保护区的鸟类就有121种，占广东省已记录鸟类的21.88%，占全国已记录鸟类的8.37%。其中国家Ⅱ级保护鸟类有22种，广东省级保护鸟类有19种。

《河源新港省级自然保护区综合科学考察报告》记载：

据调查，保护区记录到的121种鸟类中，被列入《濒危野生动植物种国际贸易公约》（CIIES）附录I的物种有1种，附录Ⅱ的物种有15种，被列入《中国生物多样性红色名录》的近危（TU）鸟类11种，被列入世界自然保护联盟物种红色名录（IUCN）的有2种，易危（YU）物种1种。它们按保护等级分别为：

国家Ⅱ级保护：鸳鸯、白鹇、鸫、黑翅鸢、黑冠鹃隼、蛇雕、松雀鹰、雀鹰、黑鸢、普通鵟、褐翅鸦鹃、小鸦鹃、草鸮、领角鸮、领鸺鹠、斑头鸺鹠、鹰鸮、白胸翡翠、栗喉蜂虎、红隼、游隼、画眉。

省级重点保护：黄斑苇鳽、栗苇鳽、夜鹭、绿鹭、池鹭、牛背鹭、苍鹭、大白鹭、中白鹭、白鹭、黑水鸡、三宝鸟、斑鱼狗、大斑啄木鸟、黄嘴栗啄木鸟、白颈鸦、黑尾蜡嘴雀、小鹀、灰头鹀

CITES附录Ⅰ：游隼

CITES附录Ⅱ：鸮、黑翅鸢、黑冠鹃隼、蛇雕、松雀鹰、雀鹰、黑鸢、普通鵟、草鸮、领角鸮、领鸺鹠、斑头鸺鹠、鹰鸮、游隼、画眉

中国生物多样性红色名录：鸳鸯、中华鹧鸪、鸮、黑翅鸢、黑冠鹃隼、蛇雕、草鸮、鹰鸮、游隼、白颈鸦、画眉

IUCN：白颈鸦、鹌鹑

我犹豫再三，还是忍不住抄下了这些名字，这些栖息万绿湖的珍贵鸟类，不仅仅是河源和广东人的自豪，也是世界和人类的宝贝。

据实地调查和参考相关文献资料所知，新港自然保护区共记录到的鱼类有59种，隶属于6目17科，占广东淡水鱼类208种的28.37%。

肖建威告诉我，青鱼、草鱼、赤眼鳟、黄尾鲴、倒刺鲃、鲤、鲢等主要分布在湖区的开阔水域；鳗鲡、鲇、黄颡鱼、斑鳢、大眼鳜等喜欢缓流的鱼主要分布在干流和支流的下游。万绿湖良好的自然环境，丰富多样的生存环境，为鱼类提供了良好的生存条件。

山上很寂静，也很热闹，万物蓬勃，那些珍贵的动物都在我们看不到的茂密森林里活动着，鱼儿在清澈的湖水里自由游动。也许那些美得妖艳的鸟，此刻就在我们看不到的树枝上注视着我们。

原来管护站的一排木头老房子，塌得只剩框架，几间旧瓦屋落满了时间的沧桑与斑驳，山坳原来的一小片菜地里长满比人高的杂草。

刘志清说："人不在这里住了，菜就没法种，种了也吃不到嘴上，都被野物糟蹋完了。"

他还想带我们去山上看一棵盘口粗的国家二级保护植物大血藤，但来回需要三个小时，我放弃了心里的好奇。

"平时出去巡逻，经常会看见黄腹角雉、白鹤、黑鹤、白头鹏鹕、黄嘴白鹭、绿鹭、池鹭、牛背鹭、苍鹭、大白鹭、中白鹭，还有黄斑苇鳽，白鹭最多。"刘志清的如数家珍里透着自豪。这些复杂难记的鸟名，像他心里百花园的花朵，他竟一朵一朵都记得花名，且如此清楚。

在他说的一大堆鸟名里，我只见过池鹭、牛背鹭、苍鹭、大白鹭、中白鹭、白鹭等极其有限的几种。

保护区的陆地几乎全部被森林植被覆盖，在这一望无际，起伏绵延的林海里，既有大面积的季风常绿阔叶林，也有针阔混交林，碧绿的湖水绕着岛屿与山腰。缓缓走在林间，呼吸着清新无比、有着淡淡植物芬芳的空气，满目苍翠，心旷神怡的感觉很难用语言精确描述。

肖建威说，湖中部的水质比国家I类地表水还好，可直接饮用。万绿湖的水质呈碱性，含有多种矿物质及多种人体必需的微量元素，常饮可防结石，平衡人体内的酸碱度，对健康很好，用这里的水做豆腐、酿酒、泡茶都格外清甜。湖里的大头鱼、桂花鱼、鲇鱼、鳝鱼等肉质特别鲜嫩。

茶圣陆羽说，山水上，江水中，井水下，泡茶最好的水是山泉水。肖建威眯着眼笑了："那是他没遇上万绿湖这么好的水，新丰江的水原本就好，在这里再净化、过滤，比山泉水更好。"

刘志清也笑："我们都是直接从湖里提水上来做饭，中午大家可以品尝我们用湖水做的饭菜。"

说笑里，从山上下到站里，已是午饭时间，三个大男人做好了饭，我们便洗手直接上桌。

三菜一汤：客家酿豆腐、两大盘清蒸大头鱼（一份带辣，一份不辣）、一盘青菜、一盆鱼骨汤。

这顿做法说不上复杂的吃食，我想我会深深记在心里。

山水间的纯天然美食，现在的人很难有口福吃到！

返回时，肖建威亲自驾驶快艇。

我想起他湖岸上的老家，很想去看看，肖建威说："正好路过，就在湖边。"

快艇在烟波浩渺的湖面如离弦之箭。万顷碧波壮阔、平静，太阳像一面有魔力的镜子，使远近不同的青山、湖面呈现出不同的色泽。湖面其实并非单一的碧绿，还有清灰、淡蓝、深蓝，颜色因阳光照射和观察视角而变化。

船在一处青绿山坳泊岸。岸上楼房错落着从湖边伸到山腰，有新楼，也有旧屋。不管平房还是楼房，皆背山面湖，人推开窗，走在路上，在山坡上劳作，抬眼就是碧波荡漾的湖，早晨或雨天，总有轻烟似的雾，或浓或淡，在湖面与山巅飘绕。没有红尘的喧嚣，也没有都市万般欲望的撩拨，静谧的大自然以它最美的仪态，照耀、沐浴着山里人淳朴、安详的身心。

这就是锡场镇新岛村云下自然村，肖佰源和肖建威的老家。

寂静，整个村子里静悄悄的，没有鸡鸣狗吠，也看不到人。上到水泥路边，一位60多岁的老者，笑呵呵地跟肖建威打招呼，请我们坐下喝茶。说笑几句，我们顺着水泥坡路走到一个转弯处，爬上一段陡坡，山梁后边是一处小山坳，有几栋民居。肖建威指着一排黑色的老瓦屋说："那就是我家的老房子，我们兄妹三人都在那里出生，现在变成了祠堂。"

小山坳里有楼房，却看不到人影，像一片刚刚遗弃的家园。坳里有两三亩梯田，一片菜地，一片不大的稻田，稻子早已收割，还有几处荒着。

肖建威转身，指着不远处湖岸上一栋青瓦白墙的两层小楼说："那栋楼是我家十多年前盖的，之前的房子被湖水冲毁了。"

我坐在山梁上歇脚，也看风景。

肖建威说，原来山腰的新岛村淹在了水下。现在万绿湖边的锡场、双江、半江、新港、涧头、新回龙六个乡镇，都是建新丰江水库时后靠（往山上搬移），以及后来倒流回来的移民，在高于湖水的山上继续建设家园和生活形成的。这些年生活好了，大部分人家外迁到城里居住生活了，锡场镇原来户籍人口有一万多，现在实际人口估计不到三千。

新岛村是锡场镇面积最大的一个自然村，山林面积有10多万亩，水域面积8万多亩，原来村里有300多人口，现在住在村里的已不到百人。

"据我爸说，云下村的14户肖姓人家，都是从回龙合掌村迁移到埔前镇后，倒流回来在这里落脚的，先是住简陋茅草棚栖身，后来各家凑钱，集体建了一栋不大的围屋，一家一间半房，一直住到70年代初，我家才建了那排老瓦房。"肖建威说，"我爸喜欢这里，几乎每个月，都会让我带他回来住几天。"

这里离河源市区有多远？肖建威说："陆路开车，一个半小时。"

离开云下村，快艇到景区水月湾，我和周捷航下船上岛。肖建威有事，急匆匆驾艇离开。10月25日，我在万绿湖活动了整整一天。

10月26日上午，我接着走进新港镇上的广东省新丰江林业管理局，继续追寻那个问号中的答案。

这是一个几乎与新丰江水库历史同龄的单位，1963年1月组建后，经历多次调整，但60年来，几乎一直是库区的行政管理机构。1998年11月，广东省新丰江林业管理局与万绿湖风景区管理委员会合并，"两块牌子，一套人马"。

"建新丰江水库大坝时，我母亲21岁，在工地上挑石头，整整挑了一年半。"林管局计划财务科科长邓立可说。

1995年7月15日，新丰江水库旅游风景区在新港镇一个简陋的粮食仓库挂牌成立。从此，新丰江水库也有了一个闪亮的新名字——万绿湖。

50岁的邓立可从广东广播电视大学毕业至今，已在这里工作近三十年。

他现在仍清晰地记得景区管委会最初开发旅游时的艰难，7个人只有2人有编制，当时县委给了5万元，用于管委会租房和购买办公用品，连建设景区码头的钱都没有。

邓立可笑说："那时真是穷，景区开放一年半，旅游门票收入只有2.5万元。一直到1998年国庆节，才建起现在的这个旅游码头。"

但在邓立可心里，一切都在快速地变化着。

他说，七八月雨季，湿气重，水层冷，湖面会形成五六十厘米的水雾，看不到水面，整个湖面都笼罩在雾里，四周的青山也薄雾缥缈，宛如仙境。春天，植物的气息特别浓郁，树木的新绿与老叶层次分明，空气湿漉漉的。那时，他和同事下乡镇都不带水，渴了，湖和河里的水都可以直接喝。

"早、中、晚，湖水的颜色因光线不同而变化，早晨淡一些，有浅浅的灰色，中午比较蓝，晚上蓝会更深一些，夕阳落下时，逆光的湖面是红色的。我每天都会看到它，看着它一天比一天美。"

我心里一动，我们对湖水的观察如此相近。

1993年4月的《广东省新丰江林业管理局局志》记载：

新丰江水泥厂，是省计委1988年3月批准立项，年产8.8万吨普通硅酸盐水泥的厂。1988年9月19日奠基动工兴建，经过23个月施工、安装、调试，1990年8月18日一次点火试产成功，转入投产。

厂区场地5.3万平方米，建筑面积11924平方米。全厂耗资1850万元，定为正科级企业单位，1991年全厂干部职工302名，水泥产品"天湖牌"质量好，很受用户欢迎。

后来这个企业为何被关闭？林管局企业管理办公室副主任邱小明接过话头说："水泥厂投产后，效益一直很好，后来职工增加到了400多人，算得上河源一家龙头企业。建这个厂子时，林管局还投入了卖木材积攒的30多万美元外汇。1995年11月因为不符合万绿湖的环保要求，就关停了。"

听说后来水泥厂这块地又建了一家星级酒店，邱小明说："酒店2008年开工建设，我们要求必须有污水处理厂，企业投入3500多万元，污水处理厂建好先运行，符合环境要求后，酒店才开张。"

邱小明告诉我，关闭的远不止水泥厂一家企业。改革开放初期，为了数万库区群众的生产生活问题，林管局改变过去单一的木材经营模式，走以林为主，林、工、商、渔、电齐发展的新路，为带动库区经济发展，先后成立了新丰江木材公司、木材加工厂、渔业公司等许多企业。库区经济发展很快，1991年时，库区社会生产总值已达到8000多万元，比原来增长了三倍多，一直到20世纪90年代末，效益都非常好。因为环保问题，壮士断腕，16家企业全部被拆迁关停。

关停水泥厂，只是新丰江林管局把万绿湖水质安全和库区生态环保摆在首位的开端。随后，一次次大规模环境集中整治相继展开，从70年代双江、回龙的鱼苗场、围截库湾的鱼塘、网箱养鱼，一直到绿寨景点和景区水上机动娱乐设施，凡是对生态可能造成污染的产业项目一律被关停，50多艘私人快艇被取消，累计拆除网箱、网袋1604个，灯光网5792个，拆除湖岸"两违"建筑设施135栋，拆除面积达1.79万平方米；完成桉树退出7.2万亩，建设新丰江水库上游固定拦截工程，在省、市大力支持下，投入5亿多元为库区周边六个乡镇建设污水处理系统，镇村垃圾全部实现无害化处理。

邓立可说："1997年，万绿湖景区导游，每人都要背一个橙色包，包上印着一行绿色字，'请把垃圾交给我'。实际上，从湖区开发旅游至今，上下一直都在探索如何在保护中发展，那么多群众要吃饭、要追求美好生活，也不能不发展。"

据史料记载：新丰江库区自1950年到1991年的42年间，累计完成国家木材上调和地销木材及森工产品等，共计120多万立方米，平均每年近2.9万立方米木材。其中80年代以来的12年，每年都在2.1万至6.4万立方米之间。

林管局林政保护科科长谢德强说，库区过去一直都是一边种树一边砍树，特别是改革开放初期到90年代初，木材采伐、林下经济是库区各镇的支柱产业，是群众的主要经济来源。

"生态林涵盖水源。"曾国栋告诉我，1993年，库区生态林和经济林实施分类经营，把80多万亩经济林划入生态林，划定省级以上生态公益林143万亩，占库区森林总面积的86%，建立了新港省级自然保护区、新丰江国家森林公园和国家湿地公园，库区的森林覆盖率、林木绿化率逐年上升，累计组织各类造林达100多万亩。

谢德强和曾国栋是同学，同年毕业，一起到林管局报到。有意思的是，两人却负责完全对立的工作。谢德强负责资源利用、砍树，而曾国栋负责绿化、种树。

我说："工作上的矛盾不会影响你俩同学感情吧？"

两人哈哈大笑。我也笑。

曾国栋说，1999年，省里推出生态林公益经营损失补助，第一年，每亩一年补偿2.5元，第二年每亩4元，然后8元，逐年提升，现在每亩已涨到了43.5元。到2002年，库区的生态林已扩大到150万亩。每年都在增加，现在总面积达到了166.5万亩。

"为了保护万绿湖，2003年，我们主动提出停止天然林砍伐，全面封山，一方木头都不让砍了。每年平均种树都在8000～10000亩，森林面积只增不减，现在库区的活立木面积达959万立方米。"邓立可说，"万绿湖是一个独特的存在，三十多年来，水质一直保持这么好。这是河源人的自豪与光荣。如果水质被破坏了，就辜负了几代人的付出与努力，我们几十年的工作也就白干了。"

2002年，万绿湖被国家旅游局评为4A级旅游景区。自1995年景区开发至今，万绿湖累计接待游客3000多万人次，旅游收入44.16亿元，带动库区群众就业2万多人，间接就业9.1万多人。

景区管委会领导告诉我，万绿湖景区21艘游船、9艘快艇从柴油动力船全部更换成新能源动力，需耗资2.2亿元，目前已更换了3艘，再难也要按三年计划全部换成新能源船。

实际上，为保护这湖清澈的碧水，从省到市、县，上下各级都在努力。自景区开发至今，他们严守一律禁止在万绿湖集雨区内进行工业开发，一律禁止在万绿湖周边区域进行破坏生态的农业与畜牧业开发，一律关闭万绿湖内有污染的宾馆酒店和旅游景点的准则。这些年，他们严守"三个一律"，将400多亿元、300多个投资项目拒之门外。

而河源市各级在湖区植被绿化、环保设施、监测管控、清除污染隐患等各类环保项目建设上，累计投入达13.4亿元。

早在2013年，河源市委、市政府及环保部门，就在全市抽调精兵强将与省环保专家组成团队，用3个月时间，采取系统资料采集、实地调研、监测等多种形式，对新丰江水库流域的生态环境与现状展开全面调查分析，查找影响水库生态系统和生态环境的问题，解剖水库生态环境承载力，科学编制了一份近300页的《新丰江水库生态环境保护总体方案》，并建立健全了协调管理、跨区联动、投融资、监测预警、生态激励、督查考核等六大长效机制，确保把新丰江水库建设成中国最洁净、最美丽的饮用水源地。

随着社会经济发展，新丰江流域畜禽养殖、生活源、农业源和桉树林种植的影响日益凸显，保护好水源的压力也在不断增大。为此，河源市、县、镇、村四级河湖长"全覆盖"，将任务、责任、措施一项项落实到具体的人肩上。同时在顶层设计与规划引导中，将环境保护工作目标和任务列入经济和社会发展总体规划。

近5年来，河源累计投入38.53亿元生态环境资金，用于水生态保护修复；划定畜禽禁养区1710平方千米，占流域面积30%以上，推进畜禽养殖标准化、规模化、生态化发展，提升畜禽粪污治理水平和资源化利用率；完善生活污水处理设施及配套管网建设，村级污水处理设施覆盖率达60.6%，将湖区13万亩桉树林改造为油茶林，实施船塘河、灯塔河等七条重点支流生态修复蓄水工程，保护动植物多样性，建设碧道47.4公里……

不只万绿湖，河源人的生态环保视野远比我们想象的更远更实。

后来，我看到早在十年前河源就出台的《关于东江水环境综合整治绩效评价及奖惩意见》及《东江水环境综合整治水环境质量监测方案》，完成了全市47条支流共50个监测断面的调查监测。全市建成生活垃圾压缩中转站59个，在10080个自然村建立垃圾收集点，关停非法采矿点151家。仅集中组织的环境保护执法专项行动就达10多项，禁止任何污染物进入东江和新丰江水域。在全省地级市中率先开展PM2.5监测。

这些举措与行动，使绿水青山就是金山银山的环保意识与理念，渐渐成了每个河源人的自觉行动。生态优先，绿色发展几乎成了各级干部的口头禅。

如何在高质量保护中找到高质量发展路径，邓立可说："绿色、生态是我们发展最亮的名片，也是发展的最大优势与竞争实力，路径在辩证法里。"

以自然之道养万物之生。

从2019年至今，他们为新丰江库区累计投入各类鱼苗3000多万尾，人放天养，让鱼在自然环境里自然生长，同时将禁渔期从两个月延长至4个月，每年3月1日至6月底为禁渔期，禁渔期给予渔民生活补贴，454艘渔船只减不增。

人不负青山，青山定不负人。

万绿湖"禁渔—放流—开渔"的生态探索里，确实有颇耐人寻味的辩证法。

2023年7月1日，珠江流域4个月禁渔期结束，万绿湖首次举办开渔节，停靠在万绿湖港口的50多艘渔船一出湖就满载而归。当天6万斤鲜鱼被抢售一空。

大江大海开渔节并不鲜见，湖里开渔却少见。

既然万绿湖是重要水资源地，各级都在为这湖纯净的碧水群策群力，为何还要如此大兴养殖与捕捞呢？

为"鱼"不为"渔"——

这是河源人既要高质量保护，又要高质量发展的生态创新实践。

万绿湖投放鱼苗，跟传统养殖不同，禁渔期的增殖放流，在"鱼"而不在"渔"。万绿湖的鱼不投放饲料，人放天养，以鱼净水，在最大限度地发挥鱼对水环境的生态修复，增强万绿湖水体自净能力的同时，渔民也有了丰厚的捕捞收获。

让万绿湖的青绿变成老百姓的金山银山，这就是河源人保护与发展，人与万物和谐共生的新追求、新实践。

2023年开渔节，不仅擦亮了万绿湖"生态鱼"的价值品牌，而且渔民们先期捕获的23万斤鱼，卖出了好价钱，同时带动当地餐饮业营业额增长了六成，优美的湖光山色也吸引大批游客，给文旅产业等多种业态带来了多重收益，远远超过了一条鱼的价值。

10月26日下午，我跑了一天，站在万绿湖边，清新凉爽的风拂过苍翠青山，掠过我的脸颊，眼前的湖面蓝丝绸般轻轻起伏。这辽阔纯净的湖水不再那么神秘，如果能读懂它的绿，那里面深藏着无限可能。那时太阳刚刚滑下山巅，我在心里问自己，在这个食品健康越来越引发人们关注的时代，最稀缺、最珍贵的东西是什么？当然是绿色、生态产品。

我记住了万绿湖绿美建设中的这个创新实践，也看到了河源在绿色生态发展中的追求与深邃目光——

把民宿产业作为拉长万绿湖生态旅游链条、促进乡村振兴的重要一环，围绕市场需求，打造特色化、差异化民宿，加大龙头民宿培育，推动民宿精品化、产业化、集聚化发展。

依托万绿湖良好生态资源和灯塔盆地国家农高区平台，打造大湾区重要的"米袋子""菜篮子""果盘子""水缸子""茶罐子"和"油瓶子"，全力推进生态农业品牌化、基地化、规模化发展，把万绿湖生态农业做大做强、做成精品，使之成为老百姓致富增收的好产业。

万绿湖位于河源市东源县境内，距河源市区7公里，距广州200公里，距深圳180公里，这片青绿山川会成为粤港澳大湾区的后花园吗？

我从河源一份资料上看到，利用"中国好水水源地"，把生态好水变成经济发展"活水""富水"的实践已结出喜人硕果。截至2023年10月，依托万绿湖优质水资源生态优势的水经济规模企业已有10家，实现产值48.2亿元。

在后来的行走中，我发现青绿之美，远远不止万绿湖的山水，整个北回归线上的粤东北山区，满眼皆青绿。生态优先，绿色发展的追求正在广东省"百千万工程"里开花结果。

2023年10月25—26日

春天，再平凡的花也会盛开

"如果定居河源，隔个十天半月，我就会来你这里吃一次鱼。"

傅小勇笑说："水是万绿湖的水，鱼是万绿湖的鱼，都是纯天然的。"

46岁的傅小勇身形瘦削，有一点谢顶。前半生他揣着一腔子滚烫激情及生活的千般无奈出门，跟无数乡村年轻人一样，去远方，四处奔波，寻找自己的人生。然后，他又回来，回到万绿湖边，重新做一个"渔家人"。

我认识他，纯属偶然。

"湖内游玩，湖外吃住。"看罢万绿湖湖光山色，累了，也饿了，从旅游码头出来，先找地儿把肚子安顿好。

出万绿湖不远，两三百米左右，一块大牌子——客家美食风情街。

往左拐过去不远，就到了街上。新港镇在万绿湖南端，镇政府、新丰江林业管理局等不少政府机构都在这条街上。所谓街道——新港镇新港中路，更像一条公路。高低不平的街道上，车很多，各种各样的车辆。大货车一辆接一辆急驰而过，卷起一阵一阵的风，也带起灰尘。双向车道，边上没有人行道，高高低低紧挨着的楼宇、店铺，过往行人紧挨着店铺和楼宇前的墙脚行走。

我走在前边，东源县文联副主席叶德水在后边不停提醒，甚至不时伸手拉一下我的衣角："往边上走！"

问题是，我已靠边走了，再往边人就贴到墙上了。我说："这路两边应该规划、修建一条人行道。"

叶德水笑了一下。我知道他笑什么。这不仅仅是钱的问题，修一两米宽的人行道，就得挖居民的院墙，甚至要拆人家的楼。

新港中路是公路，也是一条老街。

街道挺长，我们沿着路边，从店铺、居民楼前忽高忽低的台沿走到头，一处不大的如农贸市场的地方，两边宽敞处摆满了万绿湖和山上的各种特产，晒干的小鱼小虾、茶叶、蘑菇、木耳等，左手边是新港码头，停泊着七八艘班船，像一个海边港湾。那些散落于湖区周边的乡镇、村子、岸上人家，可走陆路，也可以坐班船，在寂静与繁华之间往返。

在熙熙攘攘的人流里，那些穿着时尚的年轻人，摆摊开店的人，是否还记得这片地域曾经的历史？民国时期，这里山高谷深，荒山野岭，盗匪出没，百姓为防匪患而筹资建碉楼，并因一座建筑将这里命名为碉楼，后来又将碉楼易名为新港的曾经，对他们是陌生的。即使是老一辈人，这也已成了一段渐去渐远的模糊记忆。在生态旅游的新生活里，新港在旅游小镇的繁华与热闹里，正在书写着蓬勃发展的新篇章。

街道两边，挤挤挨挨的多是商店与餐馆，许多餐馆正改造装修，三四层的楼宇，看上去规模不小。

我们又沿街道的另一边往回走，回到街道的起点，走进"渔家河鲜馆"。

餐馆两层，整洁敞亮，是一栋居民楼下的商铺，一楼散桌，有少量包间，二楼皆包间。我们在一楼包间坐下点菜，服务员说："黑松露焖鸡和粥饮桂花鱼，是我们这里自创的招牌菜，许多回头客都会点。"

叶德水说："好，这两个菜点上，让远方的客人尝尝。"

服务员出去，我说："德水你肯定上当了，服务员的话你也信。"

德水呵呵笑："这边许多餐馆都有粥饮桂花鱼，是河源特色菜，挺好吃，这家我是第一次来。"

约半个小时，两素两荤上桌。饿了，埋头吃吧。

我平日不喝粥，粥饮桂花鱼，小碗先盛了半碗。然后，就不管不顾了，把控糖饮食要求丢到脑后。不是饿，是被鲜香诱惑、鼓动，一连四小碗，从未吃过的鲜香，鱼和鸡肉嫩滑而鲜香，没顾上吃主食，也顾不上说话，吃撑了，却还想吃。

走南闯北，多少也算见过一点世面，天南地北各色美食没少品尝，但这鱼、这做法、这鲜香还真让我眼前一亮。

德水问："味道咋样？"

我说："好吃，鲜美无比！"

然后，德水和司机老张也说好吃，一连声地夸赞。

他俩的肯定，加强了我的判断与自信。我看着他们继续严肃认真、充满激情地吃。

　　一代人有一代人的追求与梦想。网络时代，想吃什么动一下手指，东西南北中，酸甜苦辣咸，各色美食立马送上门。但有些特色食物，离开当地的食材和水，便很难吃到。

　　大城市饮食热闹、繁华的背后，其实多是一张张不懂人间烟火、浮躁、懵懂的脸。也许现在生活节奏太快，人活得潦草芜杂，皆直奔主题而去，没心思也没时间操心厨房里的事，渐渐淡忘了生活该有的样子。只是，若没了一餐一饭的烟火操劳，人生便成了一段枯索孤独的旅程。

　　滚滚红尘，有人在吃上精致讲究，对穿不在乎；有人吃穿皆无所谓，在某一爱好上却绝不含糊。对人生有要求，有一点爱好的，多是有趣之人；什么都不在乎，生活一塌糊涂者，多寡淡无趣。

　　三餐茶饭，四季衣裳。寻常人的日子，柴米油盐酱醋茶，一日三餐的状态，其实是我们对待人生的态度。汪曾祺先生在《人间滋味》里写道："看看生鸡活鸭、鲜鱼水菜，碧绿的黄瓜，通红的辣椒，热热闹闹，挨挨挤挤，让人感到一种生之乐趣。"

　　平常我也喜欢逛菜市场、下厨。整天吊在工作上，身心俱疲，下班或周末，放下焦虑、烦躁，让身体、思维换一种姿势、空间，买点想吃的食材，做几个可口家常菜，咸淡俱佳，于散淡里享受人间至味与清欢，感受平凡生活的美好，亦是心灵与四肢的自我解放。喜欢，就爱琢磨，有时和朋友去饭店酒楼，眼生的菜品撑几筷子，概略咂摸出色香味操作路数，闲时买回食材随性一试，味道常常不赖。当然，做菜靠实践，有些美食失败多次仍难得要领也是常事。

我的笨拙爱好，是小时候给母亲打下手学的。姐弟七人，两个姐姐出嫁后，母亲要忙田里，又要浆洗缝补、烧饭，有时会喊我帮着烧禾、洗菜。那时尚无用电的现代厨具，农家做饭用风箱，烧柴火。

我在灶膛前一边呱嗒呱嗒拉风箱烧火，一边看母亲忙碌，洗、切、炒；什么菜放什么调料，何时放，急火还是慢火；和面、饧面、擀面、切面、发面，蒸花卷、包包子、炸油饼；腌酱菜、卧酸菜，不时上手试试，竟都学会了。后来母亲在街上摆小吃摊，我又学会了涮酿皮、做凉粉、搓麻花、炸糖糕等许多小吃。

平时在家里，各种馅料的包子、饺子、花卷、饸饹面、牛肉面、清炖羊排、萝卜牛腩、砂锅鱼头等，都是买了食材自己做。

有时跟朋友们聚餐，常有人埋怨，什么菜没有了先前的味道，瓜没瓜味，肉无肉香。有人认为是现在生活好了，人嘴刁了，吃什么都不香了。这或许只是原因之一。一道美食，制作的每道工序皆少不得敬事如仪的时间和功夫，但最关键的是食材。过去鸡鸭猪慢腾腾喂一年才出栏，各种瓜果蔬菜跟着季节自然生长；现在养殖户养鸡鸭猪三四个月出栏都嫌慢，果蔬在现代科技手段里嫁接、催熟。色泽诱人、产量成倍增长的丰收里，天然本味却寡淡了。现代物流加快了食材迁徙的速度，但从原产地到一、二线城市一级市场，小贩批发后再进入农贸市场，都需要时间。

时间在不声不响里快速改变着一切。时间就是效率，时间创造价值，饭馆酒店偷工减料，食客等不及，厨师忙不赢，一切向"钱"看，恨不得一天挣一年的钱，快了还要更快。

想着这些，我心里一动，这家餐馆服务员诚实，不欺客。

桌上四道菜，皆盆干盘净。出包间要走了，一中年男子笑呵呵地说："味道还行吧，觉得好吃，下次再来。"

我笑说："味道蛮好，下次还来。"

他接话："我是渔家人，祖辈都是渔民，食材新鲜，我们这里菜品一半是我自创的，一半是客家传统美食。"

这话又让我心里一动。于是，随他一句"坐下喝杯茶"，转身坐到他的茶台前喝起茶来。

傅小勇就是这时候进入我的视野。

傅小勇是这家餐馆的老板之一，他说这店是他们兄妹四人合开的。

他给我们泡的是河源上莞仙湖茶，据说是东江三大名茶之一。我爱喝茶，却不甚懂茶，茶文化博大精深，茶香浮动水汽缭绕，在享受茶的无限美妙时，也偶有一些常识影影绰绰。有人认为茶与饭是不相容的，不宜一边吃饭一边喝茶，或不宜饭后立即喝茶。但现实生活里，我们总是不听劝，常一边吃着，一边喝茶、饮酒。朋友聚餐，桌前坐定，一杯热茶总是少不了，餐后也会换一盏新茶。此刻，我们刚离开餐桌，又坐在这里喝茶、聊天。

一盏茶在手，清香袅袅，如食万绿湖之鲜鱼，真味无穷。

"无事出来吃盏茶""泡壶茶吃吃"，这是吴语地区叫法，北方人说喝。但茶确是可以吃的，可饮，可药，可食，不仅可以做各种菜肴、点心，泡过的茶叶晒干还可以做枕头，去除新屋家具和冰箱的异味。

饭后的茶，其实不在饮上，在闲情上。在可说可不说的闲聊上，许多的话可以缓缓道来。

喝着澄黄清亮的仙湖茶，闲话扯到茶和酒上，忽地想起唐末王敷的趣文《茶酒论》：

茶乃出来言曰："诸人莫闹，听说些些。百草之首，万木之花，贵之取蕊，重之摘芽。呼之茗草，号之作茶。贡五侯宅，奉帝王家。时新献入，一世荣华，自然尊贵，何用论夸！"

酒乃出来："可笑词说！自古至今，茶贱酒贵。箪醪投河，三军告醉。君王饮之，叫呼万岁，群臣饮之，赐卿无畏。和死定生，神明歆气。酒食向人，终无恶意。有酒有令，仁义礼智。自合称尊，何劳比类！"……

茶为酒曰："我之茗草，万木之心。或白如玉，或似黄金。名僧大德，幽隐禅林。饮之语话，能去昏沉。供养弥勒，奉献观音。千劫万劫，诸佛相钦。酒能破家散宅，广作邪淫。打却三盏已后，令人只是罪深。"

酒为茶曰："三文一缸，何年得富？酒通贵人，公卿所慕。曾遣赵主弹琴，秦王击缶，不可把茶请歌，不可为茶教舞。茶吃中蛤腰疼，多吃令人患肚。一日打却十杯，肠胀又同衙鼓。若也服之三年，养虾蟆得水病报。"

茶为酒曰："我三十成名，束带巾栉。蓦海其江，来朝今（金）室。将到市廛，安排未毕。人来买之，钱财盈溢。言下便得富饶，不在明朝后日。阿你酒能昏乱，吃了多饶啾唧。街中罗织平人，脊上少须十七。"

酒为茶曰："岂不见古人才子，吟诗尽道：渴来一盏，能养性命。又道：酒是消愁药。又道：酒能养贤。古人糟粕，今仍流传。

茶贱三文五碗，酒贱盅半七文。致酒谢坐，礼让周旋。国家音乐，本为酒泉。终朝吃你茶水，敢动些些管弦！"

茶为酒曰："阿你不见道：男儿十四五，莫与酒家亲。君不见生生鸟，为酒丧其身。阿你即道：茶吃发病，酒吃养贤。即见道有酒黄酒病，不见道有茶疯茶癫……"

柴米油盐酱醋茶，所谓茶饭，说的就是茶与饭总是相伴出现。

一盏一盏喝着傅老板的茶，像一个铺垫，或者过场，东拉西扯地闲聊，隔疏渐远，便缓缓进入了"渔家人"的故事里。

"你们店的粥饮桂花鱼为啥那么鲜？"我问。

傅小勇笑眯眯地说："一是万绿湖的桂花鱼品质好，特别鲜嫩；二要会捞味，吃起来才有味，鱼片、鱼骨一起，先骨后鱼，这道菜是我结合实践独创的一道招牌菜，一般都是我亲自上手制作。"

"同样的鱼，在别的店就吃不出你这里的鲜美。"

他看着我笑。他不细说，我也不便再问。

他说的是实话，这是肯定的，但我晓得除了食材，"捞味"是他做这道菜的秘密。就像人生的某些幸福与痛苦，有些可以说，有些只能默默藏在心里。

傅小勇说："我们祖辈都是渔家人，在新丰江上靠打鱼为生。"

我转脸看他店里的大鱼缸，六七种、二十多条大鱼在里边自如游动。傅小勇说："鱼缸里的鱼都是万绿湖鱼，我大哥每天打完鱼，会往我这里送一些，都是刚出湖的鲜鱼。"

我心想，哥哥捕鱼，弟弟开渔家河鲜馆，有天然新鲜食材与好水，有真味佳肴，倒也水到渠成。

　　"我们这里的鱼好吃，鱼和水是最重要的，没有万绿湖，菜的鲜美就无从谈起。万绿湖的鱼类资源很丰富，新港镇因为万绿湖的湖鲜而远近闻名。"傅小勇是有经历的人，几乎没等我问，他就给我聊起了自己的曾经。

　　他爷爷的爷爷打鱼，父亲跟着爷爷打鱼，像祖传手艺，一代一代从先祖传承下来，打鱼的水域则千年不变，都是奔腾的东江和新丰江。

　　东江，是河源人的母亲河，自北向南流经河源市区，作为其支流的新丰江从西向东绕城而过，两江在河源市区东面交汇，使河源市区三面环水。两条清澈的江水灌溉着这片土地，哺育了世世代代的河源人。

　　渔家，顾名思义，就是以捕鱼为业的人家。

　　元代散曲家赵显宏《满庭芳·渔》：

　　江天晚霞，舟横野渡，网晒汀沙。一家老无牵挂，恣意喧哗。新糯酒香橙藕芽，锦鳞鱼紫蟹红虾。杯盘罢，争些醉然，和月宿芦花。

　　夕阳西下，余晖斜照，小渔船随意停泊在江边渡口，渔网晾晒在岸上，忙碌了一天的渔民，无忧无虑，悠然自得地聚在一起，新酿的米酒醇美，鱼虾螃蟹摆上桌，酒饮微醺，明月高挂，便在芦花荡里的小船上安然入睡。

　　古往今来，在许多文人墨客笔下，渔民的生活充满闲情与诗意，在官场仕途失意与羁绊的旅途中，渔家人的江河剪影，便成了他们倾吐心中块垒，对闲适自由生活的向往。但现实生活里渔家人的艰难与悲喜，远非他们想象的那么安然自得。

当然，尽是诗意美化，倒也未必。目光深邃的范仲淹有《江上渔者》：

江上往来人，
但爱鲈鱼美。
君看一叶舟，
出没风波里。

江湖如你我所见，确是美丽静谧的。但在傅小勇的记忆里，父母的渔民生活是艰辛的。柴米油盐、风雨阴晴是父母最关心的，划着船在风浪里辛苦一天，却不一定有期望的收获。晚上，若是风雨之夜或冬天，江上一片漆黑，水浪与风雨摇晃、拍打船只，孤独与寒冷，常常让人难以入眠。

他很早就晓得，渔家人将是自己一辈子的名字，贫穷是他时刻要面对的现实。

傅小勇点上烟，吸一口，缓缓吐出："渔民没有家，没山也没地，江上漂泊的渔船，就是渔民遮风避雨的家。我们原来在锡场镇生活，库区移民搬走后，有一些空房子，给我家分了一间，十多平方米，一家人在那里生活了很多年，后来才搬到这里的。二十世纪六七十年代，新港很繁华，是木材的集散地。"

正说着，走过来一位男子，径自坐到了茶桌前。傅小勇介绍：

"这是我大哥傅国强。"

寒暄过后，话题接着往下走。

55岁的傅国强说，解放前，他父亲在东莞石龙那边生活，60年代才到锡场镇，父亲13岁时，祖父去世，祖母改嫁，父亲就一个人撑船在东江上游和新丰江来回打鱼，也是新丰江大坝建起后，最早在新丰江水库打鱼的渔民。他会唱水歌，船到哪里唱到哪里，到一个地方唱一个地方，用客家话唱水歌。

他叹息道："去年，我父亲过世了，很后悔，我应该早点跟他学些水歌，现在已经失传，没人会唱了。"

傅国强17岁开始打鱼，自己织渔网，网破了也是自己补，拿桨板划着乌篷船在江上打鱼。

他说："那时，江上有收鱼船，打了鱼碰到就卖给他们，这边的鱼品质好，几十斤的大鱼都出口国外，我在江上漂半个多月才回一次家，也挣不到什么钱，只能维持家里简单的日常生活。"

"现在你拿啥打鱼？"

傅国强说："2006年，我花了近一万块钱，买了一条七八米长的动力铁船，质量不错，现在还在用。"

"现在打鱼的渔民多吗？"

"打鱼辛苦，半夜两点多出去打鱼，天不亮赶到早市上去卖鱼，年轻人都不愿干，我们打鱼的都是一群老家伙，最年轻的45岁。"傅国强说，"我们渔民一辈子只能在水里捞生活。从2012年开始，我一边打鱼，一边收鱼，我二弟专门开电动三轮车给市区的酒店和餐厅送货。"

傅小勇将烟蒂摁进烟灰缸："我们万绿湖的大头鱼、桂花鱼等，在全国都是最好的。万绿湖水温低，我二哥把鱼送过来，我这鱼缸光供氧不行，还得不断往里边加冰块，要保证鱼缸水温与湖水接近，否则几个小时鱼就死了。"

1995年春天，傅国强收起渔船，告别渔民生活，去深圳打工，在工厂流水线上干了两年，母亲患重病，他回家照顾了两年。1999年春暖花开时，他将照顾瘫痪母亲和年迈父亲的重担交给弟弟傅建艺和妹妹傅秀清，又扛起行李去了云南，在大山里给一个开矿的老板看矿山。在偏远的大山里，傅国强与山脚村子里的哈尼族姑娘杨阿飘相爱后，一起回到了新港镇。

傅国强说："因为家里穷，生活困难，我们兄弟几个结婚都比较晚，差点连老婆都娶不上了。"

傅小勇出门闯世界的时间比大哥更早。1993年初中一毕业，17岁的傅小勇就外出讨生活。东莞、番禺、深圳、武汉，摆地摊卖菜、卖水果，给洗车店当洗车工，然后在毛织厂、手套厂流水线上当打工仔。1997年，傅小勇像春天里的一棵草、一棵树，忽然醒了，觉得自己不能再西一榔头东一棒槌地混了，得学门技能。

他进了餐馆，从刷碗、洗菜等脏活杂活开始，三个月后跟着厨师学切菜。师傅下班走了，他埋头清理完后厨卫生，将师傅用过的各种厨具收拾干净，一样一样摆放整齐，经常凌晨时分才会回到住处。早晨七点不到，他已在厨房候着师傅，师傅让干啥就干啥，大小活儿从不敢在自己手上耽误。

因为勤快、机灵，师傅欢喜，真心教他，半年后，傅小勇开始独立掌勺炒家常菜。

"我没上过厨师培训学校，厨艺都是跟师傅在实践里一点一点学习积累的。"傅小勇说，"也没钱去上培训学校，家里日子紧张，母亲有病，每个月工资一发，给自己留一点零花钱，剩下的赶紧寄回家。"

在外漂泊了十三年，2006年傅小勇回到河源，在别人餐厅当了两年大厨，便离开厨师行业，跟着大哥打鱼、收鱼，重新回到渔民生活里。

2009年春天，33岁的傅小勇结婚了，难题也迎面而来。六年前买的两层老房子，一大家人挤在一起，住房成了一件头痛事。

一直坚持到2012年，兄妹四人东挪西借，合力将新港镇老街上两层的老房子拆了，新建了一栋五层的房子，一至三层做餐馆，四五楼住人。

进来吃饭之前，我跟叶德水在门前这条老街上走过去，无意间看到一栋楼，一楼门外墙上挂一块小牌子，上面写着"渔家河鲜馆"，我以为倒闭了。傅小勇说："那就是我家的房子，现在一楼空着，二至五楼，我们兄妹四人，一家一层。"

我心里一激灵："你们没分家？"

傅小勇笑："没有，我们一家十七口人，一直生活在一起。"

我心里更诧异，几代同堂的大家庭，二十世纪七八十年代很多，现在全国估计已很难找到，他们兄妹四个，心得多齐才会不分不散。

但我的话题没往这上边聊："你们三兄弟打鱼、收鱼、卖鱼，咋想起了开餐馆？"

傅小勇说："我们户口簿上现在还是渔民，渔民只有靠水才能生活。万绿湖旅游升温，游客多了，大哥打鱼有好食材，我又是厨师，就开起了餐馆。"

话一出口，我忽然觉得问了一个不该问的问题。

2020年底，傅小勇看中了现在这个店面，购买加装修需要近600万元，一时凑不够钱，傅小勇的姐姐跟丈夫商量后，二话没说将家里房子卖了，兄弟几个又贷了一笔款，加上家里一点积蓄，盘下上下两层1000多平方米的铺面，将老屋楼下的渔家河鲜馆搬到了这里。

正聊着，他的姐姐傅秀清过来笑说，有一桌客人点了"生焗万绿湖大鱼头"，要他过去亲自上手。

傅小勇应着，对我说："你要不要过去看看？"

林木苍苍，四季常绿，水质清甜，珍贵的万绿湖鱼，在万绿湖畔粤菜大厨手上，是如何变成一道与众不同的人间美味？我起身跟他到了后厨。

洗净备好还在挣扎的大鱼，被手艺娴熟的傅小勇几刀下去，鱼头与鱼身分开，鱼头切块，加入备好的调料腌味。蚝油、料酒、生抽、胡椒、生粉等调料一应俱全，洋葱、姜、蒜头、大葱、青椒也在旁边待命。他熟稔地将调料逐一放进斩好的鱼头，再加入淀粉，整盘鱼头便蒙上了一层朦胧的神秘面纱。然后，鱼头烹制器具轮番登场，平底锅上铺一层油，腌好的鱼头先入其中，刺刺啦啦声响起，颜色焦黄翻另一面，浓郁的香味溢出，蒜头、洋葱，随即进入香煎行列。

香煎的火候到了，须臾之间，鱼头已被他移进了砂锅。

傅小勇说："这道菜的关键在火候把控上，小火香煎，大、中火生焗，生焗火力要足，保证受热均匀，砂锅里每一块鱼头都要照顾到。"

说着，他像变魔术，香煎与生焗，精彩尽在让人眼花缭乱的双手之间。20多分钟后，在他的从容、笃定里，活色生香的生焗鱼头已经上桌了。

他的层层讲究，是对食客的百般照顾。腌了味的鱼头，被煎得两面焦黄。在砂锅里，鱼头每一寸诱人的香气都被唤醒，既要保证煎的酥脆口感，又要有生焗的绵柔鲜嫩质地。

我在家也做生焗砂锅鱼头，他的神操作让我很汗颜，傅小勇呵呵笑道："多实践，熟能生巧。"

这边的傅小勇制作生焗砂锅鱼头，另一边的师傅将鱼身、鱼尾迅速分离，对鱼骨上取下的鱼肉进行"灵魂捶打"，反复捶打直至鱼肉弹力筋道，加入调料，用纯手工做成了一粒粒丰盈洁白的鱼丸。

"好了，鱼丸下水。"那师傅说。

随着水温不断升高，鱼肉里的脂肪和蛋白质缓缓溶出，汤汁慢慢变白，沉默的鱼丸像小鱼儿一样起伏活跃，汤汁乳白浓厚，俏皮可爱的鱼丸汤也上桌了。

傅小勇把那位大厨叫过来介绍给我："肖哥，肖侣朋，大我五岁，有酒店一月多给两千块请他，他都不走。"

肖大厨笑说："我俩2000年就在一起给别人当厨师，他开了餐馆我就一直跟着他干，二十多年老朋友了，我爱人也在这里，搞内勤，什么都干。"

回到茶桌，傅小勇一脸自豪："只要吃过我们万绿湖湖鲜的客人，没有不夸赞的。"

他的话让我想起了万绿湖"禁渔—放流—开渔"的生态探索，

也想起了昨晚吃的鱼生。

10月26日，在外头跑了一天，回到住处，想在楼下随便吃一点，早点休息。没想到河源市作协主席罗志勇电话来了："在哪里，我过去接你，约了几个文友，一起吃鱼生。"

我回："不去了，有点累，想早点休息。"

他说："万绿湖的鱼生，你在别处可吃不到，来河源不吃鱼生，等于没来河源哈。"

万绿湖，像一位美丽又青春逼人的姑娘，接连几天，我已经被她迷得有些疯魔了。罗志勇的话如湖鲜的鲜甜疯狂地撩拨我的味蕾，那就去吧。

跟着罗志勇走进饭店，邹晋开、罗仁忠、林燕翔老师已到。刚落座，服务员呼啦啦上菜了，满桌椭圆形大盘里皆是晶莹透亮的生鱼片，边上一溜儿小碟：姜丝、新鲜鱼腥草丝、现炒芝麻、蒜泥、油炸花生、类似爆米花的炒米、精盐和一小壶纯正茶油。

"河源人吃鱼生，离不开这八样佐料，所以也叫'八宝鱼生'。"邹晋开是河源市原作协主席，龙川人，从军多年，团政委转业回家乡工作，餐桌上亦是利索直爽的军人作风："开吃，吃鱼生抢着吃更香。"

我学着他的讲究吃起来，心想，这满满一桌鱼片如何吃得了？但是，一桌鱼生很快就被我们一扫而光。

罗志勇说："河源人吃万绿湖湖鲜，嘴巴吃刁了，去别的地方旅游，桌上的鱼虾连筷子都懒得动。"

不是骄傲与矫情，这话里其实是万绿湖回报给河源人的万般幸福与自豪。

河源是粤、客、闽南三大方言语系交融之地，文化多元与融合，饮食也像河源人的性格，在坚守个性的同时，呈现出多样性和兼容性。盐焗鸡、猪脚粉、九重皮、五指毛桃汤……独特口味里，最崇尚菜品保持食材的自然本味、真味，讲究选本地生态环境下家养粗种的食材，在煮、煲、蒸、烩、炖诸多烹调方法里，不仅追求口感清爽、舒适，还要保持食材原有的香味。

其实，很多时候，乡愁不只血脉亲情，还有那方土地上的细碎烟火。一碗汤，一道菜，一缕炊烟，亦是联结游子情感的纽带。一道道客家美食，也是我认识河源辽阔山水、人文魅力与自然之美的窗口。

那"八宝鱼生"，不只在我舌尖上细细品味过，还将在我的灵魂里不断反刍。

"今年万绿湖首次举办开渔节，非常热闹。"傅国强说，以前万绿湖禁渔期是两个月，为了保护水质和鱼类资源，现在延长到了四个月，每年禁渔期间，政府以每条船两人，每人每月550元的标准给予渔民生活补贴。

兄妹四人，供着八个孩子读书，贷款还压在肩上，听说河源一所学校办公条件简陋，傅小勇二话没说，立即购买了一批电脑和打印机送了过去。

"穷不怕，有双手，只要努力勤奋，日子就会越来越好。"傅小勇笑呵呵地说。

在外给别人当大厨的那些年里，他见过许多轰轰烈烈开张，不声不响倒闭的餐馆，他懂得诚信、品质、创新是一个百年老店的秘密。尽管自己的渔家河鲜馆才开业短短十多年，但他相信他们兄妹四人会让它走得更远。

不知不觉间，这顿饭竟吃了近五个小时，已是晚上十点多了，食客们仍络绎不绝，老街上仍车流人流不息。

新港老街很长，据说街上将近百家餐馆。还有许多人在珠江三角洲以"万绿湖"为品牌开餐厅。

靠山吃山，靠水吃水，不管时代怎样变迁，世代居住在东江边和江上的人，仍靠着清澈的江与湖，用勤劳与智慧浇灌人生的幸福之花。

一叶小舟泊在江上，江面湿重的水汽抚过脸庞，有丝丝暖意。在狭小逼仄的舱角，透亮的米浆在母亲手里，如银丝拉扯。浇淋在锡盆上透亮的银丝结缕成纱布。然后，一层布撒一层馅料，肉菜饱满的馥郁与米香，一层复一层。李慧看见，笑容在母亲额角皱纹里水波般轻轻荡漾。船舱外，江水在喧哗、涌动。

正是立春时节，万物悄然萌动复苏。远处岸上人家，在鞭炮声里舞"春年"，吃"春饼"。船家人的"春饼"是母亲用米浆的银丝线层叠的"九重皮"。

在回宾馆的路上，傅家四兄妹永不分离的大家庭，使我想起前两天在一家餐馆吃"九重皮"的故事。

重重米皮，重重厚馅，互相环叠永不分离，如人生里的千重滩万重浪，在层层米皮展开的瞬间，一切艰难困苦都会被熨帖、抚平，眼角眉梢的笑，会像春天山里平凡朴素的小花，迎风绽放。

浩荡的东江与新丰江在河源城区交汇，繁忙的江上水运离不开庞大的船运群体，他们以水为路，以船为家，随水而居，从赣南、河源将木材、松香等各种山货顺江水一路运往广州等沿海城市，再将沿海海产、杂货、药材装船逆流而上，一路运抵东江上游的各个集散码头。

李慧的外祖父数代在东江行船运货，母亲中学毕业后也成了船上的一员，并在江上认识了同在水路上讨生活的丈夫。

昔日的石龙木材场河源分场设在新丰江畔的码头，也是东江木材场的中转站，排成长阵的木材在江上集散。寒来暑往，李慧的外公和父亲常年在江水里扎排，在江上运木材。

1958年新丰江建大坝，李慧跟随父母从库区迁往河源城的石狮李屋，父亲每次行船回家，母亲总会蒸一锅香气浓郁的九重皮。在一次一次的团聚里，李慧也学会了做九重皮的手艺。

20世纪80年代，父母维系生活的木材场解散，船工们拖家带口陆续离开，在河源城逐水而居的水上人家，2011年被政府安置了新生活。但李慧知道，她是新丰江上长大的孩子，父辈走水行船的生活，如基因密码深深地刻在她心里。

2010年，李慧放弃工作，开始专门做九重皮卖。那些失散多年的儿时伙伴，因为九重皮的味道与记忆，一传十，十传百地联系上了，伙伴们回来聚在一起吃，还要大包小包地将九重皮带向远方。而李慧的九重皮生意也一天比一天火。

那天下午，我一个人独自乱走，在河源源城区永祥路东城一市场，偶然吃了一次九重皮，便记住了她的故事。

她跟傅小勇兄妹，跟无数江边长大的平凡孩子一样，都在各自的新生活里忙碌着。

2023年10月27日

两个摄影人

夕阳西下，我因住景区码头外的民宿，有空就背相机去万绿湖边。在镜花缘晃荡时，看见一个身形高拔的中年男人架着机子拍照，眼前是平静苍茫的湖，水墨似的远山。

我站在旁边看了半晌，说："天空与湖面是清澈的，可以把视线再放远一些。"

他没吱声，转脸扫我一眼，继续忙自己的。

他不理会我，我颇觉无趣，准备转身离开。他说："你的机子不错。"

他没看我，也没看他的取景框。我的目光跟过去，发现他在眺望不远处湖边绿树上一群鸟。他在等那十来只灰色的大鸟飞过他的镜头。

我的相机确实不赖，但还不懂复杂操作，我说那句话，纯属搭讪，结果却是唐突、无知，完全牛头不对马嘴。我说："我不懂摄影，刚开始学，还在全自动阶段。"

这话他应该信，新手手上的设备一般都比较牛。

"在这里玩几天了？"他说，仍不看我，继续望那群鸟。

"三四天。你是河源本地人吧？"

"半江镇。"

"大师常年生活在湖边，天天都有大片拍。"

"你高看了，我不是大师，一辈子不会干别的，靠这个混口饭吃。"

空气里浮动着草木清香与湖水清甜的气息。

汕汕聊了几句，我就离开了。不晓得后来那群鸟是否如愿飞进了他的镜头。后来我觉得一个在湖边靠摄影养家糊口的人，应该再见一见。

第二天，我问东源县文联主席包丽芳，认不认识一个身材挺魁梧、脸膛俊朗的摄影人，半江镇的。包丽芳问，你在哪里碰到的？我说万绿湖边。包丽芳说，应该是赵春风吧，他拍了大半辈子万绿湖了。我把想法说了，希望她牵个线，我们见一次面，聊聊闲天。

事情并不顺利，他似乎不大愿意。当然，在包丽芳那里，我和他不曾在湖边碰过面，是另外一个人。我又催了一次包主席。

2023年10月28日，晚饭后，我下楼，准备在街上走走。包主席电话来了。我告诉了她我的房间号，又折身上楼。

在楼道里，包主席发来一条短信：

赵春风，河源市东源县半江镇人，从小喜爱摄影，1980年开始摄影，主要从事风光摄影和商业摄影。中国摄影家协会会员，中国民俗摄影协会会员，河源市摄影家协会副主席，东源县摄影家协会主席。作品曾获若干省级及全国各种摄影奖。

看着这个信息，我哑然失笑，一个"草莽"，还不会玩手动的初学摄影者，竟然对一位玩了四十多年摄影的人说："天空与湖面是清澈的，可以把视线再放远一些。"

真是无知者无畏啊。

赵春风进门看到我，脸上表情稍稍愣了一下："咱们是不是在湖边见过？"

我说："是，那天看你忙着，没敢打扰。"

因在湖边搭过讪，又经过包主席介绍，少了些许陌生与隔阂。寒暄着，沏上茶，我们便坐在房间聊起了闲天。窗外的河源城，灯火璀璨。

58岁的老赵潇洒、随和，说话直接、坦率。闲聊了一会儿，我发现他的记忆力超强。很明显，那些已经显得有些遥远的过往，曾在他心里无数遍地咀嚼过。

他的记忆使我想起纳博科夫的自传《说吧，记忆》：

生动地追忆往昔生活的残留片段，似乎是我毕生怀着最大的热情来从事的一件事。

进而又想起加西亚·马尔克斯《百年孤独》里的一句话：

生活不是我们活过的日子，而是我们记住的日子。

这不仅仅是对生活的认识与记忆之间的关系问题，而且是每个人都在创造自己的历史，而这个历史，正是由我们自己的记忆构成。这些记忆，会在不知不觉间塑造我们的身份、性格与人生观。

现在，他的记忆——

两岸苍翠的青山连绵起伏，云雾在山腰、峡谷薄纱般缭绕，碧绿宽阔的江水映着青山、白云，碧水与青山相互浸染，水的碧色便愈发地浓稠了。一艘不大的白色客船，轻波而行，那船是水库两岸的水上交通工具。船后划开一道不宽的白色细浪，像飘在船尾的白纱绸。那白与辽阔的青绿山水相映成画，天地静谧。满脸稚气的赵春风站在山坡，轻轻按下了快门。

1979年，他拿着一架现在已是古董的海鸥相机，第一次拍下的这张风景照片，是新丰江水库上一艘行驶的客船，名为"江中之箭"，发表在了当地的报纸上。

那时，老赵还是半江镇中学的一名初一学生。

四兄弟，他排行老三。县城一名照相的年轻人，跟他的二哥关系要好，因为离县城远，那年轻人去半江镇拍了照片，有时会挤在他家，在家里冲洗照片。他跟前跟后看，目光里透着山水的灵秀与清澈。他看年轻人拍照、取胶卷、兑药水、冲洗、裁剪照片。

他的心被一种巨大的无法抗阻的好奇鼓动、诱惑。

他家生活条件原本不错，父亲是知识分子，在县供销社任副主任，被打成右派后，一无所有。原来的家、田地被淹在库底，移到山腰的家，简陋得几乎不像家，一家人全靠母亲一个人干活糊口。贫穷、饥饿，是他童年与少年时代对家、对库区生活的全部记忆。

半江镇大部分村子，在建新丰江水库前属韶关市新丰县，1956年规划建设新丰江水电站大坝，水库被淹没的区域被全部划归河源县。

老赵说："以前，坐船走新丰江水路，在新丰县与河源县往返，船行至半江，正好是水路的一半，所以叫半江。"

半江公社原来在横峰村，公社的办公楼挤在民居里，看上去公社跟村庄没多大区别。1964年公社圩镇从库区水库公社分出来，建了新圩镇。现在半江镇是大半村舍被库水淹没后在新址上重建的。

跟库区其他移民相比，半江的村民少了一次次迁移、倒流的周折，虽然田地、屋舍淹在江水里，但人还在自己熟悉的家乡，只是退移到水未淹到的更高的山腰上生活，茅棚陋舍，以开荒、砍木、捕鱼为生，几乎每个家庭都在饥饿里挣扎。

"现在的半江镇建设得很漂亮，我开车一个半小时就能回去。"他打开手机，给我看他年初拍摄的半江镇。

一个童话般的世界，镇子依山傍水，高高低低的楼群，挤挤挨挨，如浮在山脚碧水上的一片白色花朵，楼宇倒映在淡蓝色的湖水里，推窗，出门，满眼辽阔碧绿的湖光山色，碧波荡漾，山岚如烟，山水相接处几乎看不到平地。近峰翠绿如滴，远山如墨，云雾缥缈，一个如梦似幻的人间仙境。

半江镇位于万绿湖上游，原来全镇有9个村子，近万人口，分散在近300公里的山水间。

老赵说："现在日子好了，许多人家都进城生活了，全镇常住人口不到一千，也许是全国最小的镇。"

20世纪70年代，饥饿像一根湿硬的鞭子，每天都在抽打老赵瘦削的身体。而神秘的相机如一道闪电，在他内心燃起了大火，他看不见熊熊火光，火却悄无声息，一刻不停地在他心里燃烧着，越燃越旺。

有一天，他不再抵抗那神秘诱惑，他的心无法再承受无休止的折磨。

他突然行动了，将家里舍不得用的移民建房款偷出来，跑到县城，用125元买了一架海鸥牌照相机，90元买了一个放大机，还有黑白胶卷等，一口气配齐了全套器材，300元所剩无几。

"回家我爸差点把我打死，如果我不挣脱跑掉，可能真的会被打死。在那个年代，那是一笔巨款，全家人宁愿饿肚子都舍不得用。"老赵说，"那部120型海鸥牌相机，是我的第一部相机，我一直保护得很好，现在还能拍照，家里还有一些上海产的120黑白胶卷。"

疼痛，让他知道了自己的错，也让他不得不审视自己蝼蚁般的生命，他冒死买下它，不应只听内心的呼唤，他也想像他二哥的朋友那样挣钱，拯救自己和困境中的家。

周六回家丢下书，他就急匆匆背着相机坐船出发了。湖边六个乡镇，先近后远，他一个村子一个村子跑，一家一家敲门，神情拘谨地问人家要不要照一张相片。一块钱两张照片，这周出去拍了，回来冲洗好，下周再去送照片。然后，又接着往远处走。

后来，他还跟他二哥的朋友学会了给黑白照片添加色彩。添色照片，一张多收一毛钱。

群山起伏，几乎没什么陆路可走，水上交通方便，但班船一路上走走停停，有时在湖上摇晃五六个小时，才能到达另一个镇。

"半江镇是初级中学，没有高中，读高中时我从半江坐船，穿过大半个水库库区去锡场镇上学，班船单程要走五个多小时。两周回一次半江，回去拿米拿菜。"老赵回忆说。

读高一时，父亲平反，恢复工作。那时，他不仅能用手上的相机挣钱补贴家用，还一点一点积攒零钱，把当年拿家里的钱如数还给了父亲。

1982年夏天，父亲提前退休，高中毕业的赵春风按规定，顶替父亲去供销社上班。

这是农村孩子无限向往和羡慕的事情。他平日忙工作，周末或节假日，背着相机四处奔波再挣一点小钱。1986年6月女儿出生，生活在平稳与欢喜里缓缓向前。

但是，1987年7月妻子又怀孕了，他的人生突然走到了十字路口。领导说，摆在你面前的只有两个选择，要么把孩子打掉，要么放下工作回家去。

这年年底，他主动离职，丢掉了铁饭碗，默默回到半江镇迎接儿子出生。

老赵说："那时生活困难，平时照相的人很少。我干过许多谋生的活，学油漆工，给学校油漆黑板，四处找活干，有些事情不会做，先看别人干，看几次学会了，再去找活。但不管生活多难，照相我一直没丢。1988年实行第一代身份证，全半江镇的身份证照都是我拍的。"

"如果你当时不放弃工作，现在也许是另一种人生。"

老赵笑说："每个人都有自己的路，人生没有如果，我对自己的选择从来没有后悔过。"

风里雨里跑了几年，1989年他揣着积攒的几千块钱去了东莞，在长安开了一家照相馆，折腾了一年多，生意不好。他又转身去虎门，在虎门开了一家"春风照相馆"。

"虎门生意挺好，记得好的时候，一个月能挣一万多元，后来又开了三家。"老赵说，"1995年我回到河源，在县城买了房，开了一家照相馆，后来将店子交给了儿子，我在外头自己找活干。"

2006年，老赵被聘请到万绿谷景区任办公室副主任，在那里负责广告、图片及各种活动的拍摄工作。

"从学摄影到现在，你大概拍过多少张万绿湖的照片？"

"这四十多年，我其实一直在围着新丰江水库打转，即使在东莞那几年，我每年不同的季节都回来在库区拍一些片子，一两万张应该有了，市县许多资料图片大都是我提供的。"老赵说，"记得1990年前，水库周围山上的树，砍得比较厉害，有的山被砍得秃秃的，后来封山不让砍了，植树造林，经济林变成了生态林，山越来越绿，水越来越清澈，湖区四周的村镇，也跟万绿湖的山水一样，发展变化得越来越美。有时为了拍摄鸟，我在山上一守就是十天半月，万绿湖植被茂盛，生态环境好，空气好，每年都会有不同的鸟类出现在万绿湖。"

"这边搞摄影的人多吗？"

"很多，许多人因为万绿湖的山水，爱上了摄影，其实整个河源的山水风光都非常美，仅东源县和河源市的摄影家就有300

多人。"

2021年，老赵将老家半江镇上的老屋拆了，在原址建了一栋四层小楼。他说，等自己老了，跑不动了，还回半江镇生活。

不知不觉间，闲聊了三四个小时。送老赵下楼，站在宾馆门前，望着街道上的热闹喧嚣，川流不息的人流车流，想起马尔克斯自传里的一句话：

我年轻过，落魄过，幸福过，我对生活一往情深。

2023年12月26日，"绿美广东竞风华摄影大赛及短视频大赛"年终颁奖，"80后"年轻摄影家陈剑云作品《看见万绿湖》雄踞榜首，荣获短视频大赛一等奖。

我打电话祝贺。陈剑云在电话那头说："不是我拍得好，是万绿湖的绿色生态之美打动了评委，是万绿湖的美点燃了我的梦想，给了我实现梦想的广阔天地。"

这话听起来像获奖感言，但我相信，这是他发自内心的肺腑之言。

与赵春风相比，陈剑云是年轻摄影人，是后起之秀。

40岁的陈剑云，自小在河源长大，大学时期购买自己第一台单反相机，开始学习摄影，用十多年闲暇时间的累积和付出，成长为一名优秀的风光摄影师。

那天，在新港镇广东省新丰江林业管理局聊天，他挖掘、追寻河源山川人文的镜头令我惊叹。他的作品《雷霆万钧》获《国家地理》杂志2019年度全球摄影大赛三等奖；拍万绿湖的《云海圣光》

获大自然保护协会（TNC, The Nature Conservancy）2021年度摄影大赛优秀作品，《大鲸出海》获得2021年全国摄影大赛优秀奖，《看见河源》入选由人民日报主办的《我爱中国风》全球短视频大赛；《接天莲叶碧绿水》被全国摄影大展收藏。个人河源摄影集《见所未见》画册代表河源文化产品入选2021国际文化产业博览交易会。

2021年参与制作河源文旅局《舞·魅河源》视频短片，两天的点击量就超过了100万，荧屏首现霍山云海奇观，万绿湖白鹭、老鹰，以及国家森林公园云海奇观，惊艳绝伦。

"去年万绿湖来了三百多只燕鸥，今年比去年多了差不多一倍，它们从遥远的北极和南极飞过来，会在这里停留近半个月。"陈剑云说。

陈剑云是摄影师，也是林业管理局干部，是万绿湖生态山水的保护者。

2021年2月5日，他在新港镇杨梅村发现国家二级保护候鸟蓝喉蜂虎。蓝喉蜂虎别名吃蜂鸟，因体形和色彩极具观赏价值，被誉为"中国最美的小鸟"。

那天，他在现场发现，仅在杨梅村村委会附近就有近40只，洞穴有小鸟仔16只，鸟蛋8枚，从洞穴来看，是前年筑的老穴，证实非初到万绿湖，洞穴1至2米深。洞穴分布均靠近路边和人居环境，说明当地人与自然和谐共生已久。

"蓝喉蜂虎于每年五月中旬到达万绿湖。"陈剑云说，"六月交配打穴，七月孵化养育小鸟，八月初等小鸟具备飞行以及捕食能力以后，就会飞回东南亚一带。"

陈剑云没有离开现场，他在周围悉心观察，发现蓝喉蜂虎空中猎杀能力极强，捕杀效率高，以蜻蜓、蜂、蝉等为主食，喜欢在电线杆上观察环境，对人非常警惕。

他知道媒体或摄影人一报道出去，就会吸引大批摄影人和老百姓过来，会影响它们的栖息。而且蓝喉蜂虎的洞穴大多搭建在未装修的房子周边，容易被人为破坏。

为保证候鸟繁衍生息，让这群"中国最美的小鸟"在万绿湖安居乐业，跟以往一样，他立即向局里报告了情况。

林业管理局迅速成立专项保护小组，第一时间设立保护区，选派5名护林员进行管理巡护，给周边村民发放野生动物保护宣传册，防止乱拍和村民抓小鸟的行为。

"这样的经历多吗？"

陈剑云说："生态环境好，每年都会有新的野生动物出现在这里。"

"我那天在船上，听周导游说过一嘴，说他在湖上见过一次中华秋沙鸭，真的假的？"

陈剑云笑了："他可能把鸳鸯或长相相似的鸟看成了中华秋沙鸭。中华秋沙鸭是中国最古老的野鸭，是世界保护联盟红色名录濒危物种，是国家·级保护动物，也被称为'鸟类活化石'，对水质要求特别高，主要生活在水质清澈、鱼类丰富的河流、湖泊，是检验生态环境质量的指示物种。目前万绿湖保护区还没有中华秋沙鸭出现的记录，但万绿湖水质和生态环境非常好，很适合它们在这里栖息生活，也许有一天真的会出现在万绿湖。"

两部相机、一架无人机及各种镜头，全套拍摄装备重达40多斤，陈剑云背着这些装备，每年会围着万绿湖走一整圈。峰峦叠嶂，峡谷纵横，林木森森，许多地方全靠徒步，他背着沉重的摄影器材，一年又一年，在辽阔的万绿湖山水间穿行，每次发现了新物种，都会第一时间报告局里。

他说："有时候，保护比拍摄更重要。"

2023年10月28日

是风景，也是生活

择一方心仪山水安居乐业，每个人心里都有自己的梦想与标准。曹源说："我是真心喜欢这个地方。"

33岁的博士曹源，2022年从河源市文化广电旅游体育局挂职万绿湖景区管委会副主任，他陪我进景区，在船上不经意间聊起了他选择河源的故事。

曹源在青海出生长大。2009年高中毕业出国留学，在古巴读完5年本科，然后又去西班牙读硕士，硕士毕业时导师建议他接着读新闻传播学专业博士。爱人裴雨是本科留学时的同学，在西班牙读全科医学专业硕士，两个在异域求学的人，在那边买了房和车，成家安居。

曹源一边读博，一边在中国驻马德里旅游办事处与驻联合国世界旅游组织代表处忙碌。毕业后，他被留在代表处工作。

他的发展很好，妻子也不赖，英语和西班牙语非常棒，是持欧盟医师资格证的全科医生，还开有一家医药公司。

朋友和同学都羡慕他们在西班牙的工作和生活，他却忽然选择了回国。

"如果我们一辈子定居在那边，将来孩子就和我们的祖国没什么关系了。"曹源说，"我在国外求学工作那些年，我的奶奶、姥姥和岳母去世，我俩都没能赶回来送别，心里特别难过，亲人都在国内，最后还是决定回来发展。"

我笑说："以你俩的条件，北上广和许多二线城市似乎更适合你们创业发展，咋选择了粤东北河源？"

2021年初，曹源在网上看到国内人才招聘信息，有了初步意向，专程回来跑了几个城市考察。最后在河源，这边的人带着他看了两个地方，一个是万绿湖，一个是客家文化公园。

他说："我的家乡青海跟河源一样，也是水源保护地，舍弃了许多发展机遇，这里的生态绿色发展理念非常好，我很喜欢这里的青山绿水，虽然是山区，但每座山都是绿油油的。中心城区寸土寸金，竟有那么大一座文化公园，图书馆非常漂亮气派，我相信有这种理念与追求的城市，将来的发展一定不会差。"

他还给我讲了一个小故事：西班牙与国内有时差，河源这边负责招聘的人，从不在休息时间联系他。记得面试那天，西班牙时间是下午五点多，国内已是夜里十一点多，快凌晨了，那么多人熬夜等着他，他一下就被感动了。

2022年3月，他放弃了无数年轻才俊向往的一线繁华都市，放弃了那些正如新星般光芒四射的二线城市，坚定地来到河源。国庆节后他的爱人裴雨也来了。

这一年，投身河源的不只曹源和裴雨，另外还有10名博士。

那天在船上，听罢他的故事，我望着眼前的青绿山水，记起意大利作家伊塔洛·卡尔维诺的一句话：

看不见的风景决定了看得见的风景。

万绿湖我已经知道了它的前世今生，被它的生态之美折服，那拨动曹源心弦的那座公园和图书馆，魅力何在呢？

10月29日下午，我在客家文化公园。公园位于河源市中心城区中山大道与永和路交界处，面积130公顷。公园，大小城市都有，是当地市民休闲娱乐的场所，未必会成为旅行者眼里的风景。

我约请了作家邹晋开，他家距公园不足900米，退休后有时间与自在，常在公园漫步。清晨或傍晚，他独行，或携妻带孙，游曲桥幽径，登青峰绿岗，观日出月落，听松涛鸟唱，赏蜂来蝶往，品黄叶秋韵，在客家人的人文历史深处与现实生活里徜徉，并触景生情，写下139首格律诗，与良师益友和亲朋分享自己的观察与思索。

公园内有马古山和尖峰子山。从广场进入后，我跟着晋开老师脚步，沿着一条两公里多长的客家文化主轴线拾级而上。天公作美，天高云淡，阳光温暖。尽管不是双休日，但园内依然人流不息。

晋开老师告诉我，沿着台阶一路上去，有孙中山铜像广场、观景阁、先贤雕塑园、客家风情和民居浮雕、古邑家训长廊、图书馆、生态湖、亲水休闲广场等诸多体现客家文化内涵和元素的景点，市民和游客可以在这里认知客家历史，感悟客家文化、风情，领略客家风韵。

他笑说："这里的一山一水，一榭一台，一楼一阁，一径一阶，一像一碑，一草一木，都装在我心里，我是美在其中，迷在其中，乐在其中。"

他转脸问我听过邹国忠先生的歌吗？我摇头。他说邹老是他们河源本土词作家，中国音乐家协会会员，《美丽的绿谷》《古邑情深客家亲》《客家女》《骨肉情深》都是他的作品。

"你是中国作家协会会员，邹老是中国音乐家协会会员，邹姓家族出人才呀。"我逗他。

他呵呵笑了，轻轻唱起《我在万绿湖等着你》：

天蓝蓝
水绿绿
我在万绿湖等着你
湖水清清胜瑶池
喝上一口醉心里

我在万绿湖等着你
桃花水母多美丽
同游湖中最惬意
我在万绿湖等着你
……

"这歌我在万绿湖听过，但不知道是邹国忠老师作词。"我说。

他笑呵呵地给我讲了一个故事：

2020年7月4日清晨，他正在这里边走边唱这首歌，迎面走过来一位年轻貌美的姑娘与他搭讪："请问您认识邹国忠老师吗？"

他说："我是他的老粉丝。"

姑娘说："我也是，您唱得真好，中气十足。"

他说："我会唱邹老师好多歌，他是河源人的骄傲。"

晋开老师说，短暂交流了几句后，便相向而行离开了。他没回头，老伴在前面走着，他赶紧追赶。

孙中山铜像后边，两棵粗壮高大的木棉树，像两个身形挺拔的卫士。铜像以北，还种有800多株樱花，面积达4万平方米。

我抬头看两棵枝繁叶茂的木棉树，在心里想象，早春时节，满枝硕大如火焰的花朵，率先在公园里怒放，这绿色山丘上的红该有多美。

晋开老师望着那片绿色的樱花林说："每当樱花开放时节，樱霞如云，简直美极了，每天来这里赏花的人川流不息。"

以孙中山铜像为主的河源文化地标，建有32座名人先贤艺术塑像，10组反映河源厚重历史文化的客家风情雕塑，以及由160米长的客家风情浮雕组成的先贤雕塑园，每个细节设计，处处体现着客家人的风俗。人物雕像既有在政治、军事、经济、文化领域取得较大成就，有较大影响的本土俊杰，也有虽非河源籍，但在这片土地上为官从政、游历传学或戍边屯兵的知名人物。而每一座风情雕塑有美丽传说、人文图景，亦有民俗风情，如一部厚重多彩的大书。

走到一棵樟树下的荫凉里，邹晋开老师伸手拍拍树身，像拍一老友的肩膀，说这是河源的市树。2017年9月14日下午，河源市第七届人民代表大会常务委员会第七次会议听取和审议了《河源市人民政府关于提请确定河源市树市花的议案》，确定樟树为市树。

"樟树南方到处都有，河源为何以樟树为市树？"

他呵呵笑："樟树高大挺直，很好地诠释了客家人吃苦耐劳、不屈不挠、奋发向上的精神。"

然后，他又指着草坪和小径边一丛丛开得火红的簕杜鹃说："簕杜鹃你肯定认识，也叫三角梅，南方也很多，花期长。为何是我们河源的市花？它热情奔放、坚韧不拔、热烈鲜艳，象征着顽强奋进的精神，也象征着吉祥如意。"

说笑间，大型浮雕《赵佗入粤东》映入眼帘，他的话匣子又打开了。秦军入粤东路线有两种说法，一说是越过大庾岭，由连江进入北江、浈水和南雄盆地，并由北江南下番禺（今广州），再由番禺溯东江而上；另一说是从南野（今江西赣州市南康区）由赣江转入定南安远水或寻乌水南下，进入东江龙川一带。

这些天，我一边行走，一边在灯下恶补河源人文历史，知道河源是纯客家人地区，是岭南文化的发祥地之一，有"客家古邑"之称，两千多年来积淀的丰富厚重的家训文化，像一缕缕明朗阳光，浸润着河源的山川大地。

客家人的历史，在某种意义上，就是一部迁徙史。罗香林的《客家研究导论》认为客家人的迁徙是五次，而冯秀珍的《客家文化大观》则认为是六次。

第一次大迁徙发生在秦汉时期，是秦开五岭、百越归化、赵佗治越，数十万入越军民，成为首批客家人；第二次大迁徙发生在东晋"五胡乱华"时期，当时一部分中原人为避战乱，辗转迁入闽粤赣边区，另一部分则迁至长江中游两岸；第三次大迁徙在唐末黄巢起义时期，安史之乱迫使大量中原人南逃，唐末黄巢起义又使大批中原人逃入闽粤赣地区；第四次大迁徙在宋室南渡及宋末时期，金人入侵，建炎南渡，一部分官吏士民流移太湖流域一带，一部分入南雄、始兴、韶州等地，南宋末年，元军大举南下，大量江浙及江西宋民逃往广东沿海潮州至海南岛；第五次大迁徙在明末清初时期，其时，生活在赣南、粤东、粤北的客家人因人口繁衍，居住地山多地少，遂向粤中、粤西一带及川、湘、桂、台迁徙，这次大规模迁徙，在客家移民史上被称为"西进运动"，四川的客家人基本源于这次迁徙，当时四川因战乱、瘟疫及自然灾害人口锐减，清政府鼓励移民由"湖广填四川"；第六次大迁徙是19世纪中叶的太平天国时期，为避战乱，有的客家人迁往南亚，有的被诱为契约劳工，去了马来西亚、美国等地。

可以想象，古代没有高铁、飞机、汽车，没有电视和手机，也没有普通话，故土家园之外的世界是遥远的，也是陌生的。每一次大迁徙，一批又一批家庭告别曾经熟悉的一切，山高水长，举目无亲，生死未卜，扶老携幼，一路举家南下，先散落闽粤赣边地，后又不断往南方各省乃至东南亚及世界各地迁徙，在山重水复处落户、扎根、繁衍、发展。客家是中华民族民系中唯一不以地域，而以文化命名的民系，具有独特的语言、文化、习俗和客家精神。在第一次大迁徙中，屠睢、任嚣、赵佗率五十万大军平定百越后，赵佗上疏迁移来的大批未婚女子及无法统计的移民中，有相当一部分落户龙川。

不管五次，还是六次迁徙，每次都是一条条艰险重重，跋山涉水，生死未卜的漫漫征途，是向死而生，于无路处走出路，于荒蛮无人之地重建家园。有多少人倒在了迁徙的长路上，没有强健与勇敢，没有百折不挠的意志，是到不了落脚之地的。也许正因为那漫漫险途，塑造了客家人坚韧不拔、吃苦耐劳、不屈不挠、聚族而居的性格和生活习俗，在一片又一片荒僻之地开辟出生活的新天地。

邹晋开老师在这里曾写有一首《吟颂客家人》：

六次长长迁徙路，中原汉子到南方。
扎根沃土开枝叶，创业寰球谱伟章。
尊老爱童兴厚德，崇文重教溢书香。
丹心若问归何处？爱国情怀亦爱乡。

沿着山势走向客家古邑家训长廊，一块块造型各异的黄蜡石家训书法石刻，错落有致地分布在长廊两侧，由全国各地著名书法家用楷书、行书、隶书、魏碑等字体书写的109个姓氏寓意深刻的家训，像一道亮丽的风景线，使这里成为全国首个家训文化公园。

在一块碑石上，录有邹氏家训：

忠邦国，孝父母。仁侍悌，义待人。礼交往，信于诚。智家身，廉立命。勤尚业，睦宗亲。严课子，福乡里。

邹晋开老师说，市民和外地游客来这里，可以一边赏书法、观奇石，一边寻找、诵读老祖宗留下的"传家宝"，追寻先祖遗风。河源曾对全市840个姓氏征集家训，最终遴选101个姓氏的家训结集出版《客家古邑家训》一书，并将其作为当地思想品德学习教育的乡土教材，纳入了河源中小学课外阅读。

在客家古邑家训长廊上，颜氏家训石刻上书：

吏不畏吾严而畏吾廉，民不服吾能而服吾公。公则民不敢慢，廉则吏不敢欺。公生明，廉生威。

据历史记载，颜氏源于春秋时期的小邾（音"朱"）国，邾国夷父颜有功于周室，封国后以其字"颜"为氏，小邾国遂为颜姓国。先秦至汉晋时期，颜姓活动以山东为中心，东晋永嘉年间进入苏皖等地区；唐宋时南迁江西、福建；明崇祯七年（1634年）设置连平州时，颜氏后裔开始在连平开基立业。据统计，河源市颜姓人口有3763人。

河源连平县颜氏家族"一门三世四督抚，五部十省八花翎"，是清代全国最具影响力的二十八世家之一。清乾隆二十三年（1758年），颜希深任泰安知府，偶然在衙内的残壁中发现了此碑文，感受颇深，便将此碑重刻，并附以跋文，立碑于署内西厢房当作座右铭，将其传于子孙，教育后代。后人将这块碑文称为"三十六字官箴"。

颜希深从知府、山东督粮道、四川、江西按察使，福建、江西布政使，湖南巡抚，兵部侍郎，一直官至贵州、云南巡抚，著有《静山奏议》及诗文集，入清代汉族名宦列传。颜希深之子颜检，官至直隶总督、漕运总督。颜检之子、颜希深孙子颜伯焘，嘉庆十九年（1814年）进士，先后官至陕西、云南巡抚，云南、闽浙总督，是鸦片战争的主战派之一。颜检、颜伯焘谨遵祖训，均将这则"三十六字官箴"刻碑作跋，携碑上任，在世代传承中成了颜氏家训。西安碑林博物馆有这则"官箴"，并附有五篇跋文，其中三篇跋文为颜氏三代（颜希深、颜检、颜伯焘）所作。

邹晋开老师说："公园规划建设时，我当时代表河源市作协多次参加市委的公园建设项目征求意见座谈会，连平颜氏三代原来计划分别立三尊雕像，我建议三合一，便建成了现在这座唯独一尊三人同座雕像。"

走着看着，也想着，一位名人先贤，就是一段不朽的历史，一尊塑像，就是后辈们的一种精神坐标。32位名人先贤的艺术塑像，如32颗明亮的星子，照耀着这绿荫婆娑、百花争艳的公园，照耀着这座城，也照耀着粤东北辽阔的山川大地。

走到萧殷雕像前，我心里一层一层泛着涟漪。我曾读过先生《给文学青年》《创作随谈录》等著作，他曾经主编过的文学刊物《作品》，我在初中时就订阅过，调到广东工作之后，这本文学刊物也一直是我案头必读的文学刊物之一。

萧殷是河源市龙川县佗城人，作家，文学评论家，《文艺报》创办人之一。1936年10月初，他以萧英的名字给鲁迅先生写信，介绍广州革命斗争形势，还一并寄去了他的散文《温热的手》。鲁迅先生在1936年10月9日的日记中记载："得萧英信及稿。"

但是，萧殷没想到，鲁迅先生收到他的信稿10天后就逝世了。

1938年8月，萧殷抵达延安，就读于鲁迅艺术学院。中华人民共和国成立后，他曾担任过《文艺报》主编，《人民文学》执行编辑，中国作家协会文学讲习所副所长，兼任北京大学中文系、中央美术学院、中山大学教授，担任暨南大学教授，《作品》月刊主编，广东省文联副主席，中国作家协会广东省分会副主席、党组副书记。在数十年的编辑工作中，带出了一大批名编辑、名作家和文化工作者，被王蒙称为"第一恩师"。1988年1月27日，王蒙专程从北京赴龙川县萧殷公园拜谒萧殷汉白玉雕像。2018年12月7日，王蒙又亲自到河源市图书馆出席萧殷文学研讨会暨萧殷文学馆开馆活动。

想起卡尔维诺在《未来千年文学备忘录》里的一段话：

时间流逝的目的只有一个，让感觉和思想稳定下来，成熟起来，摆脱一切急躁或者须臾的偶然变化。

园内有两面诗墙，刻有20位历代诗人作品，几乎每位诗人的诗作里都有一段厚重的历史。文天祥《竹叶诗》：

大节千霄日，
虚心效圣贤。
文山聊写意，
挺拔万年坚。

后来，在紫金县，我才知道文天祥在紫金文山屯兵的历史。

南宋德祐元年（1275年），临安危急，为组建勤王之师，文天祥在江西全省征集义士、粮饷，并将自己全部家产充当义军费用，决心捍卫朝廷，以身许国。文天祥进京不久，元军已兵临城下，南宋皇室决定向元军以纳币称臣的投降方式，力图保存宋室宗庙。

南宋景炎元年（1276年）农历正月二十日，文天祥受命出使元营，向元军提出撤军议和的权宜之计。元军统领伯颜以死相逼，要文天祥代表南宋投降。文天祥毫不畏惧地说："我身为大宋状元丞相，至今只欠一死以报国。我誓与大宋共存亡，即使刀锯在前、鼎镬在后，也绝不皱一下眉头。"元军无奈，扣留了他。

后来他乘元军押送途中休息之机，从水路脱险，抵达福州，再举义旗，移驻汀州。第二年他率军收复了梅州、赣南十县和黄州四县，军事形势为之一振，史称"赣州大捷"。之后元军集中兵力围攻义军，在江西永丰县空坑重创义军，伤亡惨重，文天祥长女文定、幼女文寿在空坑被俘。文天祥在百姓掩护下再次脱险。

空坑兵败，义军元气大伤，文天祥率军经兴宁、五华进入紫金县中坝镇广福村岐山寨安营休整，将兵部设在半山腰的碧云古洞。当地名士久慕其才识，屡屡上山拜访，索求墨宝。山上没有纸张，文天祥摘一大片竹叶题诗以赠，后人便称此诗为竹叶诗。

据说文天祥离开碧云古洞那天，俯身拿起破草鞋，蘸墨在洞壁上写下三个大字：壮帝居。

之后为扩大实力，文天祥带兵经水墩到五华，于南宋景炎二年（1277年）八月，再次进入紫金县文笔嶂，屯兵南岭。南宋祥兴元年（1278年）三月，文天祥率义军离开南岭，在惠州、惠东一带伏击元军，后转战潮州，兵败五坡岭被俘。

诗墙上，有杨万里的诗《明发龙川》：

山有浓岚水有氛，
非烟非雾亦非云。
北人不识南中瘴，
只到龙川指似君。

苏辙、苏轼、刘禹锡、韩愈、王阳明、祝允明、卢纶……他们不仅仅曾在粤东北山川间写了一首首与这片土地相关的诗作，还留下了许多鲜为人知的故事。

诗墙上有苏轼《登霍山》：

霍山佳气绕葱茏，
势压循州第一峰。
石径面尘随雨扫，
洞门无锁借云封。
船头昔日仙曾渡，
瓮里当年酒更浓。
捷步登临开眼界，
江南秀色映瞳瞳。

霍山位于龙川东北部，海拔550多米，不算高，却是广东七大名山之一，属丹霞地貌，据说有372处险峻峰峦，有"丹霞山第二"之誉。

霍山原来不叫霍山，名为怪石山。相传楚汉战争年间，群雄四处，天下大乱，著名学者霍龙的先人自吴国一路南下避乱，选择龙川落脚，隐居于怪石山。汉高祖在位时，曾命人请霍龙出山担任要职，但霍龙无心官场，婉言拒绝。霍龙曰："龙川者，龙之生地也。龙若离川，莫若赐死。"从此，霍龙一心在此山结庐讲学，著书立传，传播中原文化，开导四邻乡人，直至功成仙去。后人为纪念他，便将怪石山命名为霍山。

除了大文豪苏辙、苏轼，唐代诗人韩愈、曹松，清代岭南大家屈大均等很多名家都在霍山吟有诗文词句。

韩愈《左迁至蓝关示侄孙湘》：

一封朝奏九重天，

夕贬潮阳路八千。

欲为圣明除弊事，

肯将衰朽惜残年。

云横秦岭家何在，

雪拥蓝关马不前。

知汝远来应有意，

好收吾骨瘴江边。

诗墙上这首诗，学生时代我就悉心诵背过，到广东后曾多次去潮州寻访韩愈足迹。如今方知此诗创作于千年古邑龙川。

不管时代如何变迁，其实，人看什么他就是什么。我很想成为这样的人。

缓缓而行，转到了客家民俗塑像《对山歌》前。

客家山歌自唐代始，就成为客家人在山间田野抒发内心情感的民间歌唱艺术，是中原文化与岭南本土文化不断融合的结晶，历经千年传承发展，蕴含和凝结了历代客家人的精神情感和思想内核，有着深厚久远的群众基础，是河源地区流传最久、最广的民间艺术，既蕴含了中华民族优秀民歌的精髓，又有本土艺术独具特色的艺术风格与魅力，是具有浓郁岭南特色的一种歌唱艺术，至今已有1300多年的历史，是河源文化的一张名片。

客家山歌继承了《诗经》传统风格，受唐诗律绝和竹枝词的影响，同时吸取了南方各地民歌的优秀成分，自成体系，语言生动通俗，大都是即兴吟唱出来，押韵上口。客家山歌有爱情山歌、劳动山歌、革命山歌、感叹身世的山歌、戏谑娱乐山歌等，据说唱腔曲调有200多种。其主要分布于广东梅州、河源、惠州、韶关，江西赣州，福建龙岩、三明，广西贺州，台湾等14个客家方言地区。

邹晋开老师说："客家山歌内容丰富，反映客家人的生活、情感、生产劳动、风土人情、风光景物、传统习俗等，客家人无论男女老少，都喜欢山歌，'一早出门唱山歌，这山唱来那山和'曾经是客家人的一个传统习俗。"

粤东北属丘陵山区，群山连绵，峡谷纵横，客家人以一曲曲客家山歌在江上，在山坡上，在沟谷田间倾吐内心情感，那令人愉悦或惆怅的歌声，如山野林间百灵鸟婉转的鸣唱，在蓝天白云下回荡。我边走边在心里想象客家人曾经的日常。

尽管深秋的阳光不是很烈，我还是走出了一身热汗。坐在树荫下纳凉，想起前两天跟几位文友一起吃饭，与河源市文化馆副馆长杨俊峰聊起保护客家山歌的事。

10年前，面对客家山歌濒临失传、断层的现象，杨俊峰在馆长肖蓼带领下，为保护和传承客家山歌展开抢救、挖掘、创新工作。

杨俊峰说，当时山歌人才青黄不接、断层现象比较严重，年轻人不会唱山歌，会唱山歌的人大都年事已高，传统山歌面临失传困境。

"有钱要做，没钱也要做，及时抢救。"从此，他们围绕挖掘、抢救、保护、传承开始忙碌。

客家山歌根基在民间，在老百姓的生产生活当中，抢救、挖掘自然要从民间原生态客家山歌入手，在原创的基础上探寻传承路径。杨俊峰带着人走村串户、调研摸底，在连绵起伏的群山里挨镇挨村寻找原生态山歌手。

走访调研的结果让他更感紧迫，为数不多的山歌手，多以年事高、家务、农事等诸般理由推诿，不愿出面。

一次不行，两次不行，就三顾茅庐。一次次登门向山歌老艺人虚心请教，以春雨般的文化情怀，从思想和精神上温润、感化、鼓励老艺人为山歌传承发挥传帮带作用。

然后，他们以文化馆为阵地，以点带面，组织各级举办灵活机动的山歌小点交流会，小规模山歌堂、山歌台等，在潜移默化里"引出人才、走上台面、示范引领"。

馆里精心策划，组织原生态山歌以打擂形式开展比赛，成功举办首届客家山歌表演赛和擂台赛，四届比赛激励一批批客家山歌传人走上了舞台。系列比赛，由小点到大面，由小台到大台，让参与者从中获得成就感、自豪感，找到自我文化的情感归属，享受山歌的魅力，激发群众的参与度和热情，4年不懈努力，使"河源市客家山歌大赛"成为河源本地特色品牌的文化活动。

在这个艰难的过程里，从个体到团队，山歌艺人和作品数量逐年递增，形式也从单一向多元融合，赛事规模和水平也螺旋式上升。

杨俊峰说："客家山歌的传承发展，离不开原生态山歌这个活水之源，但仅凭单一形式的比赛是远远不够的，无法催生出山歌的再生力。均衡、融合、高质量发展，客家山歌的保护传承、合理利用，才会形成一个科学规范、持续循环的完整发展体系，实现利用、弘扬、保护、传承。"

于是，新的探索又紧锣密鼓地展开。他们把借力打力、创新发展转化成客家山歌系列赛，组织以中老年为主的原生态山歌擂台赛，以青年为主的山歌表演赛；与市教育局联动，创立了以少儿为主的少儿客家山歌（童谣）表演赛。年年有赛、内容区分、形式有别，系列赛隔年轮流进行，催生客家山歌人才梯次成长。在内容创新上，突出作品类别、年龄特征和时代追求。除擂台赛，作品以近两年本土原创新作为主。同时组织青年客家山歌人才师资培训、交流研讨、表演培训、客家山歌词曲创作等系列培训活动，组织全市中小学音乐教师，集中培训传统客家少儿山歌（童谣）创新和创作，并将传统少儿山歌表演转化为客家少儿山歌（童谣）剧。

在不断的创新探索中，挖掘培养出一批优秀客家山歌手和客语原创音乐团队及一批原创优秀山歌曲目。杨俊峰任策划、编导、导演，在河源成功举办广东省客家山歌大赛、广东省第十届少儿艺术花会等多项重要赛事。2018年5月12日，河源客家山歌被列入广东省省级非物质文化遗产代表性项目名录扩展项目名录，2021年荣获广东省公共文化服务优秀案例。

那天吃过晚饭，我们聊了很久。那顿饭，我记住了这位叫杨俊峰的文化人。

公园里建有便于市民健身休闲的登山步道，可沿步道走上山顶观景平台，在"森林公园"的制高点上，俯瞰整个河源城区。

天空蓝得像水洗过，不见一丝云彩。站在山坡远眺，依山面湖的图书馆，如镶嵌在客家文化公园的一颗明珠。湖水碧波如镜，层次分明的树木环绕四周，有几棵树已染上了深秋的红色，有人在小桥上拍照。更远处一角，露出一片都市高耸的楼群。

我喜欢到人少的地方去。辽阔的公园静美得如一幅斑斓的国画，图书馆静静地立在那里，像一张巨大、气派的书桌，在那里静候喜欢读书之人。

我们没有走健身步道上山，直接去了有客家建筑元素的图书馆。

图书馆副馆长邓丽萍告诉我，整个图书馆是按客家五凤楼为原型设计的，因地制宜顺应地势进行建设，是一座客家建筑意象和现代建筑艺术融合、传统文化特色和时代建筑风采交相辉映的建筑。

我们跟着她的脚步，直接上到顶层萧殷文学馆。在馆里默默地看，安静地聆听。出来后，从三层至一层，看到的每个阅览区都座无虚席，许多读者没座位，就静静地立在书架旁阅读。脑子里忽然闪过布罗茨基的话：

你是什么人并不重要，重要的是，你在做些什么。

邓丽萍说："周末或节假日，读者更多，馆里没地方，不少读者会坐在馆外的绿树下、草坪上阅读。"

邓丽萍告诉我这座图书馆的前世今生。

它的规模与气派，超出了我对四线城市的图书馆的想象。

邓丽萍笑说，原来的市图书馆在老城区，由当年的河源县图书馆"升级"而成，交通不便，馆舍陈旧，面积狭小，藏书不多，种类也不全，后来要建流动图书馆时，没人、没地方、没设备，很惨淡，还比不上一个小县城的图书馆。

2008年2月10日，春寒料峭，借用河源市文化馆场地成立的广东流动图书馆河源分馆与河源百姓邂逅，开启了"一座图书馆温暖一座城"的新旅程。

那年，广东流动图书馆配备了1.2万册新书、16个书架、2台电脑、20张阅览桌给河源分馆。自此开始，广东流动图书馆每年给河源分馆增加1000册新书。

2010年，河源市决定在中心城区规划建设客家文化主题公园，把图书馆新馆纳入公园主轴线建筑布局。2013年3月，新馆建设列入市政府十件民生实事。

这年6月28日，预算总投资2.2亿元的新图书馆正式动工，而且按一级图书馆标准建设。

图书馆的赖金凤在《河源市图书馆的变迁记忆》里写道：

新图书馆建设与开馆过程，就像是等待凤凰花开的日子，凤凰木的花期如约而至，凤凰花火红地鲜艳起来，给人一种别样的震撼，就是在这样一种别样的愉悦中，河源市图书馆新馆正式开馆。

夏日初临，客家文化公园里一片翠绿葱茏，最吸引眼球的是图书馆。

2016年12月28日新馆正式开馆，这对许多河源人来说，是一个寻常的日子，也是一个值得铭记的幸福的开端。

依山傍水、风景秀丽的新图书馆成为全市文献信息服务中心、公共图书馆网络中心和群众阅读中心，迅速成为这座城市最受欢迎的文化新地标。

自此，一座集文献收藏、知识信息传播、咨询服务、书刊阅览流通、社会教育、展览、文化休闲娱乐等多功能于一体的大型综合性公共图书馆，以全新面貌面对普通百姓，犹如冬日公园里一枝傲然绽放的寒梅，喜迎一张张欢喜的笑脸。

在馆里转了一遍，这里不光阅读环境优美舒适，设施设备先进，数字资源建设和各种功能分区也一应俱全：中文借阅区、少儿天地、多媒体电子阅览区、报刊阅览区、视障阅览室、古籍典藏室、书画室、多功能报告厅、培训室、会议室、视听室、咖啡厅、自修区等，一切皆最大限度满足各类读者的阅读需求。

全开架、大流通借阅模式，营造融阅读、研讨、休闲为一体的阅读氛围；24小时自助图书馆，为读者提供全天候图书自助阅读和借还服务。

此时，广东流动图书馆也从过去的建设支持转为技术合作和指导。

河源市区常住人口280多万，而我在馆里一份资料上看到，7年，这里累计接待读者926万人次，举办阅读推广活动、展览、培训讲座13548场次，参与读者1212.82万人次，展览、培训讲座1235场；广东图书馆2017年学术年会、首届"图书馆发展岭南论坛"、萧殷文学研讨会等许多高端学术活动在这里举办。河源全民阅读指数不断攀升，这座偏居山区的市级图书馆，影响力竟跻身全省前列，为全省欠发达地区公共文化事业发展提供了"河源经验"与"河源模式"。

邓丽萍告诉我，馆里还以流动服务点的方式，将服务网络延伸至机关、学校、社区、乡村，以及外来务工人员密集的企业等领域，并根据读者需求建立了经典阅览区主题馆。图书馆主动拓展服务领域、延伸服务触角，建设了14个分馆、14个基层流动服务点，在中心城区建成了14个"源·悦书屋"自助图书馆和"粤书吧"，建设56个"馆校共享图书服务点"；建设全市公共图书馆数字化管理运行平台"读联体"，实现数字资源共建共享；将"通借通还"延伸到县（区）图书馆，通过县域总分馆再将阅读延伸到镇（街）、村，让城乡群众享受均等化阅读服务。

七年很短，只是序章，但这座图书馆却获评最美阅读空间、国家一级馆等诸多殊荣。

邓丽萍说："我们每天最开心、眼前最美的画面，就是市民在这里安安静静阅读的场景。"

说这话时，她的眼角眉梢荡漾着幸福的欢喜与神情。或许在她心里，经常来这里的人，可以生活得更幸福一些吧。

从图书馆出来，馆前一棵棵高大的凤凰树、文化地标图书馆与碧绿湖水、起伏着向远处延伸的公园，又形成了另一个美的视角。也许从馆里出来的人都会有我这样的感受。

凤凰花是我最喜欢的花，它红得纯正、热烈，像蓬勃的青春，向上的激情。广州的凤凰花比这边开得稍早一些，五月花开，红花绿叶，繁密的花朵缀满枝头，满树火红，富丽而安静。在这么美的环境里，人们会不会产生一种强烈的愿望，要以某种方式对此进行回报，在极其丰厚的收获与体验里回报自己一个小小的惊喜呢？

站在树下，想着馆前初夏的美，记起阿根廷著名诗人博尔赫斯的名言：

如果有天堂，那一定是图书馆的模样。

诗人阿赫玛托娃说:"每个读者都是一个秘密。"

时间正在向前,一代又一代来过这里的读者,或者游人,都将有充分的权利以他们热爱的词语来称呼这座公园、图书馆,以及这座城市。

从客家文化公园出来,与晋开老师握手道别。在回宾馆的路上,我忽然决定改变行程,离开万绿湖和河源城区,迈开脚步往更远处前行。

2023年10月29日

小路两边是高大的野橄榄树、米槠树、杉树。山上很寂静，也很热闹，万物蓬勃，那些珍贵的动物都在我们看不到的茂密森林里活动着；鱼儿在清澈的湖水里自由游动。也许那些美得妖艳的鸟，此刻就在我们看不到的树枝上注视着我们。

（王雁翔　摄）

河源位于东江、新丰江交汇处，自483年建县以来，就是东江上游重要商埠和各种货物集散地。　（陈剑云　摄）

暮春时节，桐花盛开，青山绿水间大片大片的淡雅白，形成一道"十里飞雪"的独特景观。青翠起伏的山峦上，洁白桐花一簇簇、一片片肆意怒放。（陈剑云 摄）

新丰江水电站大坝一边是碧绿的万绿湖，一边是峡谷，大坝两岸山坡陡峭，往上趋向和缓，植被葱郁，湖水从大坝闸口泄出，在开阔的峡谷里喧哗着缓缓向前。（赵春风　摄）

天空蓝得像水洗过，不见一丝云彩。站在山坡远眺，依山面湖的图书馆，如镶嵌在客家文化公园的一颗明珠。湖水碧波如镜，层次分明的树木环绕四周，有几棵树已染上了深秋的红色，有人在小桥上拍照。更远处一角，露出一片高耸的都市楼群。 （赵春风 摄）

半江镇依山傍水，高高低低的楼群，如浮在山脚碧水上的一片白色花朵，楼宇倒映在淡蓝色湖水里，推开门窗，满眼是辽阔碧绿的湖光山色，碧波荡漾。山水相接处几乎看不到平地。近峰翠绿如滴，远山如墨，云雾缥缈，如处梦幻般的人间仙境。 （赵春风 摄）

快艇在船尾犁出一道长长的波浪，白色浪花如晶莹的珍珠飞溅，像飞机在蓝玻璃般的天空拉出一道白雾。（陈剑云　摄）

万顷碧波壮阔、平静，太阳像一面有魔力的镜子，使远近不同的青山、湖面呈现出不同的色泽。万绿湖的湖面其实并非单一的碧绿，还有清灰、淡蓝、深蓝，颜色因阳光照射和观察视角而变化。（陈剑云　摄）

只鸟掠过水面，向远处静谧青翠的小岛飞去。 （陈剑云 摄）

处的山与岛，碧绿如翡翠，远山如墨，或浓或淡。空气清新湿润，人便不由自主地大口呼
心情舒畅得想对着碧波与青山大声呼喊。 （陈剑云 摄）

其实，很多时候，乡愁不止血脉亲情，还有那方土地上的细碎烟火，一碗汤，一道菜，一缕炊烟，亦是联结游子情感的纽带。（河源市委宣传部　供图）

半江镇。

（赵春风 摄）

龙凤岛。

（赵春风 摄）

七八月雨季，湿气重，水层冷，湖面会形成五六十厘米的水雾，看不到水面，整个湖面都笼罩在雾里，四周的青山也薄雾缥缈，宛如仙境。（陈剑云 摄）

辑 二

在高质量保护中探索高质量发展新路径，"生态+""农业+""文化+""旅游+"等多业态深度融合、竞相发展。

民宿小镇新回龙

　　辽阔、浩渺的万绿湖边，锡场、双江、半江、新港、新回龙、洞头六个乡镇，像簇拥着它盛开的六丛硕大花枝，在葱茏的山林间摇曳生姿。

　　新回龙镇在万绿湖西北角，东边与新港镇毗邻，从新港镇万绿湖景区码头驱车一个半小时，便到了有"马尔代夫"之誉的新回龙镇。

　　我无法从高处俯瞰万绿湖，难以准确判断新回龙在它边缘上的形状。在河源作家巫丽香笔下：万绿湖像一位翩翩起舞的少女，飞扬的左裙角处便是新回龙镇，开阔的湖湾簇拥着碧水，潮涌岸上，像一片壮观的海。岸上蜿蜒的山边平地，足够新回龙镇"长袖善舞"。

　　其实，岸边的平地不大，甚至显得有些狭小，像一角小海湾。两边是青翠的山。远处，是辽阔无垠的水面。

进入镇子之前，先映入眼帘的并非碧蓝的湖湾，而是山谷平地间一片片金黄的稻田，以及村民一栋一栋漂亮的小楼。村舍、稻田、青山、蓝天、白云，构成一幅幅色彩艳丽的油画。车子穿过一大片诗意、安然、画廊般缤纷的山谷平地，眼前豁然开阔，如抵海滨。

新回龙镇宣传委员叶文伟笑说，全镇总面积390平方千米，位列东源县第二，但多是山地与林地，生态林35万亩，森林覆盖率87.3%，耕地面积只有6000亩，10个行政村户籍人口近一万，人均不足0.6亩。因为没有工业和产业，许多人在外头务工，常住人口约3000人。

"有新回龙，是不是还有一个老回龙？"

叶文伟呵呵笑："新回龙镇的'回龙'二字，据传是因清乾隆皇帝出巡到这里返回而得名。清代这里属大洲都洪溪约，民国时设回龙乡。1983年冬改设区时，为避免与龙川县回龙镇混淆，改名'新回龙'。"

新回龙镇与惠州龙门县平陵镇相邻。

说笑间，叶文伟话锋一转："别看我们镇子不大，人口不多，因地处万绿湖之滨，不仅有风光绮丽、景色迷人的独特自然优势，交通也十分便利，距粤港澳大湾区城市不过一个半小时车程，每年来这里旅游度假的游客络绎不绝，多时一年超过21万人次。"

新回龙镇镇政府地处小径村。镇子确实不算大，甚至显得有些袖珍。但户籍人口只有600多人的小径村，因旅游业的兴起，村里常住人口已过千，占了全镇常住人口的三分之一。

令我惊讶的是，这个常住人口不多的小镇，竟建有一个污水处理厂，两个面积120立方米的滤水池，全镇污水处理率100%，雨污分流全覆盖，全镇89个自然村集中供水全覆盖。

拥有丰富的生态资源，独特的区位优势，这几年镇里将发展的新目标锁定在湖滨休闲农业、生态旅游康养上，在高质量保护中探索高质量发展新路径，"生态+""农业+""文化+""旅游+"等多业态深度融合、竞相发展，并将新发展定位在"万绿湖民宿小镇"这块特色招牌上。

我和东源县文联主席包丽芳走进新回龙镇这天，时值深秋，天高云淡，阳光明媚，晴空下碧蓝的湖水轻轻拍打着月牙形的堤岸。湖面上浮着淡淡的如烟水汽。苍翠青山环绕蓝色湖湾，山脚的镇政府办公楼、酒店、各种店铺、民宿、村民住宅楼，亦呈月牙形，沿着街道两边排列、延伸。青山、镇街、民居、淡蓝色湖水，构成一幅开阔、明媚里透着几分温婉与柔美的人间画境。也因此，新回龙人骄傲地向外界宣称，这里是万绿湖上的"马尔代夫"。

借着丰沃的自然生态资源和便利的区位优势，镇政府大力发展全域旅游，依托万绿谷休闲度假风景区，在旅游基础设施上不断加大建设力度，优化营商环境，培育特色精品民宿，鼓励村民发展"庭院经济"，人口不多的新回龙仅民宿、酒店和农家乐就有57家，早在2019年就被评为广东省休闲农业和乡村旅游示范镇。

2023年广东首届"向往的民宿"大赛，全省评出69家"向往的民宿"，新回龙镇占了4家。

叶文伟自豪地说："这湖山水，是河源几代人精心呵护、几十年淀积下来的，是别处没有、人间少有的独特资源，这些年，无数企业家和开发商争相想在这里投资，都被我们严格的环保要求卡在了门外。我们得像保护自己的眼睛一样保护好这片珍贵的青山绿水。"

他的话让我心里一动。10月23日，在万绿湖中部游客几乎无法抵达的水域，我看到一行大字：我们要像呵护眼睛一样呵护万绿湖！我当时还想，那行字是提醒自然保护区工作人员的。

老话说，靠山吃山，靠水吃水，守着青绿山水的河源人，要生存发展，当然也要吃水吃山，但他们吃得讲究，要在高质量保护、高质量发展里有讲究有品位地吃，不狼吞虎咽，更不会饥不择食。

新回龙将新发展定位在"万绿湖民宿小镇"上，建立以政府为主导，企业为主体的发展机制，推动行业自律，提升全镇旅游行业服务品质，在"设施配套多样化、旅游线路精品化、特色民宿品牌化"上用心用力，全力向生态友好型、休闲康养型、农耕体验型全域旅游小镇发展，每一处细枝末节里无不体现着吃里的讲究与学问。

青山碧水的优美生态环境，不仅吸引着越来越多外地人的目光和脚步，也使越来越多的年轻人重返家园，为家乡的发展奉献才智。

32岁的叶文伟，祖屋和田地都被淹进了新丰江水库，爷爷带着父亲不停往山上搬，越搬越高，现在的新回龙镇等于在半山腰上。他笑称自己是"移三代"。

2012年大学毕业，叶文伟完全可以离开家乡，离开粤东北山区，选择大湾区任何一个繁华城市打拼自己的幸福人生，他却毅然选择了回乡。2015年他以紫金县全县第一名的成绩考上公务员，两年后，调入东源县水库移民工作局，椅子还没坐热，2018年夏天，他主动赴锡场镇林石村扛起了乡村振兴工作组组长的重担。

那是东源县最北边的一个村子，在韶关新丰县与河源东源县交界的大山里。驻村三年，他不舍昼夜地为村里振兴发展忙碌，有时累得感觉浑身骨头都快要散架了，但再忙再累，他都不忘灯下学习。

2020年，叶文伟以优异的成绩考上华南农业大学农业管理专业硕士在职研究生。三年驻村归来，征尘未洗，他又转身沉到了新回龙。

就在我们见面时，他已通过论文答辩，即将毕业。

与叶文伟不一样，25岁的郭钰锋，老家在江西吉安，父母在东莞打工，有一次他跟父母回老家路过新回龙，被这里的山水深深拨动了心弦。从此心心念念难舍这里。

2022年暨南大学硕士研究生毕业，他在网上看到东源县公务员招考信息，果断放弃珠三角发展的各种诱惑，如愿来到了新回龙。

"我是学环境工程专业的，这里很适合我。"郭钰锋神情显得有些腼腆，"每天推门出来，就能看到碧绿的湖水，山上云雾缭绕，一天里的心情都是愉悦的。能在这样的地方拼搏、成长，我的幸福指数比同学高多了。"

我在镇政府看到，近三分之二的工作人员，都是本科以上学历的年轻人，他们朝气蓬勃的脸庞，如这方迷人的山水，正在广东省"百县千镇万村高质量发展工程"的号角声里，用自己蓬勃的青春和智慧书写着乡村发展的新篇章。

街道上，一派忙碌，在叮叮当当的工具声和施工机械轰鸣声里，施工队正按更美好的"民宿小镇"规划，做美化和基础设施改造。

下午三点，叶文伟提出带我们去八字山看看，我欣然答应。

叶文伟和小径村党支部书记李树平各自开来自己的四驱越野皮卡。

车子轮胎比路虎的还宽，看上去生猛且狂野，李树平顺手往车厢扔了两把长把砍刀。

我心里噜儿一声，心想路况也许不一般。

"徒步上山，上下得五个多小时，开车快一些。"叶文伟说。

李树平转脸问我："你要不要换一双运动鞋？"

我低头扫了一眼自己脚上的平底休闲皮鞋，回说："不用。"

其实，运动鞋我带着，就要出发了，自己又跑回住处换鞋，让别人等着很不合适。

脸膛黝黑、身形结实的李树平，身穿咖啡色圆领短袖汗衫、黑色运动裤，脚蹬沾满泥巴的运动鞋。

44岁的李树平也是"移三代"。他说，建新丰江水库时，爷爷带着一家人先移民到博罗县，在那边生活了三个月，又返回家乡新回龙小径村，在水没淹到的山坡上，跟倒流回来的乡亲们一起开荒、建屋。

李树平从军退伍后，先在深圳打工，后来回到镇上干了几年合同工。2021年村委换届，他被推选为小径村党支部书记兼主任。

八字山是河源的祖山。据《河源县志》记载，以前的赤溪约、洪溪约、平陵约，就是现在新回龙的辖地。

《河源县志》这样描述八字山：

河源祖山始于八字峰，自新丰江旖旎而来到南山一峰，龙分三支，左一支起回龙诸山峰顺新丰江环抱县龙为邑上势；右一支起高埔诸山逆东江环抱县龙为邑下关。中一支踊跃五十里于白石嶂与笔架山相夹之处顿起，以下、过、穿、脱、换等飞潜之势，融结于河源两城。

河源是纯客家地区，也是客家文化的发祥地之一，经历两千多年的岁月，从地图上看，这里的"河源两城"应该是原河源县和东源县。

让新回龙镇人骄傲的是，这秀耸的群山间，一位客家秀才的名字也是照耀这山水的名片。

一千多年前，客家人古成之从八字山脚下启程，翻山越岭一路跋涉，在天子殿堂参加会试，于端拱二年（989年）举进士，成为宋朝以来岭南第一位进士，宋太宗夸其："岭南举士者，始于成之。"

车至八字山山脚，未停，李树平的车在前，叶文伟紧随其后，从水泥村道猛地窜上超过50°的黄泥坡道。山高林密，黄泥路仅容一车攀行。

叶文伟说，这路正在修，还没完工，之前是村民双脚踩出来的崎岖小路。李树平找村里乡贤筹集了一两万元，9月开始，顺着小道修一条山路上去，要开辟一条生态旅游线路。

刚推挖出来的路，其实还不能算路，脸盆大的石头和坑，坡陡弯急，越野皮卡像醉酒的猛兽，剧烈颤抖，颠簸如跳舞，狂野地嘶吼着向上冲。叶文伟瞪大眼睛盯着前方，方向盘在双手间不停地快速转动，我双手紧紧抓着扶手，身体却不停地上下左右大幅度晃动，头晕耳鸣，颠得心跳如击鼓。车冲至无路处，见一挖掘机还在轰鸣声里忙着平整山窝巴掌大的一块凹坑。

叶文伟跳下车说："车只能到这里，剩下的一百多米要徒步上去。"

我将目光落在他和李树平身上，两人皆满头汗水，李树平的汗衫整个儿被汗水湿透，叶文伟的后背也是湿的。

莽林森森，遮天蔽日。粗壮的藤条如绳索，从高拔的古树上一根根垂挂下，若在下边挽一个坐板，就可以在密不透风的山林里荡秋千。阳光透过密林枝叶，将一道道金光箭镞般斜射进来，使阴森森的山林更加迷幻。

"这是攀登训练的好场地，双手抓着长长的藤条，嗖嗖嗖上去，然后唰啦一声滑下来。"

叶文伟被说得似乎有点心痒，昂头伸手扯了扯藤条："估计特种兵可以。"

荆棘密布，落叶枯枝，泥泞湿滑，脚下便极其艰难，山林坡度近70°，像悬崖。我一边艰难地往上攀登，一边在心里后悔，情况不明决心大，出发前应该听劝，脚上如果是运动鞋，会好走一些。

李树平挥动砍刀，在前边砍荆棘开路，我们跟在后边，气喘如牛，一步三晃，甚至手脚并用向上跋涉。

热汗淋漓爬到一处不大的空地，一方低矮简陋小庙，香炉里插着密集的残香，旁边有一个带盖的烧纸货的大铁桶。

李树平说："八字山自西往东有三个山峰，分别是上八字、中八字、下八字，山脚到山顶2.3公里，海拔583米，我们现在的位置，是下八字的峰腰处。上边的上八字峰巅，有一个海龙王神祠，以前久旱不雨，村民都会来山上求雨。"

我笑说："现在住在湖边，还求啥雨。"

李树平嘿嘿笑。

视线被四周密集高大的树木遮挡，透过林木空隙，能眺望到山脚新回龙山水隐隐一角。

李树平说："上山的路修通后，我们会从这里架一段木栈道出去，在视野开阔处搭建一个观景平台，不仅镇子和湖湾云雾缭绕的美景尽收眼底，还可以远眺万绿湖的湖光山色，我相信不光摄影爱好者，每个游客都会登上这里一饱眼福。如果再有一点资金，从这里修一条到上八字峰的栈道，将美景连起来，那就更好了。"

这是一个有眼光有魄力的年轻人。我心想。

不管多么窘迫，即便四处求人，他都要执着地将路从山脚修上来。这是一条能带来幸福的路。多一个登山观景的地方，游客的脚步就会在新回龙多停留一天，既能让游人亲身体验登山的乐趣，感受大自然的美好，鸟瞰美丽新回龙，远眺万绿湖迷人美景，又能让村里开民宿和农家乐、卖土特产的乡亲们多挣到一些钱，"富绿"日子越来越好。

他正在修的，是一条他和新回龙镇乡亲们可以走到老的路，迷人且充满勃勃生机的路。

晚上，住镇上"回龙印象"民宿。在湖边走了一圈，便在大厅跟民宿老板叶凯聊闲天。

43岁的叶凯是独生子，1992年入伍，在部队5年后退役。

"我家在锡场镇，是水库移民，移民搬迁时，我爸刚3岁，奶奶用箩筐挑着他。跟爷爷和伯伯移民到韶关兴丰不久，奶奶和爷爷就分开了，我爸一直跟奶奶长大。我爸很少给我讲那段经历。"叶凯说。

退伍回乡后，他在河源源城区一个单位当了八年合同工。

2020年，叶凯拿出自己多年的积蓄，又贷了一笔款，200万元买下新回龙一所废弃的小学，建成了眼下这个民宿。

叶凯说："开民宿之前，我在这里给别人看一个工程项目，在镇上住了两个月，很喜欢这里的环境，就留在镇上创业了。这是新回龙镇上的第一家民宿。"

尽管开业只有短短两年多时间，2023年9月，他的"印象回龙"已在广东首届"向往民宿"大赛中被评为"向往的体验民宿"。

包丽芳说："你应该出去开阔一下视野，去云南看看别人的民宿是咋装修经营的。"

叶凯笑说："一直没时间出去。"

也许正因为是第一家，叶凯的民宿位置特好，在街道西头，穿过门前街道，就是碧绿的万绿湖。街道延伸出去的公路，将一泓碧水隔在了山脚，如一小片清冽冽的湖水，而他的民宿就在小湖岸边。坐在小院树下的草地上，眼前就是如梦似幻的青绿山水。

叶凯的民宿房间，是一间间教室改装成的，很宽敞，但缺乏民宿的氛围与惬意，包丽芳看出了这一点，才建议他去外边看看的吧。

清晨七点，小镇还未从睡意里醒来，街上一派寂静。我立在湖湾，淡蓝色的湖面上，浮着淡淡的、蒙蒙的雾，远处岛屿与岸边青山，像湖的幻境。空气清新得如细雨洗过。

一艘白色小船，安静地停泊在湖边，等湖波轻轻将它摇醒，等欢快清亮的鸟鸣唤醒。恬静、迷人，这是一个山区小镇的清晨。

新回龙的灵秀迷人之处，当然不止这些，还有名气响亮、不能不去的东星村。

早饭后，叶文伟继续开着他的越野皮卡，我们在满眼浓得化不开的绿里，向新回龙东南方向进发。

尽管公路离湖边还有一段距离，但车子一边是葱茏连绵起伏的山，一边是雾气缭绕、隔着山林的万绿湖。湖一直若隐若现地伴着我们前行。双车道县道干净得连一片落叶都看不到，像一条隐在绿色里的飘带，随着山脚缠绕，弯道一个接一个。风里有浓郁的草木与湖水气息。

不到一个小时，车抵南山脚下。八字山和南山，是河源无人不知的名山，但南山大雾弥漫，我们不得不放弃登南山远眺万绿湖的计划。

逶迤的两列山脉——南山与桂山，在晴空下绿得如墨如黛，云雾缥缈。两山之间宽阔的山谷溪地，寂静、安然，有野花，有飞鸟，有人在稻田里劳作，公路两边，灰黑的古屋与一栋栋明亮气派的新楼在山脚、平地星罗棋布。

我置身于这片谷地中间，视野开阔而有限。如果能从飞机上或南山俯瞰，眼前的世界也许会是另一种美。遗憾的是，高耸的南山云雾弥漫，那别样的美只能在心里想象。

走进南山脚下的东星村，54岁的村党支部书记杨晚平，已在村委会等着我们。

"东星村即万绿谷，万绿谷就是东星村。"杨晚平呵呵笑道，"东星村人大都是明清时期从兴宁那边迁过来的。1958年建新丰江水库，300多村民迁至南山南边的义合，1961年近一半的外迁村民又倒流回来，跟原来搬到高处的村民一起生活，这就是你们现在看到的东星村。"

叶文伟接过话茬说："老杨低调，万绿谷景区早让昔日的东星村变了模样，户籍人口不足1000人的东星村，村集体年收入接近百万元，是我们新回龙最富裕的村子。"

"因为偏远，交通不便，以前东星村跟库区的许多移民村一样贫穷落后。陆路是泥巴路，不好走，又没车，湖上没有船直达这里，村民外出，坐船到半途的洞源村中转才能到新港镇，路上得花不少时间等船，出去一趟差不多要半个月。村里搞什么建设，材料得从新港镇找船运进来，非常不方便。2000年前，种田、打鱼、砍树卖木料，是村民的主要生活和经济来源。"杨晚平回忆说。

2005年，水泥路从新回龙镇修进了东星村。两年后，万绿谷景区对外开放，东星村发展也随之揭开新的一页。景区建设投资方出了一半资金，帮村民通上了自来水，又帮村里安装了2.5公里路灯。

而村民除了景区山地和生态林分红外，与村集体也有一定比例的门票收入分红，还有三分之一的村民可以在景区干各种服务性工作，每人每月也有3000多元收入。

随着万绿谷景区旅游的日益火爆，许多在外务工的村民纷纷回村，开起了民宿和农家乐、卖绿色土特产，在家门口靠绿美山水致富，安居乐业的幸福生活反倒让无数外来观光的游人惊讶和羡慕。

从村委会出来，杨晚平带我们在村里走走。

听说50多岁的吴伟平是村里最早开民宿和餐厅的人。走到吴伟平家漂亮的三层楼前，我们想进院子里看看，杨晚平笑眯眯地说："两口子不在家，出门旅游去了，半个月了还没回来。"

杨晚平告诉我，吴伟平原来在县城卖瓷砖，2011年回来，将家里三层楼收拾出来，两层做民宿，一楼做餐厅，还流转了60亩地，跟人合伙种阳光玫瑰葡萄和各种生态果蔬，他出土地，别人负责技术。他的民宿、餐厅和采摘园，都雇了人干，自己当甩手老板，一年有上百万收入。

当然不只吴伟平，东星村村民在这片山水间开了16家民宿与农家乐，旅游旺季，一家比一家红火。

东星村不只是新回龙最富裕的村子，也是一个美丽的村庄。古屋老村大多已闲置，一栋栋小别墅模样的新楼挺立在青翠的山脚谷地，稻田泛着金黄波浪，采摘园里静悄悄的，过了产果期的火龙果、圣女果、葡萄、蓝莓等在寂静里等待着春天。

镇卫生院的医护人员正在村里为村民免费体检，村卫生站和几个村民集中点上，传来一阵一阵欢声笑语。

因是旅游淡季，村里几乎看不到游人，显得安静而祥和。阳光明媚，村道整洁。我们在村里盘桓流连了近一个小时，已是下午五点多了。

我们坐在公路边的草地上，喝水，歇脚。杨晚平说休息一阵，再带我们去景区看看。

我晓得不远处的山谷，就是一片纯天然的，几乎没有什么人为开发的生态乐园，有淙淙欢唱的山泉，清澈透亮的溪水顺着山谷而下，是年轻人痴迷的漂流地。

但我不打算进景区，最美的风景已经装在我心里。

与杨晚平握手告别，叶文伟一个人驱车回镇里。我们驱车离开了南山脚下的东星村。

2023年10月30日

他的故事正在蓬勃生长

"你有一手好牌，被你打得稀巴烂。"池智勇的爱人曾惠霞泡着茶说。

停了半晌，她又说："不管你风光、失落，我都一样，没骄傲过也没嫌弃过。"她的话语轻浅，如她娴静温婉的面容，听不出是埋怨，还是惋惜。

脸膛晒得黝黑的池智勇，慢慢啜着紫砂小盏里的茶汤，神情淡然，像品味曾经的过往。他放下茶盏说："也没啥大不了的，人来这世上，不能只为自己活着。"

2023年10月31日上午，在距东源县涧头镇不足一公里的公路边，在曾经热闹的"耕河人家"酒楼三楼前厅，我们围着一张红木大板跟他俩喝茶、聊天。

门外，柏油公路上的大货车嘶吼着，刚过去一辆，又跟一辆，还有三轮农用车、面包车、轿车，噪声携着灰尘从敞着的门外扑进来。两扇油漆斑驳的木门，用铁丝拴在两边。

酒楼在小湖边，临水而建。因湖水上涨，一楼泡在水里，二楼整洁敞亮，每个包间各种餐具和桌椅仍整齐有序地摆着，似乎正等着食客们光顾。

已歇业三四年的酒楼里一派寂静。靠湖边的一个大包间，变成了池智勇和家人的餐厅。山坳的湖水是流动的，清澈明净，在秋日阳光下，泛着层层鱼鳞般的银光，鱼在湖里自由地生长着。

门外车辆一阵紧似一阵地轰鸣，我们不断停住话头，等噪声远去。池智勇说："到里边大厅坐吧。"

空阔的大厅里，沙发上苫着布单，桌椅收在一边，地上码着一堆一堆他生产的"正能量山泉"和"水砬山泉"牌矿泉水。墙上装裱讲究的字画，已在时间里洇出一片一片霉斑。

我们进到大厅之后，他的妻子曾惠霞因为有事离开了。

池智勇找来抹布，擦过一张大桌上的灰尘，我们坐下接着聊天。

我告诉池智勇，我是在探访万绿湖的路上，偶然听到关于他的只言片语。他淡淡说："那都是过去的事了。"

池智勇手上确实握过好牌，而且不止一手。

"我是学体育专业的，上学时每天都要跑十五公里，整整跑了三年。"池智勇说。

我笑说："怪不得你身材这么好！"

他也笑了："有一阵子挺胖的，体重180多斤呢，这几年瘦了不少。"

1989年夏天，从师范学院毕业的池智勇，被分配在东莞一所学校任体育教师。虽说一个月工资只有70多元，但公办学校教师是人人羡慕的"铁饭碗"。

他说："我是老大，下边还有一个弟弟，三个妹妹，父母种一点山地，家里生活非常困难，我那点工资，给家里什么忙都帮不上。"

他白天上课，晚上借同学哥哥一辆黑色嘉陵旧摩托车，拉一个客人挣一块或两块钱。风里雨里跑了一年，他又东挪西借，凑钱换了一辆二手旧丰田车。

一次拉客，车上上来一位自小患小儿麻痹、挂着双拐开模具厂的老板。两人几句闲聊之后，那个名叫李延年的老板请他去厂里开车。

他几乎没有犹豫，就放弃了教师职业，将自己连人带车租给了李延年。

一年后，专职司机池智勇肩上多了一个"总经理助理"的担子，跟着李延年天南地北跑业务。

"第三年，老板要建新厂，将任务交给了我，我一年时间就帮他建好了新厂。那时，采购员采购设备几乎都会拿回扣，我帮他建厂、进材料、买设备，一分钱回扣没拿过。"池智勇说着，将一小瓶朋友水厂帮他生产的矿泉水递给我。

"你放弃'铁饭碗'去给别人打工，不就是为多挣几个钱帮衬家里吗？"

"君子爱财，取之有道。我觉得那样做对不起别人的信任，我进厂时老板给我的月工资是3000多元，比技术员还高，跟着他不到十年，我工资已涨到了3万多元。后来，我离开那个厂子，自己要在东莞开一家塑胶模具厂，租好了厂房，没钱进设备，去找原来供货的厂家，七台设备，一台45万元，我提出货款分三年付清，人家没任何犹豫就答应了。凭什么？就是曾经的那份感情与信任。"

虽说新建的塑胶模具厂规模不算大，但池智勇自己当老板，每个月40多万元纯收入，让亲朋好友十分羡慕。

短短四年时间，池智勇已是资产上亿的私企老板。

2004年一个夏夜，池智勇跟自己的供货商、一家大型企业的老板一起吃夜宵。临别，老板说："我明天去江西考察，准备在那边投资建一个新厂，有空一起过去转转？"

池智勇迟疑了一下，说："明天早晨回你话。"

老板的话像一道闪电，让池智勇眼前突然一亮。回到家，已是凌晨三点，他犹豫再三，还是拨通了家乡涧头镇领导的电话。他希望朋友在涧头镇投资建厂，给家乡带来新的希望与发展。

第二天，他说服老板改变行程，驱车将他们带到了涧头镇。

"他看到我们这里山清水秀，自然环境好，空气清新，适合投资，决定在这边建新厂。"池智勇说，"他答应在涧头镇投资建厂，却给我出了一道难题。"

"什么难题？"

池智勇的神情似陷入当时的抉择之中，他看着桌面沉思半晌，抬头看着我说："他提出必须由我担任这边新厂的厂长，否则就不在涧头镇投资，如果我不答应，事情就会泡汤。"

2005年初，池智勇将自己的厂子转给别人，在涧头镇扛起了负责新厂建设的重任。两年不到，两栋大厂房，三栋员工宿舍楼拔地而起，投产当年就为镇政府带来3000多万元税收。

"从年收入四五百万的老板，转身成为月工资一万七千元的打工人，一般人很难做出你这样的选择。"

池智勇的表情有些不以为然，呵呵笑道："当时许多人都觉得难以理解，这个厂子是涧头镇的第一家企业，厂里除技术和管理人员，还有500多名员工，90%是涧头镇人。看到乡亲在家门口有事干，有钱挣，我当时挺开心的。"

因为老家在镇子的举溪村。他此前已将家里的老瓦屋拆掉，新盖了一栋小洋楼，还给村里修了水泥路，在河上建了桥。

在工厂上班，不管工作多忙，他每周都会回村里陪父母吃一次晚饭，聊聊天。第二天早晨再开车去厂里上班。

"村里几个老人，经常坐在村子的路口等我，等着坐我的车来镇上。那时村村通水泥路已经修到了村里，但没有车，村里人到镇上办事、买东西，孩子上学，来回要步行近二十公里，很不方便。他们坐我车的次数多了，我心里就萌发一个想法。"池智勇说，"因为在家门口做事，2011年村班子换届，村里选举我当村主任，我就开始琢磨将整个村子搬迁到镇上。"

将全村三个小组、99户人家从偏僻冷清的半山坳集体搬迁到镇上，消息一传出，全镇哗然。一名对口帮扶举溪村的深圳扶贫干部大吃一惊："脑子有病啊，你一个小小村干部，要地没有，要钱没有，两手空空，拿什么搞那么大工程？"

倔强任性的池智勇不听劝，他的想法简单而朴素，老村在数百米高的山坳里，出行不便，帮乡亲们在镇子附近建一个新村，把他们迁出来，生产生活就会得到根本改善。

池智勇东奔西跑，为每户村民争取到3万元危房改造补助资金，让每户村民自筹2万元。2013年，池智勇在涧头镇附近征下100多亩山地，将半个山头削平，紧锣密鼓开始了新村建设。

一边是500多名员工，年产值11亿元的企业经理，一边是扛着举溪村搬迁新建重担的村主任，两副担子皆重如千斤。那几年，涧头镇的人看到的不是穿着讲究气派、潇洒倜傥的企业老板，而是一个忙得脚打后脑勺，风雨无阻地为举溪村99户村民安居乐业奔走的小村干部池智勇。他放弃逍遥自在，将自己的命运跟举溪村的乡亲们紧紧捆绑在了一起。

为每户人家建一栋现代化居室，5万元犹如杯水车薪。除17栋两层半、88栋一层半的房屋，还有征地、平地、打桩、规划设计、道路、绿化、基础设施，小区集中排污系统，卫生站、棋牌室、篮球场、乒乓球场等各种场所，巨大的资金缺口快速席卷着池智勇积累的财富。筹钱成为他每天睁开双眼必须面对的难题。

2017年初，经过池智勇5年不懈努力，举溪村完成了新村建设，村民们在无限欢喜的噼噼啪啪鞭炮声里乔迁新居。那是一段比过年还热闹隆重的喜庆日子。只是，很少有人知道，池智勇为这个新村建设，不声不响一笔笔贴进了300多万元，而施工方的370多万元工程尾款，还没任何着落。

这年村里换届选举，池智勇又被乡亲推选为村党支部书记。池智勇征求乡亲们的意见后，还想干一件事，搬迁后的老村有碧绿山野，淙淙河流，空气好，山上林木葱郁，只要将村民闲置的屋院改造成高端民宿，稍做规划改造，就可开发成一个休闲度假区。他亲自规划设计图纸，与深圳一家企业集团谈妥了合作事项，度假区运营后，可每年支付村民250万元租金，村民依各家院落、人口和山地面积，不仅每户人家平均每年有10多万元分红，村集体也会有一笔收入。但是，已经签好的合同，出于种种原因无果而终。

"原来我还想在新村旁边建一个矿泉水厂、一个茶油加工厂，解决村民们的就业难题，后来因为没有资金，也被迫放弃了。"池智勇笑着说。

2018年初，他主动辞去了举溪村党支部书记的职务。

"因为老村建度假区搁浅的事吗？"

"不是，在村里上班，许多事情走不开，就辞了。"

说着，池智勇起身去墙角桌子上找什么，翻了半会儿，又转身去大厅里屋，出来又在桌上的杂物里翻，看得出那东西他早就忘了，不知塞在哪儿，最后从一个落满灰尘的塑料袋子里拿来一张纸。

这张纸，是一张他写给新村建设施工方的欠条。

"建新村的这300多万元工程款，怎么会在你名下？"

"施工方知道村里没能力支付这笔钱，村里也确实拿不出钱，他们认我，我就写了欠条，自己来还，每年还一点，也不记得还了多少了。"池智勇一脸云淡风轻，似乎不太在意这笔钱。

沉思片刻，他说："这点钱算什么，人一生能干一两件有意义的事情，值得。"

当村干部，正是村里脱贫攻坚时期，池智勇主动带头，每名村干部结对帮扶两户贫困家庭。

他选了村里最困难的两个家庭。40多岁的肖锦山，母亲患老年痴呆症，两个儿子患白血病，家徒四壁。对口帮扶的扶贫干部让他养牛不干，养羊也不干，池智勇得知他会焊工，为肖锦山担保、垫资、买工具、租店铺，让他在东源县城做不锈钢门窗、防盗网等，短短几年，肖锦山勤学苦干，不仅早早脱了贫，还在县城买了房，过上了有房有车的幸福生活。

肖志欣自小患小儿麻痹，母亲患风湿病，供着两个儿子读书，日子十分艰难。池智勇给肖志欣妻子在镇上找了一份打扫卫生的工作，亲自给他家搭建鸡棚，鼓励行动不便的肖志欣养鸡鸭，养大了又帮他找销路。

养了两年鸡鸭，肖志欣手里有了一点钱，便在东源县租了鱼档卖鱼。2019年，肖志欣也在县城里买了房，一家人都搬到县城里生活了。

任村干部8年，池智勇连续5年担任广东省21个地级市市委书记党建述职评委。一次评委会上，一位省领导找他聊天，他直言不讳：农村的党建工作没走到最后一步，村里没有办公经费，村干部年龄普遍偏大，一个月800元怎么能留住有能力的人，他们的家庭如何生活，孩子不上学吗？

这年年底，村干部工资从800元提高到1300元，并建立了逐年增长机制。现在，村干部的每月工资已涨到4000多元。

2014年，他所在的企业突然传来坏消息：资金链断了。

"当时老板去某省投资建30万平方米的新厂，我劝他不要去，摊子不宜铺得过大，他听不进去。结果资金链一断，整个企业轰然一声倒掉了。"

2015年5月，池智勇在涧头镇一手创办的分厂，红红火火运转了8年，也随之倒闭。

池智勇不得不另找企业。他借用旧厂房合资建了一家矿泉水厂。一年后，投资方撤资，水厂停业。

"听说你在镇上还创办了一所幼儿园。"

池智勇呵呵笑："那早了，2011年——我当村主任那年，镇上许多年轻人在厂里上班，小孩子没人帮带，我投了600多万元，在镇上建了第一所幼儿园。"

工厂倒闭后，涧头镇中心幼儿园的孩子一天比一天少。现在，幼儿园有60多名孩子，他的妻子曾惠霞带着9名老师，一名保安和一名厨师仍坚守在岗位上，但每个学期4万多元的缺口，则需要池智勇补贴。

"老往里边贴钱也不是办法，想过别的方法吗？"

池智勇说："想过，如果关停了，孩子们就得去别的镇上幼儿园，不方便。能坚持一年是一年，实在没办法了再说。"

随着了解的深入，我觉得我慢慢读懂了他笑容里的复杂情愫。

我将目光再次落在眼前这个曾经在商场上风生水起，带着村民脱贫搬迁的人身上。

尽管已年过半百，但身高一米七六的池智勇身形挺拔，一身咖啡色长袖衬衣与淡绿色休闲裤，随意而率性，人生的跌宕起伏似乎很难征服他。短而乌黑的头发，脸庞黝黑，额头眼角皱纹细密如织，说话时带着淡淡笑意，话语与神情里，有爽朗、豁达、坦然，亦有无所谓的倔强，看人的目光深沉、睿智，透露出他是一个富有人生阅历的人。而他脚上沾着泥巴的旧运动鞋，很容易使人将他看成一个在田间地头忙碌的新农人，但说笑时眉宇间不易察觉的忧郁气质又告诉我，他不是一个农人，是一个有品位、梦想，有思想和气场的人。

看得出，他想说的心里话很多，似乎又一时无从说起，又或者不愿多说。

谁能读懂他内心鲜为人知的情怀与担当？

池智勇说："我要去鱼塘了，你们要不要去？"

出门，门就那样敞着。我在后边问："不关门，你就不怕路过的人进门顺走桌上的紫砂壶茶具？"

他转脸笑道："不会的，这里民风很好。"

池智勇有三个鱼塘，皆是山谷流动的湖水，分别养着10万尾草鱼，2万尾鲈鱼，30万尾大头鱼。

"我的鱼一天只喂一次食，主要让它们吃湖里水草和各种微生物，这样鱼的品质会更好。"

山上植被郁郁葱葱，绿得耀眼，蓝天白云下，山窝里的湖水清澈如镜。走上湖上窄窄的月牙似的铁桥，他拿起铁勺轻轻敲一下铁栏杆，平静的湖面突然一片沸腾。

"上中学时当班长，敲钟叫同学起床；当厂长敲钟，喊工人起床上班；现在当鱼司令敲钟，叫鱼来吃饭。"他一边自嘲，一边用铁勺往湖里一勺一勺撒鱼食。

三个大鱼塘，除酒楼旁边的最近，另外两个都在一公里外，去年年初投进去的鱼苗，已长成七八斤的大鱼。他没雇人看鱼塘，花一万元从别人手上买了一架二手大疆无人机，有时会坐在酒楼旁，在忽近忽远的嗡嗡声里，用无人机巡逻鱼塘。

不只养鱼，他还大量收购万绿湖里的罗非鱼，用冷链车送往东莞和深圳。

尽管早已从当年商圈的佼佼者退隐为一名养鱼种稻者，但他与东莞一位身家过亿的企业家的深厚情谊依然延续着。去年，池智勇想在东莞开一个鱼档，那位70多岁的忘年交朋友说，找别地儿了，在我公司旁边给你开一个档，我闲着没事，免费帮你卖鱼。

池智勇给鱼档买了一辆旧面包车，有时送鱼过去，两人一起开着旧面包车给酒店送货，一起喝酒、品咖啡……他和曾经的朋友们一样，都喊那快活老人"老头"。

"平时都是他在那边帮我送货，照看鱼档。"池智勇说。

我说："日本人不管不顾地往大海里排放核污水，明年春天海鲜就不敢吃了，湖鱼的销路应该不会差。你是嗅到了商机，还是歪打正着？"

沉默半晌，他阴着脸说："我宁愿自己的鱼不卖钱，也不愿看到日本人将核污水排进大海污染海洋世界。"

我们跟着他，穿过公路去山腰的另一个鱼塘，走了不足百米，三栋十多层高的楼间隔不远，并排挺立在两山之间的草丛里。

池智勇停下脚步说，这是工厂当年的员工宿舍楼，员工们下班后，晚上在楼前小广场上打篮球、羽毛球，唱歌，灯火通明，非常热闹。楼后公路对面不远，就是工厂厂房。

工厂和员工宿舍楼建设时的忙碌，员工们上下班、休息时洒落在这里的欢声笑语早已随风而逝，但那些美好的记忆，一直留存在他心中。那些美好的记忆，与池智勇的情怀、梦想有关，与涧头镇的乡亲们有关。

我忽然想起，上午来涧头镇时，司机竟将车径直开到了这几栋宿舍楼前。我们下车后一脸茫然。荒败、瘆人的寂静里，楼前破损的篮球架子倒在水泥地上，满地杂草比人高。我问同行的包丽芳："是这里吗？"

包丽芳说："池智勇发的导航就是这里啊！"

司机也说："定位是这里啊！"

我心想，他怎么会在这废弃的楼里等我们呢？

然后，包丽芳又打电话，问他人在哪里。

此时，我忽然明白，也许他发定位时，人正走在我们脚下的坡路上。

顺着能容一车通行的水泥坡路往下走，眼前是一层一层在秋风里微微起伏的金黄稻田。这是池智勇的七亩稻田，不远处还有两亩番薯和两亩花生，在田里劳作，抬眼就能望到那三栋高耸的宿舍楼。

山坡上万物蓬勃，却静得连一声鸟鸣都听不到。我立在田埂上，看着有些黑瘦的池智勇，在脑海里想象他一个人在这山野上默默劳作的场景，心里潮水般漫过一股难以言说的情绪。从开200多万元林肯车的私企老板，到如今开新能源车的养鱼种田人，他将自己隐退在这寂寥的山野间，竟那么从容乐观。

他像一把钥匙，让我看到了这秀美山野的另一种美，从草木山野流淌过的时间是如此宁静、澄澈。他说他喜欢这里的山，这里的水，而他的喜欢让我看到了他最初对这片土地的感情。其实，引进的工厂倒闭了，人散了，他也完全可以走的，重返城市，重回他熟悉、从容的商业圈，过他曾经令无数人羡慕的生活。他为什么没走，他不想让举溪村的乡亲们失望，更不愿让自己失望吧。

"你一个人管三个大鱼塘，又种这么多田，忙得过来吗？"

他笑说："我种田不为赚钱，劳动也是锻炼身体，种点绿色的产品自己吃，吃不了可以给朋友送一些。"

今年夏天，住在河源县城的74岁母亲和73岁父亲来这里看他，母亲看着他在田里挥汗劳作，说要早知道你在家种田，我当初何必四处借钱供你读书呢。他立在田里，脸上滴着汗珠呵呵笑。

走到坡脚，一座静悄悄的四合院掩在绿荫里。三排红砖瓦屋，院里有喝茶的凉亭。远处湖边，泊着一只白色小船。

一只黄色土狗从寂静的小院里蹿出来，围着池智勇转圈，像亲昵的孩子。两年前，这只狗与池智勇相遇，他收留了它，那时它还是一只小狗。池智勇给它起了一个奇怪的名字——"铁骑"。

"铁骑"跟着他在四合院与酒楼之间的坡路上走了一年，不声不响间竟有了一习惯，每天去酒楼两次，池智勇喂过食，它会主动回到山脚的四合院守着。

孩子都在外地工作和上学，四合院是池智勇和曾惠霞现在的家。白天他去万绿湖收鱼，在鱼塘、稻田忙碌，妻子在幼儿园上班，晚上归来，已是暮色四合，只有"铁骑"守在寂寞的院落迎候他俩。

刚回镇上建厂子那年，因为这里与工地近，他花500元将湖边看鱼塘的一间破瓦屋买过来，与一个儿女不在身边的70多岁老人一起住在瓦屋里。老人每天给他做饭，他每月付老人2000元。工厂建好投产，住了四年的瓦屋倒塌了，他收拾了场地，又在上边建了一个凉亭。空闲时，他会一个人去亭下坐坐。

我想去看那个凉亭，池智勇说，几年前已被湖水淹没了。

他在那个凉亭下坐着时，是思考、发呆，还是在内心独自对话，确认自己的追求？

"岸边小屋满屋零乱满屋笑，春江撒网一丈掀起一丈歌。"他还记得自己当年写在那间破瓦屋上的对联。

他望着清冽冽的湖水说："我爸小时候就跟着我爷爷在新丰江上打鱼，建新丰江水库后，库区的房屋、田地没了，举溪村移到了半山腰，我爸就靠一条小渔船和一点山地养活我们兄妹五个。"

有时忙完一天，回到湖边小院，池智勇会将小船摇到湖上，一叶小舟，暮色如岚，青山与湖水隔开尘世喧嚣，他像一个打鱼人，任小船在湖上自由波动。那是他一天里身心最释然、敞亮的时刻，有时，他会在湖上坐很久，听湖水涌动，风在林间喧哗，看穹空繁星如菊。

池智勇说："我原来性格比较外向，现在变得有些内向，也许是经历的事情多了，不愿多说话，也不愿听冷嘲热讽的话。"

在这山水田园，在那一叶小舟上，他在追忆、回想、遥望里，一定清楚地知道，自己是一个天真、老实的人，对人性和自身的思考也是坦然的。

我又想，对那张欠条上的数字他是那样的满不在乎，别人要他写，他就拿起笔写了，以致到现在还了多少，还欠多少，他都不大记得。他心里只有爱，他知道没有那份爱，人之为人的价值就不复存在。

从湖边上来，我们驱车跟池智勇去看举溪新村。

走进绿树环绕的举溪新村，安静祥和的气息扑面而来，一排排漂亮的楼房，整齐有序地排列着，虽比不上城区的花园小区，但现代化生活的各种设施应有尽有。坐在门前聊天的老人笑呵呵地争相跟池智勇打招呼，像亲人，也像多年不见的朋友。小区旁边的篮球场里有人在打球，还有老人在健身器材上健身。

从小区出来，在去老举溪村的路上，池智勇说："这几年，新村一些经济条件好的人家，相继搬到城里去生活了。"

老村在一片山坳里。山上林木苍苍，一座座青瓦红砖的旧院落，散落在山坡绿树间。清澈的河水从河谷穿过村子，向山下流去。

人去屋空，偌大的村子里一派寂静，鸟儿在绿树上叽叽喳喳，野花在草丛里独自绽放。池智勇当年给村里建的篮球场仍完好如初。2009年池智勇引进企业，在村子里建的水厂还在生产，有货车正在院子里装货。

"许多自驾来万绿湖玩的年轻人，会在这里露营。这里看不到万绿湖，但山色秀美，有河流，空气好，旅游旺季，路上会挤上千辆车。"池智勇指着一大片树木稀疏的绿草地说，"这片客家山野，现在是网红打卡地。"

回镇子的路上，池智勇给我们讲了一件小事。他说，今年10月18日，父亲骑摩托车要回老村子看看，半路上突然晕倒，一个人看到了，立即给他打电话，因抢救及时，父亲康复得非常好。

他感叹："这么偏僻的地方，能被路过的人看到，又第一时间通知我，这是多大的福报！平时镇上人煲了好汤，做了好饭菜，也常会打电话喊我过去……"

我听着，心里想，在这个人人都往繁华热闹里扑的时代，人人都去城市寻找自己的人生和幸福，他为了心中那个朴素的梦想，放弃别人认为不该放弃的，从喧嚣里折身，返回家乡的山水间奔波、忙碌，然后，在这寂寥的山水田园、斜阳荒草间养鱼、种田，让自己的生命贴着大地抽枝发芽、开花结果。

我知道，这个脸庞略显冷峭，内心滚烫澎湃的男人，身上的故事如这深秋山野上葳蕤的植物，正在蓬勃生长。

2023年10月31日

东江岸边的画里水乡

到了东源县，不能不到苏家围——广东最美乡村。

2023年11月1日上午的苏家围是寂寞的。尽管早在2009年，它就被评为中国100个最美丽的古村落之一。

走进苏家围，眼前庞大的古建筑群让我心里一惊。这里两面环山，村子东北群山逶迤，西北边东江碧波浩荡。村子四周古树参天，竹林环抱。明清时期的民居古屋，在秋日阳光下宁静而安详，如迷人的画里水乡。

客家人的建筑，门前大都有一处微波荡漾的大水塘，苏家围也不例外，一塘碧水倒映着蓝天白云。据说这水塘既有以水为财之意，也有净化和防火之用，庭院的雨水和污水流进塘里，不会污染河流，烧火做饭的柴火万一引发火灾，塘水便可用来救火。

有白发阿婆在静谧的古屋前坐着，看到我们，笑容和蔼、慈祥，我也点头微笑。

自在、安详的老人，我相信她懂我带着些许拘谨的微意。

其实，我很想和老人聊几句，她是这古屋的主人之一，这里的一切对她来说，是真切的现实生活，而我们在她眼里，不过是她早已看惯了的，不断带来喧闹，东张西望，叽叽喳喳的游客。

我没打扰她。当然，就算她愿意和我说话，我不会说，也听不懂粤语与客家话。

义合镇干部叶柳辉与我同行，他是地道的客家人，普通话比客家话还顺溜，但我不想麻烦他当翻译。他说："苏家围是义合镇的一个自然村，现在里面还住着十多户人家，多是老人，大部分人家都搬到别的地方去生活了。"

我没吱声，跟着他的脚步走。

苏家围是一个梦，又是一本对客家文化、乡村文化有完整记载的书。

来之前，我粗略做了一点功课，由此知道：

元贞元年（1295年），苏东坡第七代孙苏天荣从江西坐船自东江顺流而下，赴岭南番禺任教谕，夜宿江边义合村，做了一个梦，梦里五个老人带他上岸游玩，看见一棵"枝叶延蔓如乔松"的大树，苏天荣问："此何树？"五人曰："紫苏也。"苏天荣又问："紫苏何若是其甚大？"五人曰："树得其地故也。"之后，就悄然消失了。

梦醒后，苏天荣心里思忖："吾苏姓也，攀若是其地，必有可居者。"

清晨上岸一看，一棵大树，一座五显祠，山川形胜，皆与梦里一般，颇为惊讶。后来，苏天荣常给儿子说起此梦，觉得紫苏长成大树之地，当是苏家的福地，并向儿孙许下心愿，说待他解甲归田，一定要来此定居。

149

但苏天荣的梦想并未实现，一直到明初，他的玄孙苏秀弘任东莞京山司巡检，才"创置田产于河邑而定居义合"，实现了先祖苏天荣的心愿。也因此，苏家围人尊苏天荣为始太祖。

在没游客打扰的寂静里走进苏家围是从容的。

这片占地1.58平方千米，由18栋府第式客家民居组成的古建筑群，最显眼的是两座祠堂，一座"东山苏公祠"，一座"义峰苏公祠"。

义峰苏公祠是苏东山三子苏义峰于明嘉靖二年（1523年）所建，在东山苏公祠右侧，格局略小。

东山苏公祠，也叫永思堂，是苏东坡第十五世孙苏东山于明成化十七年（1481年）所建，是苏家围最古老的宅院，位于苏家围村屋宇群落中心，坐东北向西南。

一座独立建筑，三栋主体，三个大天井，中厅阔大，六根柱子支撑着宽阔的梁架与瓦面。砖木结构，墙基为红砂岩石板，墙体以糯米浆、红糖和泥砌大青砖的东山祠，是苏姓族人聚会与喜庆的场所，每逢重要节日，会在这里摆供燃香，祭祀祖先。

汉室忠臣第
宋朝学士家

我的目光被祠堂这副楹联深深吸引。祠堂楹联为族人追慕本姓先贤，传递、塑造家族文化所作，希望后人通过宗族认同，将先辈的人格和风骨一代一代传承下去。

楹联上的"宋朝学士"自然是苏轼，"汉室忠臣"当是苏武。

苏洵和苏轼、苏辙父子三人，同为唐宋八大家，史称"三苏"。嘉祐三年（1058年），苏轼和苏辙兄弟二人同榜应试及第，轰动京师汴京。

在这个深秋阳光明朗的上午，我立在天井里，脑海里忽然涌起苏武牧羊的故事。

天汉元年（前100年），苏武以中郎将职，持节出使匈奴。就在他完成使命准备返回时，匈奴突然发生内乱，苏武和他的使团受牵连被扣留。匈奴要求他背叛汉室，臣服单于。苏武嚼冰雪、吞棉絮，宁死不降，匈奴单于不忍杀苏武，将他流放到北海（西伯利亚贝加尔湖）一带去牧羊。临行，单于再见苏武，说既然你不肯投降，那就替我去放羊，什么时候公羊生了羊羔，我就放你回汉朝。

单于给苏武的全是公羊，如何会有羊羔降生？单于不死心，给苏武留了一扇门，相信苏武有一天会来找他。但他错了。

北海牧羊十九年，苏武抱着旌节与羊群为伴，渴饮雪，饥食草。日复一日，年复一年，代表汉朝的旌节上，牦牛尾毛都掉光了，苏武的须发也白了，心里的微火却依旧燃着。

到了汉昭帝时期，新单于与汉朝和好，苏武得以返回家乡。昭帝被苏武不辱使命、坚贞不屈的精神打动，拜其为典属国。汉宣帝即位后，封苏武关内侯。

客家人的宗族祠堂，往前可追溯到宋元，张载、程颐、朱熹等理学大家，都曾是祭祖、敬宗收族、重建宗族制度的倡导者。

张载提出："凡人家正厅，似所谓庙也，犹天子之正以正朔之殿，人不可常居，以为祭祀、吉凶、冠婚之事于此行之。厅后谓之寝，是下室，所居之室也。"

而程颐则认为："收合人心，无如宗庙，人心离散之道，无大于此。"

客家祠堂大都是前、中、后三栋，前栋是迎客的礼乐场所，中栋则聚会或议事，后栋停放先人尸骨、祭祀祖先。

我们在寂静的青石古巷与古屋间盘桓流连。

癸卯年11月6日上午的苏家围，鲜有景区的喧嚣、热闹。一座挨一座的古屋，有的锁着门，有的门吱呀一声，回头却不见人，几只叫不上名字的鸟，轻轻飞过头顶。苍老斑驳的墙壁上，一片一片毛茸茸的苔藓。有筷子粗的小榕树顶着明亮的绿叶，在坚硬的墙头上生长、摇曳。

大部分姿态严肃的屋院都空着。空了，也老了。

不期然间，会与古屋门口枯坐的白发老者邂逅。时代更迭，但这古旧村落里的生活，如奔流不息的东江，仍在这里延续着，老人们在无限寂静里仍不离不弃地固守着祖先的生活方式。

他们的身影与笑容，让我有些恍惚，似乎曾经的人声鼎沸、鸡鸣狗吠、袅袅炊烟、琅琅书声、欢喜与悲伤，并未被岁月的烟尘覆盖，客家文化与岭南文化融合后形成的客家文化与习俗，四时节庆、婚嫁丧葬、酒宴、童谣、山歌……都还真切地活在这片古屋民居里。

古屋曾经的客家娘酒坊里，仍有人在忙碌，用传统的手艺做着娘酒，空气里弥漫着淡淡的酒香。一个老人在屋里忙着，沉默，我们立在边上一声不响地看着。

一座座古民居或集或散，有序坐落于村子的各个方位，民居建筑风格有的阵容宏大，有的小巧，有岭南风格，亦有江南水乡的格调，但不同特色里，又都沿袭着府第式的风格。几乎每一座庭院都有一个敞亮的天井。

在一片断壁残墙前，叶柳辉说："这里原来是东山学堂。"

明正德十二年（1517年），苏东山的三个儿子为纪念父亲，创建了"东山学堂"，五栋校舍，八间教室，可容纳很多孩子读书。

中原汉文化有"诗礼传家""耕读传家"传统，客家人也以读书上进为荣，兴办学堂，尊师重教，人才辈出。许多家族都有公田，以供贫困子弟读书识字。据说历史上苏家围曾出过四十八名朝廷命官。

记得梅州也有一座东山学堂，叶剑英元帅曾在那里读过书。苏家围的东山学堂，比梅州的早了两百多年。

当年在苏天荣梦里出现的吉祥树还在，老榕树绿荫如盖，苍老，高大，如今已有一千两百多年历史。

榕荫一带覆江边，
雨泽潜滋数百年；
夜听莺儿歌晓日，
青闻燕子话晴天。

凉生古渡绕亭下，
浓荫高台到庙前；
舟客登临频小住，
青青斜照夕阳烟。

沿着青石古道寻觅诗里风景，一路走到东江边，清澈的东江水缓缓向前。浓荫、碧波、古渡口还在，帆影、舟客与喧嚣已隐在苍翠的青山之中。

苏家围的义合街是一个五乡通衢的地方，曾是东江航道人流物流的集散地，有五个古码头，江上往来船只穿梭。圩日（赶集日）人流如织，市声喧嚷，各种店铺鳞次栉比。街尾的码头，可以横渡东江，到江对面的下屯村。

现在都没有了，1964年6月，河源遭遇特大暴雨，东江水位暴涨，苏家围上百间房屋，历经数百年风雨的义合街、东山学堂、古码头变成了废墟。

民居、古榕、江风、竹韵、野趣……我立在中国南方的画里乡村，心如云雾缥缈的远山，一片苍茫。苏家围如一滴血，里边凝固着苏东坡家族无数被遗忘的秘密。

出苏家围，沿清澈平缓的东江和尚在规划发展中的东江画廊，在绿荫里闲散地走着。想起苏东坡《庚辰岁人日作》诗作：

老去仍栖隔海村，梦中时见作诗孙。
无涯已惯逢人日，归路犹欣过鬼门。
三策已应思贾让，孤忠终未赦虞翻，
典衣剩买河源米，屈指新篘作上元。

元符三年（1100年），庚辰岁正月初七，身居海南的苏东坡，听闻黄河已复北流，想起西汉贾让提出治理黄河的上中下三种方法已应验，性情耿直、犯颜谏争的虞翻还未得到赦免，想起自己在惠州卖了衣服买河源大米，独在异乡，心潮翻涌的东坡，以豁达、洒脱之心欣然写下了这首诗。

这首诗写于苏东坡去世前一年的新春。

惠州离河源不远，东江水上航运便捷，所以苏东坡能在惠州买到河源大米。但苏东坡应该没来过河源，也不会想到多年之后，他的后裔会在这青绿山水间开枝散叶，繁衍生息。

绍圣元年（1094年），北宋政治再次翻转。这年四月，被贬定州的苏东坡接到朝廷诏告，免去他端明殿学士和翰林侍读学士职，出知英州（今英德市）。

河北定州与岭南英州，山高水远，交通不便，道阻且长。苏东坡觉得自己一定会死在漫漫羁途上。

他带着家人从定州进入太行山，再入赵州，艰难行至滑州，得朝廷恩准后改走水路。

那时没有飞机、高铁、高速，从中原到岭南只有两条路，一条是从大运河进入长江，后入赣江，翻越南岭，过梅关，入珠江流域。另一条是从长江入湘江，经灵渠进入珠江流域。

苏东坡一路跋山涉水，过赣江十八滩，经过重重凶险击打，南岭迎面而来。

南岭即大庾岭、骑田岭、都庞岭、萌渚岭、越城岭，是长江水系与珠江水系分水岭，也是亚热带与热带分界线，是我国南部地区最大的山脉群。

我曾不止一次去南岭第一关——梅关，踏访梅关古驿道，赏傲雪梅花。它如一道厚重、坚固的闸门，将赣粤两省分在了两边。据史料记载，唐代宰相张九龄不仅主持开凿了大庾岭驿道，还建了梅关隘口的古驿道。隘口石壁上巨大的"梅关"二字，是宋代嘉祐八年（1063年）刻上去的。

那时，南岭是遥远的荒僻之地，五岭磅礴，在风雨中跋山涉水的苏东坡，挥笔写下《过大庾岭》：

一念失垢污，
身心洞清净。
浩然天地间，
惟我独也正，
今日岭上行，
身世永相忘。
仙人拊我顶，
结发受长生。

诗里没有哀怨、悲伤、绝望，年迈的苏东坡直面生命里的种种坎坷，生死祸福，宠辱两忘，乐自己，悯百姓，生命月白风清。

"梅关"自古就有梅花，故有梅关之名。我在不同季节多次踏访梅关古驿道，有两次是初冬季节，梅关南北两边遍植梅树，多色梅花争相怒放，香盈古道。

记得我和朋友坐在花瓣铺地的古道边，曾轻声朗诵陈毅的《梅岭三章》：

断头今日意如何？创业艰难百战多。
此去泉台招旧部，旌旗十万斩阎罗。

南国烽烟正十年，此头须向国门悬。

后死诸君多努力，捷报飞来当纸钱。

投身革命即为家，血雨腥风应有涯。
取义成仁今日事，人间遍种自由花。

1936年冬天，梅山游击根据地遭敌围困，当时陈毅受伤又生着病，在树丛草莽间隐伏20多天，心想这次他和战友们大概无法突围了，写下三首诗留藏衣底，没想到不久就脱离了敌人的围困。

虽生活在不同时代，但诗人的风骨大都是放达乐观的。

苏东坡抵达梅关是十一月左右，梅花也许开了，也许尚在打苞。

一路艰难刚抵英州，诏书又将苏东坡贬往惠州。

在遥远、荒僻的惠州，苏东坡以苦为乐，甚至有些乐不思蜀，挥笔写下几乎无人不晓的荔枝诗：

罗浮山下四时春，
卢橘杨梅次第新。
日啖荔枝三百颗，
不辞长作岭南人。

苏东坡赴岭南前，就将身边为数不多的几个人都遣散了，但侍妾朝云死也不肯离开苏东坡，她要一起前往瘴疠之地照料苏东坡的生活。

在惠州第二年秋天，苏东坡与朝云闲坐，窗外秋色萧瑟，朝云准备了酒，苏东坡一边饮一边吟出一首《蝶恋花》：

花褪残红青杏小。
燕子飞时，
绿水人家绕。
枝上柳绵吹又少，
天涯何处无芳草。

墙里秋千墙外道。
墙外行人，
墙里佳人笑。
笑渐不闻声渐悄，
多情却被无情恼。

朝云抚琴唱这首《蝶恋花》，边唱边落泪。苏东坡问为何，朝云说："奴所不能歌者，惟'枝上柳绵吹又少，天涯何处无芳草'二句。"她懂得苏东坡悲苦的内心和人世无常。绍圣三年（1096年）七月，朝云染上当地瘟疫在惠州离世。

在惠州两年零八个月，朝廷又一纸诏书，将苏东坡贬往更荒远的海南儋州。须发苍然的苏东坡，此行身边只有小儿子苏过孤身相随。

1100年，宋徽宗即位，大赦天下，苏东坡被徙往廉州（今广西壮族自治区北海市合浦县），他的弟弟苏辙则被徙往岳州（今湖南岳阳市）。

南渡北归，再越大庾岭，经赣江入长江，行至常州，苏东坡重病不起，弥留之际，他对儿子说："吾生无恶，死必不坠。"随后又说，"至时，慎毋哭泣，让我坦然化去。"便溘然而逝。那年，是公元1101年盛夏。

钱穆先生曾说："苏东坡诗之伟大，因他一生奔走潦倒，波澜曲折都在诗里。"

苏东坡的一生，很容易让人想到海明威封神之作《老人与海》里圣地亚哥的那句话："人不是为失败而生，一个人可以被毁灭，但不能被打败。"

时光流转，但苍茫大地上，总有一些事物，会成为人类恒久的深邃记忆。

一路想着走着，走走停停，不知不觉间，竟和包丽芳一行几个人走到东江边一处竹林沙滩。江水在这里弯成一片开阔的湖，两岸青山起伏。一排一排白墙灰瓦，颇有古意的瓦屋，隐在茂密高大的绿树里，竹影婆娑，屋前绿草如茵，竹篱上攀着野花，曲径通幽。一大片生机勃勃的菜园里，种着十多种蔬菜。有人戴着遮阳帽，独坐塘边垂钓。眼前的一切，如入王羲之《兰亭集序》画境："此地有崇山峻岭，茂林修竹。"

复又想起宋代吴潜的文字："在晋永和，癸丑暮春，初作兰亭会。集众贤，临峻岭崇山，有茂林修竹流水。畅幽情，纵无管弦丝竹、一觞一咏佳天气。于宇宙之中，游心骋目，此娱信可乐只。"

抬眼远眺，江面宽阔，远山如黛，云雾绕山，楼舍倒映碧江。微风在江面漾起层层涟漪，绿叶轻轻喧哗。我立在江边远眺，正好一列火车从江对面横跨山谷的桥上飞驰而过。

"茂林修竹，小园曲径疏篱。秋以为期。西风黄菊开时。拄杖敲门，从他颠倒裳衣。"走到瓦屋竹篱前，正痴痴地想着宋代辛弃疾的词，在古人的茂林修竹与现实画境里徜徉，忽听有人说："欢迎来竹里馆民宿，累了，请那边喝茶歇歇。"

回头，一中年男子，正笑眯眯看着我们。

寒暄，方知他叫罗俊超，46岁，梅州人，是这里的民宿老板。

阳光热烈，我们坐在树下喝茶，聊天，也歇脚。

罗俊超走进这片山水纯属偶然。2019年深秋，也是这个季节，跟我们一样，在河源市开着文化公司的罗俊超，沿东江一路闲散走来，被这里依山傍水的山野吸引。

"2014年，义合村摄布自然村二十户贫困户，把每户5万元扶贫资金凑一起，建了一片民宿，开了三年多，因不善经营，荒废在这里。也许是骨子里的山水情怀吧，我喜欢这个地方，接过来投了200多万元，重新规划改造，将苏家围到这里的黄泥路修成水泥路，办起了这家民宿。每年给村里20万元分红，村里还有八位村民在这里上班。"罗俊超说，"这里原来只有一点传统毛竹，我们在这里又种了单竹、金竹、佛肚竹等十来个品种，慢慢形成了竹林。来这里的游客可食竹宴，也可自己动手砍竹，在老师指导下做各种竹子器皿和工艺品，还可采摘我们菜园里的绿色蔬菜自己做饭。"

包丽芳笑说："河源有500多家民宿，来你这里玩的人多吗？"

罗俊超说："许多人喜欢我们这里的环境，会带孩子来这里度周末，学校和一些社团也常来这里研学，人挺多的。"

包丽芳说："你这民宿名字雅气。"

独坐幽篁里，

弹琴复长啸。

深林人不知，

明月来相照。

罗俊超吟诵着诗句呵呵笑："'竹里馆'三个字就是来自王维的这首诗。"

听着他们闲聊，我心想，江湾揽月，银沙竹影，幽谷鸟鸣，池塘听蛙，在这山水相依的江边，沏一壶香茗，坐于瓦屋或绿树下，看落霞染群峰，铁龙呼啸，又或者发呆、翻一册闲书，静享悠闲时光，当是人生难得的惬意。

茶毕，起身出竹里馆。包丽芳说："江对面的下屯村，也是一个如诗如画的村子，苏家围小外甥阮啸仙的故居就在那里。他的母亲苏希浓，是苏家围塘唇屋人。"

于是，驱车去与苏家围隔江相望的下屯村。

与苏家围的寂静、冷清不同，下屯村是热烈的，奔腾的。

阮啸仙故居是一处阔大的方形客家围屋，是党员干部研学和爱国主义教育基地。几乎每个来这里的游客，都会走进故居聆听他碧血丹心的流金岁月。

苏家围村18岁的苏希浓嫁给下屯村阮德如为妻时，阮德如已家道中落，苏希浓以娘家财力、物力支撑阮家，生了五儿一女。四儿子熙朝淘气，却天资聪颖，苏希浓带他回娘家，外公很喜欢这个聪明活泼的小外孙，常教他一些书法、音律、诗文知识。一次外公出上联：孤蝉鸣树梢，让小外孙出下联，熙朝对：独鹊唱枝头。旁边长者赞他才思敏捷，有苏门遗风。

1933年11月底，中央苏区瑞金沙洲坝，来了一位高高瘦瘦的陌生人，身着一身灰色旧式西装，脸色白里透黄，戴一副深度近视眼镜，见人总是笑眯眯的，一副书生模样，他就是中国共产党第一批党员阮啸仙。在中国共产党第六次全国代表大会上当选中央审查委员会委员，是中华人民共和国成立前唯一一位连续在党的全国代表大会上当选为纪律检查机构成员的党员。

10岁时，阮啸仙在墨砚上刻下：挥笔落下如云烟，意志坚强可敌天。

走上革命道路之后，阮啸仙很快成为与彭湃齐名的广东农民运动领袖。他是最早认识到农民运动和武装斗争对国民革命重要性的共产党人之一。

1934年1月，在中华苏维埃共和国第二次全国代表大会上，阮啸仙当选为中央执行委员和中央审计委员会主任。

他提出：凡事必须以身作则，以身示范，才能树立起一种正气、硬劲。

为此，他在审计工作中提出"六不准"：不准偏听偏信；不准弄虚作假；不准漏查和作不精确统计；不准徇私用情；不准吃馆子或吃公饭，外出审查一律自带干粮；不准收受被审人员任何物品。

1934年10月，红军长征后，阮啸仙留在中央革命根据地，任中共赣南省委书记和赣南军区政治委员。1935年3月，国民党大军围攻赣南苏区，阮啸仙率部突围，在于都县牛岭，与国民党军遭遇阻击战，中弹牺牲，将青春永远定格在37岁。

不只红玉石般的红色资源，下屯村是一座依山傍水的村庄，水是宽阔的东江，古屋与一栋栋时尚小楼散落在绿树与金色稻田间。

村舍，稻田，荷塘，碧水，在深秋蔚蓝的穹空下相互辉映，如江南水乡。

下屯村党支部书记阮葛宜，是河源市源城区退休干部。三年前，乡亲们将她请回村扛起当家人的担子。

"当时镇上和村里要我回来，家人和朋友都极力反对，说我放着安逸日子不过，自找苦吃。"阮葛宜笑说，"我是这里长大的，娘家和婆家都在下屯村，你说这担子我不挑能说得过去吗？"

500多户人家的下屯村，有近300人在大湾区各大酒店当粤菜大厨，名气响亮，阮葛宜用这块金字招牌，在村里建起一个粤菜师傅培训基地。

2020年县里在村子旁边建职业培训学院，征用了村里一片地，村民们要求按人口分掉土地使用权转让费，争论，僵持，久拖不决。她一上任，就召开村民和党员大会，挨家做工作，用这笔钱扩宽、硬化村道，把全村的基础设施重做了一遍。成立村文旅公司，将村里红色研学基地、东江国家湿地公园、粤菜师傅培训基地、田园农耕体验、特色观光等串珠成链，建设研学旅行特色村。

"怎么想到让第三方来运营呢？"我问阮葛宜。

她笑说："有些事情村里没精力，也没能力做，将乡村旅游、各种党、团研学，日常保洁，撂荒复耕等，交给文旅公司专业团队做，其实是一个双方受益的选择，第三方做，村集体有稳定的分红收入，村委可以用心做该做的事。"

村集体有了稳定收入，村里孩子考上大学，每名学生奖励1000元奖学金，给60岁老人买意外险，100多位70岁以上老人，每季度集中聚餐一次；80岁以上老人，则每年发一次健康红包……

风风火火三年，村民们发现下屯村越变越美，日子越来越好。2023年5月，获得"中国传统村落""广东省乡村研学旅行特色村"等诸多荣誉的下屯村，又被评为"广东省美丽庭院示范村"。

　　为了让更多村里人分享家乡发展变化，阮葛宜又出新点子，2023年12月2日在村里举办外嫁女回娘家活动，已有500多人报名要求参加。

　　阮葛宜说："村里许多人在城里或别的地方生活，外嫁女回娘家很少回下屯村，请她们回来看看，一起聊聊曾经的故事，也希望更多年轻人回村里贡献才智，是一件很有意义的事情。"

　　在村委会前的稻田边，村文旅公司经理林桂鹏说："村里没劳力耕种的撂荒田，公司集中有劳动能力的人来耕种、管理，收一点管理费，种出的稻谷归村民，也可以卖给我们集中销售，按规划耕种，稻田是粮田，也是风景，这片稻子过几天一收割，完成一年两季种植后，我们还可以种花，村里四季有景观。所有建设都是村集体的，我们公司只负责运营，每年给村集体保底分红20万元。"

　　48岁的林桂鹏，大学毕业就在外打拼，回村前在河源一家公司负责电子产品销售。

　　"原来月薪两万多元，现在每月五六千，这落差你心里能接受吗？"

　　他看着我呵呵笑道："当时阮书记找我，让我回来帮村里干点事，一开始心里不太乐意，后面被她感动了，就回来了。公司利润不高，但是有文旅，有游客，村民有班上，有钱挣，我心里挺开心的，2022年全村仅卖各种农产品收入就超过了50万元。"

　　村里游客一拨接一拨，在说笑声里赏景、拍照、品农家饭菜。

我们也在村里走了一圈，累了，走进路边一农家乐凉棚坐下歇息。一位高高瘦瘦的青年过来倒茶。闲聊方知他叫阮志敏，是这家农家乐的老板。

宽大的三层楼，上边是居室，一楼和楼前搭棚的大厅是餐厅。

41岁的阮志敏在北京、天津、西安、深圳等地的酒店干了二十年，从打杂干到掌勺大厨。2017年回来，看到村里的新变化，便放弃外出打拼，在村里开了第一家农家乐。

"店里大部分食材都是村里的，我爸田里种着各种青菜，鸡鸭猪买村里人家养的，食材新鲜，客家风味，生意还好，除去各种开支，一年有20多万元收入，比在外头自在。"阮志敏说。

陪我们看风景的村干部阮振光接过话："变化的故事太多了，家家都有。"

说着他一扬手，一个骑电动车路过的女人唰啦一声进了院子。

他笑着介绍："韦杏香，从广西嫁过来，我们来听听她家故事。"

韦杏香快人快语，她说，她和丈夫是在外头打工时认识的，2010年嫁到下屯村时，村里全是泥巴路，雨天出门满脚泥。她丈夫家里除了三间土瓦房，没一件像样家具，更要命的是，家婆患尿毒症，家公又查出了鼻咽癌，丈夫开货车，没有稳定收入，她想出去打工挣钱却走不开，日子难得几乎过不下去。

2016年精准扶贫，她家被定为贫困户，扶贫干部用扶贫款帮她家和村里的其他贫困户在县工业园区和银行入了两份股，每年有近8000元分红，村里开启旅游业后，她在村文旅公司有了工作，一个月有3000多元收入，在家门口既能照顾老人和孩子，也有稳定收入。2018年，她家拆了旧房，新建了一栋两层半小楼。

"老人的病情现在怎样？"

韦杏香说："家公的病发现、治疗得早，控制得挺好的，现在只是吃药。家婆每周三做一次透析，医疗费用大部分都按新农合报销了，现在身体还可以的。"

末了，她说："跟做梦似的，我真的没想到我们村会发展得这么快这么好，你看多美，像生活在公园里。"

笑声里，我们抬眼望出去，郁郁葱葱的山峦如墨如烟，夕阳正将薄纱般的金光缓缓向村子里泼洒。

2023年11月1日

热气腾腾陂角村

清冽溪水在郁郁葱葱的山间汇聚成埔前河，从山谷奔涌而来，穿过美丽的陂角村，缓缓而去。

河水不急，淙淙有声，清澈见底，尺许深，三四米宽。水边青石里，一丛一丛碧绿芦苇，野花摇曳。一群孩子，裤脚和裙裾高高挽起，赤脚在河里戏水、捕小鱼，银铃似的笑声如阳光颗粒，在河面上飞溅。离孩子们不远的下游，五六个游客忍不住清澈河水的诱惑，也走了进去。

2023年11月2日上午，我站在源城区埔前镇陂角村的陂角桥上，痴痴地看着眼前的一切，想起少年时代和同伴在故乡欢腾的涧溪、河流里，自由玩水的快乐时光，忽然心生感慨，清冽冽的河水，快乐的人，多美啊！

确实很美，阳光照耀山川，河流清澈舒缓，河里人欢喜、尖叫。岸上稻田金黄，青瓦白墙的民宿，别墅般气派的村民小楼。金色、白色、青色、绿色、红色，还有远处山腰炊烟般飘动的轻雾，安静祥和，我觉得眼前这个村庄与田园美得摄人心魄。

已经很久没见过这样的画面，没在这样的河流里玩过了。恍惚，羡慕，甚至有些兴奋，很想甩掉鞋子冲进河里，小野一次。

安静下来，想起卞之琳的《断章》：

你站在桥上看风景，
看风景的人在楼上看你。
明月装饰了你的窗，
你装饰了别人的梦。

我相信，村子里一栋一栋四五层的小楼上，一定有人在看我们，看这秋日的河流与田园。他们推窗，或开门出来，在楼顶、阳台、在窗前，都能看到眼前的风景，只是，我未必装饰别人的梦。

"以前这河水很深，也脏，我挑着收割的稻谷和花生，过不了河，坐在河边哭过好几回。"陂角村村委委员、妇联主席梁剑英笑说，"原来河上没桥，桥是2012年才建的。"

埔前河上游山脚，是一个生态小镇，一片别墅度假区。在那里，河水被截走了一部分，要不这河应该仍是她记忆里的大水，深而湍急。

陂角村地处河源市南边，东江支流右岸，三面环山，近一半村民是新丰江库区移民，2016年还是广东省省定贫困村。

"1995年冬天，我从梅州五华嫁过来时，村里非常穷，村道都是烂泥路，有电，没现在这么漂亮的路灯，晚上村子里一片漆黑。我婆婆生有七个孩子，我丈夫最小，家里五间瓦屋，一到雨天就漏水，连饭都吃不饱。1997年儿子出生，没地方住，我向娘家借钱，才勉强添了两间瓦房。"梁剑英说。

"五华我去过，对你娘家的李子、红薯印象深刻。"

她粲然一笑："跟这里一样，生态好，农产品品质也好。"

自从嫁到陂角村，梁剑英就再未离开过这个村子。她是陂角村"绿富"双赢的参与者、见证者。

与丈夫巫寿生相识时，梁剑英在河源一所小学当临聘老师。走进陂角村后，她放弃了自己的梦想，人生又回到了从前。

"河源离这里不算太远，怎么就不当老师了？"

"那时大中专毕业生还蛮稀缺，好好干，转正有希望的。"48岁的梁剑英说，"我嫁过来时，家婆患腰椎病、糖尿病、高血压和风湿病多年，已经半瘫在床上，家公身体也不好，两个老人跟小儿子一起生活，我不能不管他们。"

她一边种家里四亩薄田，一边照顾老人。怀孕四个多月，突发意外，梁剑英在医院住了近三个月，儿子保住了，却欠下了一笔不小的外债。在村里种了三年田，她和丈夫东挪西借凑了一点钱，在埔前镇开了一家卖BB机和手机的小店。"债不能拖太久，谁家日子都不易。"

2007年，原本就沉重的生活又雪上加霜，家公去世，家婆全瘫。她将店铺交给丈夫照看，自己安心种地，照顾家婆。她觉得这是她能做的，就扛起来做了。

2015年，她从村里的监管委员转身任村计生专干。第二年，在村委和驻村扶贫队支持下，她在陂角村成立了一个服务队，专门定做了印有"扶贫志愿者服务队"的队服。改变，许多事情需要大家一起努力，一些人正在焦虑中忙碌，一些人在沉默中旁观。她觉得自己应该带头。

但事情并不像她想象的那样，三个多月，几乎没人响应，苦口婆心招呼在一起的几名志愿者，都不愿穿队服。队服上的字，是引人注目的标志，也是脸面。

她去掉了队服上的"扶贫"二字。

2016年6月10日，她将服务队更名为"陂角村志愿者服务队"，第二年在广东省i志愿服务平台正式注册，成为河源市首个乡村志愿者服务组织。

六年时间，这支队伍像滚雪球，越滚越大，如今已从最初的20多人发展到390多人。

我细细翻过这个长长的名册，19名党员，84名团员，2名博士和硕士，30名本科生，还有镇上100多名初中和高中学生。但大部分是村里的党员、村干部、村民。

她带着这支队伍，在乡村治理的舞台上年复一年地忙碌，脚步出现在村子的每一个角落，从政策制度宣讲、关爱妇女儿童、化解家庭矛盾，到村道和河道清洁、文艺演出，一抹流动的橘红色，如朝阳，渐渐成了村里最美的风景。

美丽庭院是美丽乡村建设的细胞工程，细碎，家长里短，鸡毛蒜皮。

梁剑英在村里几户人家做出美丽庭院的样子，树立示范户，然后，带着村里的妇女，从厨房卫生、客厅陈设、院落环境到房前屋后，示范、帮带、评比，使美丽庭院成为村里的一种时尚追求。

2021年，她又往前迈了一小步，成立陂角村妇女儿童之家，以其为阵地，为村里孩子开设"快乐四点半课堂"，请村里返乡大学生和有特长的志愿者义务担任老师，为孩子们开设课后辅导，绘画、手工、音乐、趣味实验等课外学习课堂，解决了孩子放学后无人照看的难题，也丰富了孩子们的课外生活。

陂角村妇女儿童之家，是一栋三层旧楼改造的，分亲子阅览室、才艺学习室、心灵驿站等多个功能区。墙上贴着孩子们的绘画、书法作品，寒暑假班学习和妇女儿童在各种节日活动的图片。在这里，孩子们都管梁剑英叫"英子妈妈"。

村子里的热闹，像深秋上午的阳光，正在快速上升，大巴车开闸一样将游客哗啦一声放下，车还没掉过头，又来一辆。更多是自驾的散客。

他们像一群群叽叽喳喳的鸟儿，在村舍与稻田间飞起飞落。他们和我一样，从很远的地方来，只为看一眼曾经的故乡，那些被异化和丢失的山水田园。

我像那些嘴里不停赞叹的游客，端着相机在稻田边拍照。

村支部书记古富平赶来了，一来就说："小太阳的故事够你写一本书了，她可不光是我们陂角村的骄傲，还是广东省最美乡村女能手、最美志愿者，她家是'五好家庭'……"

一大串荣誉，听得我有些蒙。我问："谁是小太阳？"

身材魁梧的古富平哈哈笑："梁剑英啊，我们村的志愿者服务队，人多力量大，连续多年受到河源市表彰，他们队的志愿者蔡光明的家还被评为'全国最美家庭'呢。"

梁剑英的故事，来陂角村之前我并不了解。

老话说，久病床前无孝子。

梁剑英98岁的家婆，在床上瘫痪二十多年，梁剑英喂饭喂药，端屎端尿，擦身、洗澡，抱到屋外晒太阳，至今老太太身上没出过一处褥疮。

不等我接话，古富平顿了顿，说："人老了，又被病痛折磨着，经常发脾气，骂人，小太阳总笑呵呵的，比照顾亲娘还细心、耐心，从没跟家婆红过脸。前几天，她给家婆买了一个奶嘴，像给婴儿喂奶一样给老太太喂水，老太太说这个奶嘴喝水有点吃力，她又专门跑到河源市区去找软的。"

梁剑英的笑和矜持里有不好意思，温暖且有分寸。她平时对她的队友和乡亲也是这样笑的吧。

她说："人都有老的一天，不说这些了，我请你们喝杯咖啡吧，尝尝山里人的咖啡。"

我心里叮咚一声，这里还有咖啡？再看，身后不远处，有一家精致咖啡馆。

我没反对梁剑英的提议。尽管我的行李箱里带着咖啡。

陂角村2019年就全部脱贫了。跟村里人家一样，她家的小日子也早已今非昔比，家里旧瓦屋换成了一栋五层楼。在镇上，她家还有一栋五层楼出租给外来务工人员。

这是个美好的乡间上午，阳光温暖。我们每人手里捧一杯咖啡，坐小帆布椅，在稻田边，说笑，发呆。游人不断回头望过来，我们又成了别人的风景。

"坐在稻田边喝咖啡，跟你在大城市的感觉不一样吧？"古富平转脸问。

我笑说："自在。"

细想，这回答很不准确，是一种惬意得难以描述的全新体验与感受。

在家，在办公室，我的案头不缺咖啡，但坐在旷野田头喝着咖啡聊天，我是第一次。暖暖的阳光落在我的心里和身上，也落在稻田、河流和一座座村间庭院，多么美好，给人的感觉很温暖，也很幸福。

"小太阳"是梁剑英的微信昵称，但我没想到这个昵称里，竟隐藏着一段她鲜为人知的过往。

16岁那年，在突如其来的暴雨里，她被河水卷走。一天一夜后，被人发现救起，她的左膝盖严重受伤。

医生说，治不了，可能会坐一辈子轮椅。

死里逃生，从医院出来，她泪如雨飞。

她不想一辈子靠双拐或轮椅走路，更不愿听到同学喊她"瘸子"。

可能，就是不一定，还有一线微茫的希望。

母亲带她回娘家，去找村里一名老中医。老人笑呵呵说，试试看吧。

他是一名退役军人，80多岁，须发如雪。她记得有几次跟母亲去外婆家，偶尔遇见了，母亲会让她叫王爷爷。

她在王爷爷家住下来养病。王爷爷每天给她煎药、喂药，用泡好的药水敷膝盖，整整三个月。

三个月后，她竟能丢开双拐走路了。

回到家，细心的母亲发现，女儿像换了一个人，整天闷闷不乐，脸上的笑容不见了。

重回外婆的村子，王爷爷仍一脸慈祥的笑容："轻微抑郁，在这里再养一段时间吧。"

精神矍铄的王爷爷带着她干各种力所能及的农活儿，给她讲故事，跟她比自己的女儿还亲，还给她起了一个小名——小太阳。

半个月后，她找回了丢失的自己。临别，王爷爷送了她两句话：一句是，做人要懂得感恩，感恩父母、身边人和社会，感恩每一天；另一句是，我就是一个小太阳，你也是一个小太阳，走到哪里都要发光、发热，传递爱和温暖。

如今王爷爷已去世三十多年，她仍会时常想起她在王爷爷家的那段时光。他的笑容，他的故事，临别的话语，像夜空亮晶晶的星子，总在她的脑海里闪烁。她无法确定，自己的病是王爷爷的温暖医治好的，还是那一服服炉火上煎煮的中药。

有了手机微信后，她以"小太阳"为昵称，从未变过。

这段苦涩而温暖的记忆，她从未给人讲过。但这粒火光，一直在她心里波动着。

上午十点，明朗的阳光照耀着村舍、河流、稻田、蔬菜大棚，游人的笑声、鸟儿的欢叫、河流的喧哗消失了，天地安静、祥和。小太阳的故事，像一个停顿，短暂地将一切声响都推到了远处。

想起早晨进村时她带着我和东源县青年作家张庆富去村里妇女儿童之家参观，对墙上的每一幅字与画，如数家珍，眼神里的欢喜与自豪，像在说自家的孩子。当然我知道那并不是她的孩子。但她说："我们的孩子在这里……"

从咖啡馆出来，她说："抱歉，我得回家一趟，照顾我娘吃过饭和药，我再赶过来。"

此刻，我们在稻田边坐一溜，捧着醇香扑鼻、有些烫嘴的热咖啡，沉默着，脑子停顿在她的故事里。

10月20日之前，我对河源一无所知，陂角村更不例外。

11月1日晚上，跟河源市作协主席罗志勇在街边吃饭。他说："你要不要去埔前镇的陂角村看看，那个村子是'全国乡村旅游重点村''广东省家庭文明建设示范点''广东省乡村振兴示范村'，是旅游网红打卡地。"

我说："那就去看看吧。"

"陂角村真正的发展变化，是从七年前开始的。"古富平说。

我笑说："别的村子，都是常住人口比户籍上少，一天比一天少。陂角村却相反，常住人口比户籍多出上千人，而且越来越多。"

他也笑，神情很自豪。

2016年对口帮扶的深圳大鹏区帮这个山区小村引进了两家企业，一家借山水风光建生态旅游度假小镇，一家在村里建起600多亩大棚，进行绿色标准化果蔬种植。

青山绿水带来了发展机遇，陂角村的"蝶变"引擎轰然响起。

村里整合资源，盘活村集体生产生活用地，以资金、土地作价入股等模式，631万元扶贫资金和村集体资金分别入股两个产业园分红。2022年村民累计分红近41万元。而村集体的经济收入，则从2015年的6.5万元猛增到去年的238万元。

流转土地的村民，不仅每年有一笔租金收入，有劳动能力的人还可以在基地干采摘、种植、包装、后勤等工作。

梁剑英说："果蔬基地正式员工每月工资4000多元，散工8小时工作制，每天110元，计件工作多劳多得，有的村民一个月能挣

7000多元。"

"村里就近就业的人多吗？"我问。

她说："生态小镇和智慧蔬果基地两家，有200多村民在里边就业。"

当然，这只是陂角村生态立村、生态兴业、生态富民迈出的第一步，"绿富"双赢的棋局才刚刚打开。

景美人和吸引大量游客前来观光，陂角村又在棋盘上轻轻落下一枚棋子。村经济合作社与第三方公司合作，流转四个村民小组60亩土地，进行连片提升改造，建成一个集赏景采摘、田园灯光秀、亲子游玩等功能于一体的蔬香园，带动村民售卖农特产品和特色小吃。这枚看似不起眼的棋子，为周边100多户村民平均每月带来3000多元收入。

乡村生态旅游与种植产业，吸引大量在外务工村民纷纷回村创业就业，乡贤返乡投资，19户村民将家里闲置庭院改装成精品民宿、特色农家乐，加上村里农产品销售，平均每年为村里带来300多万元收入。

小坑土鸡与绿色蔬菜是陂角村的特色产品，村经济合作社与深圳某企业签订长期供销合同，拓宽农产品流通和销售渠道，年产值也在百万元以上。

古富平说："凡是有劳动能力的，在村里都有事做、有钱挣。"

我心想，在家门口有钱挣，有安稳幸福日子过，谁还愿意往外跑呢。

2021年9月，村党总支书记提升，在副书记岗位干了多年的古富平被选为新的村党总支部书记，陂角村"两委"成员也从5人增加到了8人，大专以上学历占65%，平均年龄从53岁降至47岁，实现素质、学历、年龄"两升一降"。

陂角村是大村，下辖12个村民小组，近5000人口的大村子，有100名党员，4个支部。书记、主任、经济合作社负责人"一肩挑"的古富平，已挑着这副重担往前跑了两年多。

"走向成功之路不是小菜一碟。"脑子里忽然想起这么一句话，我随口问他："那么多重担压在肩上，累吗？"

古富平呵呵笑："不累是假的。"

经过几年努力，村里实现了水电、电商、网络、公交等"四通"，净化、绿化、美化、亮化和村道硬化，以及生活污水处理、埔前河"一河两岸"等工程，使得陂角村美丽宜居的品牌效应逐渐凸显。村道上从早到晚游人络绎不绝。

走在村里宽阔整洁的大道上，我也不由得像那些叽叽喳喳的游人一样感叹："真想在这里住一段时间。"

古富平笑说："那就住下吧。"

回到村委会，碰上32岁的村党总支部副书记李明康，又坐下喝茶闲聊。

李明康大二参军，在部队锻炼两年，回来接着读书。2016年从广东海洋大学毕业，回村里当办事员，四年后村委换届选举，他被选为副书记。

"这两年村委新来了五名大学生，我已经算老同志了。"李明康笑着说。

古富平在旁边说："他爸把镇上的房子卖了，又回村里生活了。"

我说："怪不得村里人口越来越多，都在往回跑嘛。"

古富平想了想，叹道："村里山多平地少，以前村民除了砍柴，几乎没什么收入，因为穷，姑娘不嫁陂角村，现在村里危房基本拆完了，家家建了小洋楼。有文化的年轻人回来了，村里的发展才有力量。"

一阵说笑后，古富平说："小坑土鸡是我们村的一张名片，去看看吧。"

他转脸对梁剑英说："去赖石全家吧。"

车子在村道上绕了几个弯，就到了山脚赖石全家的院外。

刚进院门，一位微胖的中年女人忽地从门口的凳子上弹起，手里捏着一把花生，在嚷嚷声里冲过来，一把抱住了梁剑英，只见她笑哈哈地跟梁剑英一来一往地聊着。

我猜中年妇女是赖石全的妻子，但她俩说客家话，我一句都听不懂。

院落宽大，一小排旧瓦屋前，堆着数十根盘口粗的圆木，看上去堆在日头下已有些时间，日晒雨淋，木头表皮已经黑皱。挨着老屋，是一栋三层的新式小楼，对面棚下，停着摩托和一辆小型冷链运输车。旁边一间平顶屋没装门窗，地上蹲着六七个装满玉米和稻谷的蛇皮袋子。再边上，是比人高的绿色铁丝网，山坡上植被茂密，成群的鸡，在高大的荔枝树、龙眼树下散步、寻食、交头接耳。鸡隐在树林里、山坡上，不晓得有多少。

正看着，一位身材高大的中年男人从楼里出来，应该是赖石全。

我说："听说你的小坑鸡养得好，过来看看。"

他说："进屋喝茶。"

"养了多少只？"我跟在身后问。

"1000多只。"赖石全说。

屋里有些零乱，墙角蛛网交织，似乎有些日子没收拾了。他的话很少，抑或不愿说话，不声不响地给我们泡茶。

在来的路上，梁剑英告诉我，他妻子有精神性疾病，儿子上大学，女儿毕业后在村里生态小镇度假区上班。

梁剑英说，赖石全原来在外务工，供两个孩子读书，是村里的贫困户，因为家旁边就是山，有场地，2016年驻村扶贫干部给他家送去六七十只小鸡，鼓励他养小坑鸡。两年后，他靠养鸡脱了贫，盖了新楼。

他家的鸡是散养，只喂谷物，不喂饲料。养大了自己宰杀好，开冷链车送深圳，一只一百元。

从屋里出来，要走时，中年女人又嚷嚷着将一小纸箱红薯往梁剑英怀里塞。

"我地里种着，你留着家里吃。"

原路返回，我在车上问梁剑英："赖石全的妻子说什么？"

梁剑英说："她说我有一阵没来看她了，想我，红薯是她家种的，让我拿回去吃。"

停了半晌，她又说："她的病一阵一阵的，八年没回过娘家，2018年秋天，我陪着她回去了一趟，平时带着志愿者来得也多，她对我挺亲的。"

经过路边看到一条横幅，上面写着：绿色生态果蔬采摘园。

栅栏门口，蹲着一位衣着讲究的老人，腾腾烟雾像他稀疏花白的头发。

我让车停一下，走过去问老者："这是您的种植园？"

"是。"他抬眼上下打量我，"你想要点啥？"

我说："现在有果子摘吗？"

他说："摘果子不到季节，有青菜、红薯、花生和小坑鸡，要吗？"

"小坑鸡一只多少钱？"

他回："一只一百五十元。"

我心里嘀儿一下："你的咋比别人贵？"

他脸上显出不屑："我的鸡比别人多养三个月，肉质好。"

梁剑英下车跑过来，说："这是我们村刘德兴老伯。"

"这个卖农副产品的大厅，是村委批准今年刚建的。"刘德兴边倒茶边说，"我的种植农场11亩，年初刚种，里边除了养鸡，还种有水稻、红薯、花生，各种青菜、草莓，屋后有几十棵荔枝和龙眼树。"

紧挨大厅的四层小楼是他的家，过马路就是种植园，倒也方便。

儿子、儿媳和女儿都在园区上班，66岁的刘德兴和老伴在家带孙子孙女。常有路过的游客问他卖不卖自家园子里的青菜。去年年底，他将马路对面的11亩地流转过来，做起了生态种植农场。

"我年初刚搞，有时一个人忙不过，得请钟点工帮忙。"他点上烟，神情安然、自信，"我的东西不愁卖，有许多固定客户，都是第一次在我这里买了，加微信，觉得好吃又在微信上买，他们要啥，我就快递啥。城里人都喜欢咱乡村没污染的绿色产品。"

停了半晌，他又说："我地里种的，不施化肥农药，用有机肥，浇埔前河里的山泉水。你刚才问，我的鸡咋比别人贵，我的养法跟别人不一样，每十五天进一批三个多月大的果园鸡，回来再拿稻谷喂一百天才出栏，一只母鸡150元，公鸡200元，品质好不好，你吃一次就知道了。"

这就是蓬勃、祥和、热气腾腾的陂角村。

路上，我在心里想，民以食为天，但如何吃到绿色健康的食材，是一个比吃更重要的问题。陂角村的人比我们幸福。

2023年11月2日

抬眼望出去，郁郁葱葱的山峦如墨如烟，夕阳正将薄纱般的金光缓缓向村子里泼洒。（赵春风 摄）

下屯村是一座依山傍水的村庄，水是宽阔的东江，古屋与一栋栋时尚小楼散落在绿树与金色稻田间。村舍、稻田、荷塘、碧水，在深秋蔚蓝的穹空下相互辉映，如江南水乡。（赵春风　摄）

尽管它们高大苍老的身躯静默如迷，但建筑上的智慧与梦想还在，是古老隐秘的人间，是时代与命运的见证。（陈永生　摄）

景色、生态是河源宝贵的自然资源，有了这个底色和基石，从市县到镇村，在广东省"百县千镇万村"工程中，各级的发展信心和底气都很足。　（刘秀平　摄）

一座挨一座的古屋，有的锁着门，有的门吱呀一声，回头却不见人，几只叫不上名字的鸟，轻飞过头顶。苍老斑驳的墙壁上，一片一片毛茸茸的苔藓。有筷子粗的小榕树顶着明亮的绿，在坚硬的墙头上生长、摇曳。　（赵春风　摄）

被竹海环绕、拥抱的上堂镇翠山村像一个天然氧吧、一个宜居宜游的绿色乡村。
（陈文仟　摄）

涧头镇乐平村。 （赵春风 摄）

满坡绿油油的茶园，穹空蓝得不见一丝云彩，鸟儿在树上鸣唱，茶园里的茶叶在生长，花儿在草丛里开着。 （曹锦旺 摄）

青山、镇街、民居、淡蓝色湖水，构成一幅开阔、明媚里透着温婉与柔美的人间画境。 （赵春风 摄）

清晨七点，小镇还未从睡意里醒来，街上一派寂静。淡蓝色的湖面上，浮着淡淡的、蒙蒙的雾，远处岛屿与岸边青山，像湖的幻境。　（王雁翔　摄）

为了心中朴素的梦想，他们从喧嚣里折身，返回家乡的山水间奔波、忙碌，然后，在这寂寥的山水田园、斜阳荒草间养鱼、种田，让自己的生命贴着大地抽枝发芽、开花结果。　（陈剑云　摄）

层峦叠嶂、纵横起伏的山里，谷深地狭，小块的平地比金子还珍贵。村民们就地取势，在山坡与沟坎上，开垦出一片一片山地，种下一棵一棵桃树，便绵延成了气势非凡的桃园。（陈剑云　摄）

高铁穿过林寨古村。

（陈永生　摄）

他像一把钥匙，打开了这秀美山野的另一种美，从草木山野流淌过的时间是如此宁静、澄澈。他说他喜欢这里的山，这里的水，他的喜欢是对这片土地最真挚的感情。（王雁翔　摄）

暖暖的阳光落在稻田、河流和一座座村间庭院，多么美好，给人的感觉很温暖，也很幸福。　（王雁翔　摄）

这座刚修缮不久、青瓦白墙的古式建筑，看上去简朴、平静而低调，像一位久经沧桑的慈祥老者，安静地等着我们来聆听它81年前那段鲜为人知、非同寻常的过往。（朱维烈　摄）

仅下车镇云峰村高峰猕猴桃基地约120户种植户，种植面积约2.3万亩，挂果1.5万亩，2023年总产量9000多吨，产值约1.2亿元。这么大规模的绿色产业，老百姓的幸福指数是芝麻开花———节节高。（徐锦奕　摄）

龙川是油茶种植大县，油茶花盛开时节，满山满谷油茶花怒放，繁花如锦，更是灿若云霞。（朱维烈　摄）

只有不断创新，与时代和市场对接，传统工艺才能在时代的浪潮里传承、存活下去。陈金明独创将彩扎醒狮拆分开，按部位扎骨架的新制作流程，员工可以选择自己擅长的步骤和部位制作，不受工作场地和时间限制，多劳多得。　（陈金明　摄）

广东客家地区有舞龙舞狮的传统习俗，特别是舞狮，认为可以驱邪辟鬼，彰显客家人在不断的迁徙中积极应对自然挑战。春节期间或各种喜事、宗族礼仪、神庙祭祀往往要舞狮，锣鼓喧天，非常热闹。　（黄益苏　摄）

在千百年流传下来的花灯中，我们仍能找到和祖先相通的心愿，用绚丽的花灯表达对美好生活的祈愿，对生命延绵的美好祝福。

（赵春风　摄）

辑 二

• • • • • •

莽莽苍苍的山林覆盖着这片大地的每一寸山峦。无山不绿，
有水皆清，四季飘香，万壑争鸣。
连绵起伏，层峦叠嶂的大山风貌，在这里形成一幅蔚为壮观
的绿色海洋。

大湾区的茶罐子

江南、江北、华南、西南是我国的四大茶区。我晓得广东英德、潮州等许多地方产茶，出名茶。

2023年11月3日，我从紫金开始，往远处走。没想到一进紫金县，竟一脚踩进了一个辽阔蓬勃的茶世界。

在紫金，街头巷尾，从各级干部到寻常市民，都在说茶。云淡风轻，粲然欢喜，又神秘莫测。茶是紫金人生活里不能不谈的高频词。

蝉茶、黄花茶、白溪茶、乌龙茶……

当然，带着"中国茶业百强县""中国蝉茶之乡""广东生态茶园区域品牌县""广东生态茶创新试验区"等诸多光环的紫金人，在蝉茶品牌价值节节攀升、声名日隆的欢喜里，是有资格谈茶的。

现在，紫金人把茶作为绿美生态重要产业，要在广东省"百县千镇万村高质量发展工程"中争创茶叶全域有机示范县，全面提升茶产业的经济价值、社会价值、生态价值和文化价值，让紫金蝉茶名扬四海。

不紧不慢的紫金人，在这些荣誉与目标里，有太多话题需要不断碰撞、交流。他们吃着茶，笑脸盈盈，不急不躁，像另一个时代里的人。

在紫金的街上闲散地走着，时间也慢下来。在东张西望里，想起作家周华诚一句话：不赶时间的人，才喝得出茶的味道。

在紫金，茶像魅力四射、妩媚温婉、青春逼人的女子，目光躲不开，话题绕不开。真可谓"佳茗从来似佳人"。

好吧，那就看茶、听茶、喝茶。

茶者，南方之嘉木也。一尺、二尺乃至数十尺。其巴山峡川，有两合抱者，伐而掇之。其树如瓜芦，叶如栀子，花如白蔷薇，实如栟榈，蒂如丁香，根如胡桃。瓜芦木出广州，似茶，至苦涩。栟榈，蒲葵之属，其子似茶。胡桃与茶，根皆下孕，兆至瓦砾，苗木上抽。

其字，或从草，或从木，或草或木。

其名，一曰茶，二曰槚，三曰蔎，四曰茗，五曰荈。

这是陆羽《茶经》里的文字。唐贞观元年（627年），分天下为十道，南方泛指山南道、淮南道、江南道、剑南道、岭南道所辖地区，大概和现在以秦岭山脉—淮河以南地区为南方相近。

茶，我盯着这段文字里的一个个茶字看了半晌，越看越有意思，古人的智慧真是令人望尘莫及。人在草木之间，焉能不喝茶，更何况生活在这青山碧水间的紫金人。

还有更可爱的——

周公说："槚，就是苦茶。"

扬雄说："四川西南人称茶为菠。"

郭璞说："早采的称为茶。晚采的称为茗，也有的称为荈。"

好茶遇雅人，雅人遇知音，有趣也有识。

只是，在这个喧嚣、浮躁、焦虑，欲望如风雷、如闪电，凡事快了还要更快的潦草时代，许多美好的事情，正在快速地渐去渐远，唯剩掩卷长叹和些许碎屑般的苦涩回忆。

粤东北属丘陵山区，抬眼皆山，忽高忽低的山，是一堆一堆巨大浑厚的绿，山间泉水叮咚，溪流淙淙，柏油公路飘带般在绿色山峦之间缠绕、飘展，满眼深阔苍茫的翠绿、墨绿，绿得密不透风。山脊上的树，每棵树身、每股枝条都向更高处蓬勃着，迎向头顶的蓝天。

时令已过霜降，但癸卯年的天气似有些反常，除早晚有一点薄薄的凉意，中午仍闷热如盛夏。

我在紫金县城，随便问了一个村镇名字就出发了。心想，到处是茶园茶农，不愁没得看。

一路冲到紫城镇黄花村村委会，55岁的村党支部书记魏小田，见面一边问候，一边泡茶，人随和，也健谈。魏小田从2008年就任黄花村党支部书记。交谈里，我晓得这是一个有619户人家，3227口人的村子。

他说，黄花村人种茶的历史已有500多年，以前是散种，各家种一点，自家喝，也在附近的镇街上摆地摊卖，小打小闹，一直没形成什么气候。

闲聊里，我还知道，黄花村的耕地也极少，人均不到七分地，2016年还是广东省省定贫困村，村里72户贫困家庭，2020年全部脱贫。

担任多年村党支部书记，村里谁家有几只鸡、几只鸭，谁家有狗，谁家有猫，谁家老人患什么病，谁家娃娃在外头干什么，各家的忧愁与欢喜，魏小田心里皆清晰分明。

但2016年的魏小田，不像今天这么轻松开心，他愁，愁肠百结。扶贫，就得有产业，没地方挣钱，没挣钱的事情做，如何脱贫？

这事儿确实让魏小田发愁。他在心里思来想去，想得心焦，食不甘味。最后，他终于想到一个人，他的同学曹锦旺。

于是，魏小田专门去了一趟县城。

魏小田一口喝了盏里的茶汤，说："走，带你过去看看，他人就在茶园。"

村委楼前的小广场，平时应该是个热闹处，十多种健身器材一溜儿摆开。这里视野开阔，村民依山而居，一栋一栋小楼，或高或低，多掩映在苍翠里，沉稳、安静。村委路边，一四五岁小儿，追着一只鸡在前边跑，母亲在后边一连声地喊："慢点跑，慢点跑，别摔倒了。"

魏小田感慨，2016年之前，日子穷，村里废旧房屋多，脏乱差，许多事想做，有想法，没能力。后来，村里开了几次会，统一思想，把那些碍眼没用的残墙废屋都拆了。现在村里的楼房大多是这几年新建的，村、组之间的路也硬化了，安装了路灯，有专门的保洁员搞卫生，干净亮堂了，也美了。

我转身上车，跟着魏小田向村委西北方向的村道驰去。

魏小田说："锦旺我了解，从小学到初中，我们都在一起，他是一个有情怀的人。"

曹锦旺的黄花庄园离村子不远，车子在山路上拐了几道弯，就进了一片不宽阔，也不算狭窄的山谷。谷底平地，种着稻谷、花生、红薯、蔬菜，两边的山，从山脚到山脊都是茶园。

"这一片是农耕体验区。"经过稻田菜地，魏小田又感叹，现在孩子很小就跟着父母进城上学了，不识五谷，不懂农事、节气，应该让他们有一点体验。

但此地的茶园与别处不同，林中有茶，茶中有林，茶垄在疏朗的树丛里，远观是林，近看为茶。

虽然还未见到茶园主人，但看到茶园，我已晓得这魏小田请的确是懂茶之人。茶叶喜欢阳光，靠阳光进行光合作用，光照对茶叶生长极为重要，但又不宜太强、直射，边上有乔木的婆娑绿叶，阳光便柔和、温婉了许多。有云雾、有林木，茶叶的茶氨酸、谷氨酸等含量也会高一些，这也是高山茶、云雾茶比一般地方的茶品质好、价钱高的原因之一。当然，水分与土壤质地也很重要，《茶经》里有："上者生烂石，中者生砾壤，下者生黄土。"

河源地处北回归线上，雨量充沛，气候温暖，年平均气温21.2℃，光热能丰富，日照时间长，年平均日照数2057小时，属于南亚热带气候边缘，具有南亚热带向中亚热带过渡的性质，热辐射少，为温和湿润地区，每年的无霜期在340天左右，山区丘陵昼夜温差大，很适合茶叶生长。

也正得益于这样的气候环境，河源的上莞仙湖茶、康禾茶、紫金黄花茶被誉为东江三大名茶。

谷里山溪潺潺有声。坡上一排气派错落的楼房。

曹锦旺与魏小田年纪相仿，中等身材，沉稳，随和。他要先带我去看看，让我对茶园有一个直观印象。进茶厂时，我看到外墙上一行标语：

坚持生态优先、绿色与高质量发展；坚持三茶统筹，助力乡村振兴。

河源被誉为北回归线上的绿宝石，一路走来，所到之处，生态、绿色几乎是河源各级干部的口头禅。说发展，说产业，话题里一定绕不开这两个词。

宽大敞亮的茶厂、客家风格的民宿、特色农家餐厅、茶学体验园、蝉茶研究学堂，还有那片农耕体验园，可供千人同时在这里开展研学活动。

曹锦旺的茶园，是广东省茶文化推广示范基地，河源市中小学生研学实践教育基地，几个培训学堂皆十分宽大，窗明几净，古香古色的实木桌椅，每张茶桌上茶席、茶棋、茶具一应俱全。

曹锦旺说，学生在茶园可以自己采茶、跟着师傅学制茶，切身体验从一片树叶到一杯茶的全过程。他还针对学生的不同年龄段，围绕"茶文化、茶产业、茶科技"，开设了"茶文知礼、茶业知兴"两大主题板块的课程体系，有自己的专业师资队伍，还为研学的孩子专门订做了采茶服和茶篓。学生采回茶青可以在体验区亲自体验传统手工制茶，了解现代制茶与传统制茶的微妙区别，感受现代生活的飞速发展。

看着一张张笑容灿烂的照片，我在脑海里想象孩子们穿着采茶服，背着装茶小篓，以小茶农角色体验茶工职业的艰辛和采茶技巧，在叽叽喳喳的欢喜里感受微小职业的伟大之处的快乐，在一个又一个惊叹里感受翠绿茶青如何一步一步变成兰香扑鼻的好茶，在老师的示范讲解下，学会各种泡茶技巧、茶礼茶艺。

曹锦旺说："下边还有一条通往山顶的硬底公路，适合徒步、登高、望远。"

看罢茶厂，坐于亭下，饮着醇厚甘甜的黄花茶，聊起茶园的前世今生。

《紫金县志》记载，黄花崖婆咀早在明成化年间（1465—1487年）就产茶，迄今已有500多年产茶历史。黄花茶是东江三大名茶之一，具有色香味俱优的特点，远销省内外和港澳等地区。

曹锦旺原来在县城卖茶，收散户茶，生意兴隆，人生亦洒脱。那年，他在浙江已经盘好了地，准备在那边建两千亩茶园。没想到魏小田找他，请他回村干茶产业，带着村里乡亲脱贫致富。他犹豫了几天，最后将浙江的两千亩茶园退了，回村里流转了村民五百多亩山地，投入3000多万元建了这个茶园。

魏小田说："他的茶园，用的是茶树专用肥，不用打除草剂和农药，产品经过国家绿色食品和有机产品认证的。"

茶是附加价值比较高的经济作物，也是劳动密集型生态产业，曹锦旺的茶园从初春开始，一年采五次，会一直忙到11月底，多时上百人，少时二三十人，一年四季总有人在茶园劳作，锄草、施肥、手工采茶，各种活儿都需要人手。

村民们除了山地流转租金，村里还以200万元扶贫资金在茶园入了股，每年有17万元分红。

"在这里上班的大都是黄花村村民。"魏小田说，"五六十岁上了年纪的人，又没文化，没技术，出去务工没人要，茶园的活乡亲们都熟悉，在家门口有事做，有钱挣，也能照顾上家里的事情，说实话，我心里很感激老曹的。"

曹锦旺笑了："又来了。"

魏小田也呵呵笑。

顿了顿，曹锦旺放下茶盏说："从2016年到现在，三任县委书记，都把茶产业作为紫金乡村振兴和生态农业主产业来抓，这种力度和决心别的地方怕是少有。远的不说，今年举办了首届'中国蝉茶开采节'；10月31日，'中国蝉茶交易中心'在县里揭牌；11月18日，第五届广东茶叶产业大会也要在咱紫金开，喜事一桩接一桩。咱紫金的茶产业不仅在扩规模、强品牌，还在全力提品质，推广《紫金蝉茶团体标准》标准化生产，创建全国茶叶全域有机示范县，推动茶产业标准化、规模化、品牌化发展。这么好的机遇与环境，我对茶园充满信心，才让儿子和儿媳辞掉深圳上市公司的工作，回来帮我一起干。茶园有好发展，还能愁乡亲们在家门口没事做?!"

魏小田一边点头一边嘿嘿笑着。

我跟曹锦旺和魏小田坐亭下吃茶、聊天，望着满坡绿油油的茶园，穹空蓝得不见一丝云彩，鸟儿在树上鸣唱，茶园里的茶在生长，花儿在草丛里开着。忽地想起某天在朋友处看到郑板桥一幅字："溢江江口是奴家，郎若闲时来吃茶，黄土筑墙茅盖屋，门前一树紫荆花。"

眼前的亭是木亭，并非茅盖屋，但此时节，岭南各地的紫荆花正浓艳地开着。

又想起在网上看到的一个视频，北大教授张柠说，文学之所以为文学，它是数学、科学、伦理道德、哲学都不能替代的东西。譬如大家一起从学校北门走到南门，第一个到的是谁呢？数学系的人，两点之间直线距离最短。于是他直直走过去了，没想到中间是个湖，就掉到湖里去了。所以，第一个到达的，是经济学系的人，以最少的投入获得最大回报。最后，大家都到了，一清点人数，发现少了一个人，文学系的人。原来他在花园里流连忘返。对于一个文学系的人，花在开着，水在流着，此时此刻，此情此景，多美好，流连或迷路，就是文学的意义。

喝茶当然解渴，但有时候，又不仅仅全为解渴。就像此时，我并不口渴，我们三个人安静地坐于亭下，聊天、说笑，也在从容里喝着曹德旺的黄花茶，也看杂花绿树。

这样想着，心里便又起了涟漪：遍地是生活，人人是主人。

临走，遇到一位在茶园干活的妇女，上前问："哪里人？"

她笑说："黄花村的。"

又问："多大年纪了？"

她回："55岁了。"

再问："在这里多久了？"

她又笑："茶园建成我就在这里干活。"

我忽然找不到话了，往前走了几步，又转身问："开心吗？"

她一脸笑容："开心啊，一天八个小时，中午饭免费，在茶园吃，从来没想过，我这辈子还能按月领工资。"

车上，魏小田告诉我，她叫李亦云，原来日子很困难，家里有一个残疾女儿，离不开人，还要供两个孩子上学，两口子只能有一个人外出挣钱，老曹让两口子轮换着常年在茶园上班，前年家里还盖了两层半新楼。

听了魏小田的话，我忽然觉得自己问得很蠢。

紫金在春秋时属百越地，战国属楚，秦代起属南海郡博罗、龙川两县地，明隆庆三年（1569年）置永安县，民国三年改为紫金县，位于东江中游左岸，与云南普洱、台湾阿里山同处北回归线上，山区丘陵空气湿润，山高雾多，昼夜温差大，空气、水质常年达到国家I级、II级标准，是孕育好茶的黄金宝地。客家人将茶树视为生活里的珍宝，养育了悠久的种茶历史和独特的客家茶文化。

在紫金的青山绿水间行走，人们种茶、喝茶、聊茶，醇厚的茶水涵养着紫金人从容安详的生活，也推动着我的脚步。

听了曹锦旺的建议，出了黄花庄园，我又去寻找一个自称为"客家山里蝉茶翁"的人。

蝉茶翁在新庄村，距黄花村三公里，同属紫城镇。紫金的乡村公路宽而平坦，这样的路能通向山里任何一个村庄或茶园。当然，它也能通向大湾区乃至全国的任何一个茶叶市场。

司机轻车熟路，一脚油门，车已停在一座宽大的乡村宅院门外。肚子里的香茶还在晃荡，进门又接着喝茶。

来之前，我已从曹锦旺那里知道，这位"客家山里蝉茶翁"大名陈炯昌，81岁。

我原以为这个年纪的老人，多眼花耳背，交流艰难，来了，才发现自己错了。头发花白的陈炯昌精神矍铄，端庄温和，身体硬朗，颇为健谈。他拿出自己亲手研制的"特制紫金东方美人茶"请我们品尝。茶汤澄红透亮，入口醇厚甘甜，有一种特别的天然蜜香味。

我等粗拙后生自然不敢直呼陈老大名，也不便称之蝉老翁，便以陈老伯称之。

陈老伯1969年毕业于华南农学院，也就是现在的华南农业大学。他一边泡茶，一边笑眯眯看我们喝茶："怎么样，味道还行吧？"

我们连声说好。确实香，那种内在香韵，带着韧劲的张力无以言表。

品着茗香，话题也围着茶转。

陈老伯说，晚清时，他的曾祖父就开有"祥发茶店"，一直到他爷爷手上都在做茶、卖茶。爷爷从东江坐船，将茶叶、木耳、蜂蜜等山货运到香港，卖掉茶叶再从那边采购洋钉、洋油、香烟等工业品回来。

"我在县里蝉茶交易中心的门店，也用着祥发老店名。"他说，那时村里人家种了茶，也大都卖给他爷爷。紫金的茶叶解放初期就出口苏联。人民公社时代，生产队有千亩茶园，他弟弟负责管理。改革开放初期，他家里承包了300亩茶园，成立了紫金县第一家私营企业，种茶、卖茶，后因为资金有限，让一家企业买走，先后转了三个老板。

因为自小就认识茶叶，受茶文化熏陶，1993年退休后，陈老伯便自己种植茶园，种茶、制花、卖茶，几乎贯穿他的一生。

"您当时都种什么茶？"我问。

陈老伯说："我在村子后边租了村民150亩山地，从福建那边引进台茶'金萱'和'翠玉'两个品种，育苗、种茶。"

在陈老伯二十年前的记忆里，茶园虫子很多，打药除虫不行，那就勤采，两三天采一次，茶青上有小黑洞，制出的绿茶影响卖相，只好改做乌龙茶，但他本是做绿茶的，得花钱请技术人员指导。

有一年去台湾，他特意去了阿里山，发现那边的客家人已经用那种虫子咬过的茶青做出了"东方美人茶"，还做红茶、绿茶、白茶、黄茶。

台湾之行让他突然醒悟，原来那蝉虫咬过的茶青竟有奇香，能做名贵好茶。回来后，他也学着做。做出一款武顿山牌"东方美人茶"，获得广东省第八届名优茶质量大赛金奖。

2020年，他又研制出"特制紫金东方美人茶"，也就是此时此刻我们正喝着的一味蝉茶。

紫金蝉茶被誉为茶中燕窝，蝉茶的无穷韵味与奥秘，当然是我无法绕开的追问话题。

陈老伯的目光从老花镜上边看过来，笑说："茶青被小绿叶蝉叮咬后，会卷曲起来，像火烧过一样的，小绿叶蝉留在上边的唾液跟茶叶里的酵素发生作用，会产生一种特有的天然蜜香香气。这种茶青采摘后经过特殊工艺加工成具有果、花香滋味，显蜜味的茶叶才是蝉茶。绿茶汤色清澈明黄，红茶汤色明澈艳丽，乌龙茶汤色橙红透亮，均带有特殊的馥郁蜜韵，很有独特性，这是别的地方没有的。"

"那还打什么虫呢，让它们多咬些小洞洞吧。"我笑说。

陈老伯哈哈笑了。

我心想，紫金"中国蝉茶之乡""中国蝉茶交易中心"的名号也不是随便来的。

清代袁枚在《随园食单》里说茶，有一句话："欲治好茶，先藏好水。"

《茶疏》里也有"无水不可与论茶"。说茶，自然离不开说水。

在陈老伯家喝茶，我发现他和曹锦旺一样，泡茶的水皆不是我平常所见的桶装矿泉水。

记得《红楼梦》第四十一回，黛玉、宝钗等在栊翠庵喝茶，妙玉说她用的是五年前寺里梅上收的雪水，这水她平时舍不得吃，也"只吃过一回"。

乾隆皇帝认为："遇佳雪，必收取，以松实、梅英、佛手烹茶，谓之三清。"

明代张岱在他的《陶庵梦忆》里有："其水，用山水上，江水次，井水下。"书里还有一篇茶与水的有趣文章——《闵老子茶》：

周墨农向途道闵汶水茶不置口。戊寅九月至留都，抵厚，即访闵汶水于桃叶渡。日晡，汶水他出，迟其归，乃婆娑一老。方叙话，遽起曰："杖忘某所。"又去。余曰："今日岂可空去？"迟之又久，汶水返，更定矣。睨余曰："客尚在耶！客在奚为者？"余曰："慕汶老久，今日不畅饮汶老茶，决不去。"

汶水喜，自起当炉。茶旋煮，速如风雨。导至一室，明窗净

196

几，荆溪壶、成宣窑磁瓯十余种，皆精绝。灯下视茶色，与磁瓯无别，而香气逼人，余叫绝。余问汶水曰："此茶何产？"

汶水曰："阆苑茶也。"余再啜之，曰："莫绐余！是阆苑制法，而味不似。"

汶水匿笑曰："客知是何产？"余再啜之，曰："何其似罗岕甚也？"汶水吐舌曰："奇，奇！"余问："水何水？"曰："惠泉。"

余又曰："莫绐余！惠泉走千里，水劳而圭角不动，何也？"

汶水曰："不复敢隐。其取惠水，必淘井，静夜候新泉至，旋汲之。山石磊磊藉瓮底，舟非风则勿行，故水之生磊，即寻常惠水犹逊一头地，况他水耶！"又吐舌曰："奇，奇！"言未毕，汶水去。少顷，持一壶满斟余曰："客啜此。"余曰："香扑烈，味甚浑厚，此春茶耶？向瀹者是秋采。"汶水大笑曰："予年七十，精赏鉴者，无客比。"遂定交。

心里想着这妙趣横生之文，怯怯地问："老伯这泡茶的水，可是泉水？"

陈老伯笑了："那当然喽，我们这里生态好，山泉多。泡茶甘美的泉水最好。"

那笑里，有对这方山水的自豪，也有好时光里从容自在的欢喜。

"烧香点茶，挂画插花，四般闲事，不宜累家。"这是南宋吴自牧《梁梦录》里记录宋朝人的四事或四艺。

宋人"四事"，是琐碎庸常生活中最为触手可及的娱乐或雅事，不管平民百姓，还是文人雅士、达官显贵，都能在其中找到生活的趣味或惊喜。

插花、焚香、挂画、喝茶，讲究里其实是人对生命、对生活的态度，透过嗅觉、味觉、触角、视觉品味日常生活。但我想他所谓的"闲事"，并非"无关紧要、无甚意义"的无聊之事，而是一种不易获得的生活状态与人生体验。

也许，从容、自在、欢喜，才是人生命里最紧要的事情。只是，这滚滚红尘，人人都奔着所谓有意义的事情而去，这样的体验从何而来？

脑子正乱想呢，陈老伯又拿出一款"紫金女儿茶"，说："这是我为客家女儿研制的一款茶，采用白茶里的紫金白牡丹和新会陈皮制成的，冲泡后汤色呈橙色或深黄色，喝时有药香果味，清甜回甘，细腻滑爽，回味无穷。"

他要打开泡了让我们尝尝，被我挡住了，实在喝不下了。

我接过茶盒，见紫红色包装纸上有一则故事：

掏空柑果，盛满茶叶，然后用针线缝合，将柑果悬挂于灶台之上，让它年复一年缓慢陈化，等到女儿长大成人，便会带它一起嫁到婆家。象征桔（吉）祥如意、长长久久，期盼多子多福，清空能防病治病，这就是客家人的女儿茶。

许多茶都有深厚的历史。想起广州大街小巷里的各种凉茶，据说与东晋葛洪有关。公元4世纪初，葛洪来到岭南，见此地瘴疠流行，悉心研究岭南各种瘟病医药，才渐渐有了岭南文化底蕴深厚的凉茶，其配方数代相传，数百年间广散广东、香港、澳门的各种凉茶铺，是岭南人日常生活的一道独特风景。

　　陈老伯要带我去看他的茶厂，不是制茶时节，无非设备与寂静，便没敢打扰。

　　相跟着，去他家后山，看他的茶山。

　　陈老伯说："我每天爬山，要上来看看茶的。"

　　他的300亩茶园，是两片丘陵，一垄垄碧绿的茶，在丘坡上绕出一道道绿线，茶垄间没有树，两个丘陵之间，有一面镜子似的小湖水。茶园像他的性格，干净，也敞亮。

　　离开新庄村，从紫金县城拐上宽阔平坦的蝉茶大道，约30分钟，入客茶谷。

　　从山顶上远眺，几面山谷坡地，皆为茶园。远处，有数十人在茶坡上采茶。另一边山谷，一处低些的山梁上，机械轰鸣着正在施工。司机说，正在建民宿。好位置，推开门窗，眼里看的是茶园，手里捧着溢香的茶，生态加文化，养眼又养心，或有意趣。

　　我立在寂静的山顶，看着满眼碧绿的茶园，想起苏东坡，想起他的诗句："休对故人思故国，且将新火试新茶，诗酒趁年华。"

　　也许时间不对，山上鲜见游客，一派寂静。我端起相机拍了几张茶园的照片。

客茶谷景区介绍

　　客茶谷是广东省第一批省级现代农业产业园——紫金县茶叶产业核心示范区，紫金县扶贫产业示范园、华南农业大学产业共建学院，占地逾5000亩，远景规划10000亩。

园内分为四季多彩茶园、客家文化风情、产学研、乡村田园、林下种植、户外拓展、生态康养等七大区，将打造一个集休闲度假、农业观光、文娱康养、拓展体验、教学实训等于一体的大型茶旅综合体。

这是立在游客接待中心门外的一份介绍，上面没有日期。司机说客茶谷是2018年4月开发建设的，茶园有灯光秀，晚上很漂亮，人也多。

原想着找负责人聊聊，转了半晌，找不到人，便下山了。后来才知道，客茶谷入选全国茶乡旅游精品线路。

当然不只客茶谷，县里鼓励茶企一、二、三产业融合发展，仅省级休闲农业与乡村旅游示范点就有4个，百亩以上茶叶种植基地65个。

下山后，我在一份《紫金县茶叶产业发展情况》（2023年9月）上看到：

全县茶叶种植面积由2015年的1.8万亩增加到目前的7.5万亩，年产值14亿元，品牌价值超35亿元。预计2025年，全县茶叶种植面积达到10万亩，总产量达5000吨，茶产业综合年产值超20亿元，紫金县茶产业实现了从小到大、从弱到强的转变，正成为粤港澳大湾区的优质茶罐子，国内蝉茶核心产区雏形初现。

2022年，全县105个行政村发展茶叶种植，流转土地6200亩，带动农户4505户，解决劳动就业近2万人，户均增收11000元以上，全县茶企向农户、村集体分红965万元，发放劳动报酬近3亿元，人均2.1万元，经济效益、社会效益显著。

同样在这份情况里，我还看到"以茶兴旅，以旅促茶"的发展理念，也使紫金这座"魅力茶乡"表现不俗。2022年，全县涉茶行业旅游接待超过45万人次，带动旅游收入近4.5亿元。

2023年，"紫金蝉茶"荣获"中国首届斗茶大赛区域品牌金奖"。一片叶子，正在这好山好水间起着壮阔蓬勃的波澜。

2023年11月3日

这里是一个福地

2023年11月4日一大早，我从紫金驱车前往千年古县龙川。

山谷高速公路两边，远山如黛，绿峰含烟，近岭碧波如浪涌，各种叫不上名字的树木，郁郁葱葱，像厚重的绿毡子，满眼密不透风的绿，绿得让人屏息。阳光下的深绿是明亮的，阳光洒落不到的阴面，则是深沉的绿。

山脊上蜿蜒起伏的树，如透光的高高的篱笆，笔直的树木直挺挺迎向深蓝的天空。

龙川地处东江和韩江上游，东面与兴宁县、五华县接壤，南端与东源县相连，西部与和平县毗邻，北部与江西定南县、寻乌县交界。

昨晚在灯下翻史料，《龙川县志》载：

龙川"居郡上游、当江赣之冲，为汀南之障、则固三省咽喉，四周门户"，为"水陆之要道"。旧治所龙川城（今佗城）是最早的龙川故城，自秦至民国，为县或州治所，南汉刘䶮时，循州治迁回于此，州县并存450多年，为县、州的政治、经济、文化、军事中心，素称岭南古城。

龙川置县之初，疆域辽阔，面积2万多平方千米，包括现在粤东的大部分地区及闽西、赣南、湘南等部分地域。

新中国成立前，龙川水路畅通，水运繁忙，而陆路运输多为人力徒步肩挑。

后来，我读作家邹晋开先生的研究文章，对古邑龙川县的辖地大吃一惊：当时的龙川辖地2万多平方千米，以今天的龙川向粤中、粤东、粤北辐射，其东界逼近福建厦门，包括厦门以西的漳浦、云霄、诏安等地，其北界偏西与湖南的零陵、道县、郴州接壤，北界偏东与江西接壤，包括寻乌、龙南、安远等县，北部包括韶关之大部，其南部包括惠州小部，大约为现在河源市6县区、梅州市8县区、揭阳市5县区、潮州市3县区、汕头市7县区、汕尾市4县区、惠州市约2县区、韶关市10县区、福建省4县、江西省约4县、湖南省若干县，总约60个县区。

这就是古邑龙川曾经的面积，真是超乎想象。

时光飞逝，一路上，高速、高铁、县道、乡道、村道，陆路交通四通八达，"人力徒步肩挑"已成遥远回响。

千年古县龙川，古在佗城。所以，车子抵龙川县，我直接进了龙川县南的老城区佗城镇。佗城因赵佗而得名。

公元前221年，秦始皇帝平定六国后，任屠睢、任嚣为主帅，赵佗为副帅，率五十万大军，分五路挥师南下，翻越南岭，平定百越。秦军作战始顺后困，其间屠睢战死，任嚣与赵佗率军调整战术，筑城守险，步步为营，同时实施优抚政策，扭转战局，平定南越，先后在岭南置南海、桂林、象三郡。其中南海郡设有番禺、博罗、龙川、四会四县。赵佗为龙川首任县令。

赵佗任龙川县令后，设置乡、里、亭治，率平越将士与南越百姓守疆拓土，改变越人"相好攻击"习气，推行"和辑百越""垦辟定规则""减半税十年"等亲民政策，屯垦开荒，兴修道路、水利，凿井灌田，并上奏朝廷："求女无夫家者三万，以为士卒衣补。秦皇可其一万五千人。"

当时南越除秦军将士外，还有从关中遣谪的犯人（含犯罪的吏人）及赘婿、商贾等，战争结束后都与南越百姓一起杂居生活。据说后来朝廷依赵佗的请求与建议，又从中原迁移了不少移民至南越大地。也因此，当时的龙川成为南越大地最早接受中原文化与农耕技术熏陶的地区之一，是岭南文化的发祥地之一。

公元前210年，秦始皇驾崩后，中原大乱。秦二世皇帝二年（公元前208年），南海郡任嚣病危，命赵佗接南海郡尉。西汉高帝三年（公元前204年），为保南越政局稳定，赵佗率军西征桂林、象郡等地分裂势力，实现南海、桂林、象三郡稳定统一，建立"南越国"，定都番禺。

高帝四年（公元前203年），赵佗自称"南越武王"。七年后，高帝封赵佗"南越王"。

高后五年（公元前183年），为抵制吕后专权，赵佗自号"南越武帝"。文帝元年（公元前179年），汉文帝刘恒即位，赵佗去帝号复汉臣，仍称"南越王"。

从以上简介可以看到，赵佗两次臣汉，是为顺应历史民心，让百姓安居乐业，华夏一统。赵佗主政岭南71年，巩固边防、平定内乱、统一南疆，以读书化民俗、仁义育民心，推行一系列新政，推动岭南社会经济发展。《汉书·高帝纪》里，汉高祖这样评价赵佗理政南越功绩：

佗居南方长治之，甚有文理，中县人以故不耗减，越人相攻击之俗益止，俱赖其力。

佗城是史料记载中岭南最早的城邑，被誉为"秦朝古镇，汉唐名城"。

阔大的佗城学宫，鲜见游人，也不见古装书生，却书声琅琅，声震老瓦。书声来自一墙之隔的学校。

佗城学宫始建于唐，毁于元，明清重建，为岭南历史上最早的学宫之一，是传承文化、施行礼乐、祭祀孔子的场所。

跟着女导游急促的脚步，走进距学宫不远的考棚。考棚建于清光绪二年（1876年），清末曾作为学堂。据说全国学宫与考棚并存之地，唯河北定州和广东龙川两处。

至越王井，井边有红色塑料桶，桶里有水，有瓢，导游兀自取瓢，舀两瓢水灌进压水井筒，压动手柄，清冽冽的井水便哗啦啦地从侧管流出。

导游说："来，洗洗手。"我伸手，水冰凉。

"怎么样，有没有一种滑腻感？"

我看着刚刚洗过的手，复双手摸摸，似有滑腻感，遂点头回应。

转身，井旁边两三米开外，有一块牌子：

越王井

越王井被誉为"岭南第一古井"，挖掘于秦代，至今已有2200多年历史，是河源市首批重点文物保护单位。井壁为砖石结构，井口用弧形红砂岩石块围成，井中泉水源自鳌山，泉极清冽，味甘而香。

心想，刚才洗手，"泉极清冽"看到了，甚至感受到了它的滑腻，竟忘了掬起这至今仍完好的"岭南第一井"井水喝一口，体味一下"味甘而香"。

深井泉水对都市中人几乎是难求的奢侈。记得小时候故乡泉水也是清冽味甘的。春夏秋季放学回家，丢下书包，往往先冲进厨房，拿瓢从水缸舀一瓢水灌进肚里，才去干别的。喝生凉水，竟从未闹过肚子。

走在历经2200多年风雨的佗城镇街巷，像在沧桑与现代两种不同时空间转换、穿越。在一处处古城遗址间穿行，感觉空气里飘动着唐风宋韵、秦砖汉瓦的呼吸与气息。在古街老巷里东张西望，欣赏斑驳古屋门楣上某某宗祠、某某第石匾，再看身边从容、安详的脚步与笑脸，不由心生敬慕。

惊讶当然无处不在，4万人口的佗城镇，有179个姓氏，其中2000多人口的佗城村，就有140个姓氏，是全国罕见的，被誉为"中华姓氏第一村"。佗城有历史记载的姓氏古祠堂有89座，现存

39座，被誉为"中华姓氏古祠堂博物馆"。

佗城至今保存着120多处文物古迹。这些遗址的风雨沧桑里，有千百年来人口迁徙的印记，更有文化交融、百业鼎盛、学运昌盛、经济繁华等诸多难以胜数的历史过往。

从秦朝赵佗为龙川令驻军施政，到中华人民共和国成立前夕，佗城一直是龙川县治所，亦曾为龙川与循州的郡治州所。古老的佗城是广东省首批历史文化名城，2009年，被授予"中国地名文化遗产·千年古县"称号。

走到中山街，窄小的街道两边古屋骑楼鳞次栉比。导游说："这条街，也叫百岁街，街上90岁以上老人有30多位，百岁以上老人有9位……"

在佗城西门古码头，我停住了脚步，不想再走马观花。曾经水上交通枢纽的热闹繁忙自然早已不在，护城河也已衰退成浅浅的小水沟。走过建于宋代的石桥，我心里倏地一惊，一段不长的古砖残石堤岸，名曰苏堤。这龙川佗城怎会也有一个苏堤？

细看，旁边青砖墙上有一块牌子：

苏堤由来

清嘉庆年间修《龙川县志》记载："鳌湖在城西北环五十亩，龙潭之水注下。苏颖滨筑堤引水灌于城壕，导之东以决于江，后坏。"

"苏堤在鳌湖之东，苏子由筑，元至顺二年堤溃，后水乃西，今复东注。"

"苏辙……又为循州筑堤以障冲决且灌田数百顷，今犹目之，日苏堤。"

自此使龙川有了"苏堤"这一宋代文物。时至今日，虽然鳌湖淤积成了农田，但苏堤还在，苏堤也寄托了龙川百姓对苏辙的缅怀与敬重之情。

河边残留的二十多米苏堤，与田间小路相连，顺着小路穿过田野，远处山脚，是建于唐代的正相塔。

我未去塔下，想起昨晚看的资料，《龙川县志·艺文志》有苏辙诗《龙川道士》：

昔我迁龙川，不见平生人。
倾囊买破屋，风雨庇病身。
颀然一道士，野鹤堕鸡群。
飞鸣闾巷中，稍与季子亲。

北宋嘉祐三年（1058年），苏辙和哥哥苏轼同榜应试及第，轰动京师，与苏洵父子三人，同为唐宋八大家，史称"三苏"。苏辙历任御史中丞、尚书右丞、门下侍郎。

元符元年（1098年），苏辙因上疏论谏，被贬为化州别驾，安置循州（今龙川佗城），先居城东圣寿寺僧舍，数月后在鳌湖白石桥买了曾氏小宅，略加修缮遮挡风雨。常与小儿子苏远在宅旁的空地上种菜。邻居黄家世代为儒，有不少藏书，苏辙常去借书看。城中有鳌湖，水深可行船，时有洪涝灾害，苏辙倡议村民修筑堤坝，堵水灌溉农田，苏辙在这里还结识了道士廖有象，彼此常常倾心交谈论道。苏辙在这里著有《龙川略志序》《龙川别志序》，留下诗八首、文五篇，后来人们为纪念他，将这段湖堤命名为"苏堤"。

宋代循州涵盖了现在的惠州、河源、汕尾以及梅州大部分地区，当时循州治所就在龙川佗城。

宋绍圣元年（1094年），被贬放定州的苏轼接到朝廷诏告，免去他端明殿学士和翰林侍读学士职，出知英州（今英德市），刚到英州，诏命又到，贬惠州。

宋绍圣四年（1097年），在惠州任职两年零八个月的苏轼，又被朝廷一纸诏书贬往更荒远的海南儋州。

元符，是宋哲宗赵煦的年号，北宋使用这个年号只有三年时间（1098年至1100年），元符二年（1099年），苏辙被贬为化州别驾，安置循州时，哥哥苏轼已在两年前离开惠州前往海南。

但我在景区一块介绍龙川"人文荟萃"的牌子上看到介绍苏轼的文字说，"相传苏轼在惠州时曾到龙川看望弟弟苏辙，游览龙川八景后，写下了《龙川八景总揽》一诗。"

龙川离惠州不远，有东江水上交通，苏轼去过龙川，有《龙川八景总揽》没问题，但兄弟两人在古邑佗城见过面吗？

苏轼被贬惠州第二年，一直跟随、贴心照顾他的侍妾朝云染病离世。第三年前往海南儋州时的苏轼，白发苍然，孑然一身，只有小儿子苏过孤身相随。

也许那个美好的"相传"，很不巧地从时间的缝隙里擦肩而过。

但是，我愿意相信那个"相传"是真的，那将是一个人生命里多么温暖和幸福的一小段时光，会给远赴天涯的苏轼怎样的宽慰？

公元1101年，宋徽宗即位，大赦天下，下旨将苏轼徙往廉州

（今广西壮族自治区合浦县），苏辙被徙往岳州（今湖南岳阳市）。公元1101年7月，老迈的苏轼一路跋涉至常州，重病不起，溘然而逝。与弟弟苏辙永难再见。

十多年前，我在惠州专门寻访过苏轼的足迹。三天前，在与龙川县南端相连的东源县义合镇，又走了苏轼后裔700多年历史的古村落——苏家围。

是历史，还是命运看不见的手，让苏氏家族在这片广袤丘陵山区留下如此厚重的背影？

现在，我要去找老隆。

《龙川县志》记载：

老隆地处龙川县南部，东江上游，原称老龙，自古是商贾之地，清康熙二十七年（1688年）改为老隆。1949年6月1日至今为县政府所在地。相传老隆寨顶为秦时赵佗固守龙川的要塞。解放后设老隆区；1958年设老隆公社；1983年改设老隆镇。

所以，老隆不难找，就在龙川县城。

当天下午，我披着一身深秋阳光，跟着龙川县党史研究室副主任曹武斌站在了老隆镇福建会馆前。这座刚修缮过的青瓦白墙的古式建筑，看上去简朴、平静而低调，像一位久经沧桑的慈祥老者，安静地等着我这个后生来聆听它81年前那段鲜为人知、非同寻常的过往。

何香凝、柳亚子、茅盾、邹韬奋、范长江、廖沫沙、梁漱溟、夏衍、胡绳、胡风、丁聪……300多名灿若星辰的文化名人曾在这里被秘密转移到祖国大后方，这是一个神秘而令人热血澎湃、无限敬重的地方。

曹武斌告诉我，会馆旁边原来还有"义孚行""香港汽车材料行"，以及河唇街的"侨兴行"办事处，都是当时营救香港文化名人的秘密联络点。特别是"侨兴行"与朝野官员、城乡绅士有很好的"关系网"，在粤、桂、湘等多个省设有商号和办事处。

会馆出现于明末，根植于传统经贸扩张、人口迁移和流动频繁的社会大环境中，分为官绅试子会馆、工商会馆、移民会馆三类，工商会馆以东部沿海、沿河地区为多。《嘉庆重修一统志·惠州府》记载："龙川为水陆舟车之会，闽粤商贾辐辏。"

福建会馆建于清末，三进院落式布局，深38米，高15米，馆内安静、肃然。看着墙上一帧帧珍贵、已显得有些模糊的黑白照片，这宽阔的东江和丘陵山区间，香港与内地之间一场"抗日以来最伟大的抢救"画面在我眼前缓缓展开。

1941年12月，太平洋战争爆发，香港沦陷。日本侵略者占领香港后，立即封锁海面和港九陆路通道，禁止任何非日军船只、车辆和人员出入，大肆搜捕抗日爱国人士，并限令旅港文化人前往"大日本军部"或"地方行政部"报到。一大批文化名人和爱国民主人士处境极其危险。周恩来指示八路军驻香港办事处负责人廖承志、连贯等人不惜一切代价组织营救。

在广东党组织领导下，东江抗日游击队和后东特委精心安排部署，从水陆两路，东、中、西三线营救转移滞港文化名人、爱国民主人士及国际友人的特殊战斗悄然打响。

老隆是龙川重镇和交通要冲，三面环山，是东江航道的终点，往西可到韶关，经湖南转往广西、四川；往东经兴宁、梅县、大埔，可往皖南、苏北方向。

曹武斌说，当时除少数人取道五邑、广州的西线撤离外，大部分人都是秘密护送到港九游击基地，再由东江游击队和地下党组织护送转移到惠阳、东莞、宝安根据地，最后从这里转移到大后方。老隆作为营救路线上的关键中转站，发挥了重要作用。

艰巨的营救工作分三个方面展开：八路军驻香港办事处迅速联系滞港文化、民主人士，组织偷渡；东江游击区的抗日游击总队（前身为东江纵队）组织武装力量接应，从九龙护送到惠州，从惠州到老隆由前东特委负责接应、护送，从老隆到韶关段则由后东特委负责；在国民党统治区由廖承志、连贯分别在曲江、老隆部署向内地安全转移工作。

"不光要保证安全，还要考虑他们怎样沿途不挨饿，有人病倒怎么办，路上有人走不动又怎么办？每个细小环节都得考虑周密。"曹武斌说，"河源是中国革命策源地之一，是最早开展农民运动、建立农民武装，最早建立县革命政权、创建苏维埃政权的地方之一。1941年2月，中共东江后方特别委员会（简称'后东特委'），在老隆镇水贝村黄氏大宗祠成立，下辖龙川、五华等县党组织1000多名党员，有良好的革命和抗日基础，以及老隆优越的地理位置，把这里作为大营救的桥梁枢纽有其历史必然性。当时东江上没桥，福建会馆与'后东特委'之间的情报往来，坐船从江上传递很便捷。"

营救线路图上有两条粗线，文化名人抵达老隆后，一条线是老隆—兴（宁）梅（县）—大埔—闽西南，由驻兴梅的胡一声负责沿途护送等工作；另一条线是，老隆—曲江（韶关）—衡阳—桂林—重庆，这条线由驻韶关的乔冠华运筹安排。两条营救线路均由连贯在老隆负总责。

老隆，成了营救、护送滞港文化精英和爱国民主人士脱险的重要转运站。而连贯当时就住在这座福建会馆，精心安排、指挥这场大转移。

连贯后来在回忆这段经历时说，当时，粤江铁路线不通，文化名人从惠州向大后方转移，只有先走水路到老隆，再乘汽车到韶关，然后才能从韶关乘火车经衡阳到桂林、重庆，老隆和韶关这两个中转站地处国统区，已在东江游击队活动范围之外，需要加强领导，秘密组织当地地下党做好接应护送工作。"因此，决定由廖承志一人赴重庆向南方局周恩来汇报香港沦陷后的工作情况，我和乔冠华则留下来组织转送工作。"

1942年除夕，打扮成"阔佬"的茅盾夫妇、廖沫沙、韩幽桐等"香港文化名人大营救"中的第一批文化名人抵达惠州。

此后，一批接一批文化名人、爱国民主人士及国际友人陆续抵达惠州，再按设计好的线路，一路走东江水路被护送到老隆。

"当时因为干旱，东江水较浅，1942年1月下旬，廖承志、连贯、乔冠华来老隆指挥营救行动，从惠州雇船沿东江到老隆，路上整整走了八天。但从老隆到惠州顺水，一天就能到达。"曹武斌说。

战火纷飞，时势艰险。尽管身处重重危险与艰难之中，因为有我党的严密保护，文化名人们的内心依然是乐观、从容的。后来我看到茅盾先生脱险后，于1944年2月在重庆写下自己这段经历竟颇为洒脱，很有意趣。

老隆，十足的一个暴发户。这无名的小镇，在太平洋战争以前，当鲨鱼涌还是"自由港"的时候，成为走私商人的乐土。而老隆之繁荣，其意义尚不在此。

　　除了穿心而过的一条汽车路，其余全是狭隘的旧式街道。没有一家整洁的旅馆，也没有高楼大厦的店铺，全镇只有三四家理发店，其简陋也无以复加；然而，不要小看这外貌不扬的小镇，它那些矮檐的铺子简简单单挂了一块某某行的小小木牌子，每天的进出，十万八万不算多，请注意，这还是六七人的曲江花三十多元可吃一席的时候。如果和湘桂路两端的衡阳和柳州来比较，那末，老隆自不免如小巫见大巫，可是，在抗战以后的若干"爆发"的市镇中间，老隆总该算是前五名中间的一个。

　　这里的商业活动范围，倘要开列清单，可以成为一本小册子。有人说笑话，这里什么都有交易，除了死人。但这里所有的买卖，其为就地消耗且为当地流动的冒险家而设者，却只有两项：酒饭馆和暗娼。而这两者，又都不重形式。在发财狂的"现实主义"的气氛中，食色两事的追求也是颇为原始性的了。而这，完成了老隆这暴发户的性格。

　　离惠阳三十里的一家杂货店里朝外贴了一副红纸的对联，上句是"目下一言为定"，下句是"早晚时价不同"。当时看了，颇为憬然。及至老隆，一打听到曲江的汽车票价，这才知道这两句话倘以形容老隆的车票行市，实在再确切也没有了。从老隆到曲江，有没有公路局的定期客车，我不大明白，但事实上，在老隆打算走曲江，你去打听车子的时候，决不会听到有公路客车（现在如何，我可不知道）。因而虽有官定的票价，实际上只具备参考罢了。老隆有不少车票掮客，到处活动，嗅觉特别灵，当你在街上昂首踌躇的当儿，他们就会蹇进身来兜搭道：去曲江么？有票车子顶（呱呱）！于是他就会引你去看车子，讲解"早晚时价不同"的意义，这时你就真正体味到了。因为今天有多少车开出，有多少客人要走，就决定了票价的上落。掮客们对于今天有多少车开出，自然能知道，而对于客人的数目则因他们同伙中互通情报，所以也能估计得差不了多少……

危险随时会发生，稍有疏忽，就会有不明身份的人扑上来。

曹武斌说，老隆在水陆交通枢纽上，当时街镇百姓的生活还是比较热闹的。因为商业繁盛，战略地位重要，老隆镇内军警密布，关卡林立，特务常出没在茶楼、酒肆、旅店之间，盘查得非常严。抵达老隆的文化名人和爱国民主人士，不能久留，多数人住一两晚，马上会被护送离开，有的经兴梅、大埔转往闽西南，多数由老隆经过韶关往桂林方向。

张友渔从惠阳坐船一到老隆，就立即坐上连贯雇好的贩私盐的汽车往韶关赶。

对这段营救经历，他后来在自己的《报人生涯二十年》里写道：

地下党的同志同我联系，让我帮助他们找到邹韬奋、胡绳等，要把他们一批一批地撤离香港。然后，我和韩幽桐也离开香港，撤离香港的人，都不能再像通常一样搭轮渡到九龙，而是于夜间从僻静的地方，坐上地下党准备的小船，偷偷划到九龙，在九龙地下党布置好的住处，化装成乡下人或商人，离开九龙。有的人走旱路，到宝安游击根据地，然后转内地，如邹韬奋、茅盾等。也有些留在游击区。走水路的是在一个叫西贡的小港上船，出沙鱼涌上岸。我和韩幽桐走水路，上岸后，经地下党安排住在田心村的一个海员家里。我们在海上还遇到过土匪，他们要抢劫。我们船上的游击队也有武器，双方对峙了一会儿，土匪见没有便宜可捞，就撤了。我们在田心村住了十多天，离开田心村到叶挺的家乡茶园，准备去惠阳。在茶园，碰上了走旱路过来的茅盾和他的夫人，还有廖沫沙。廖沫沙负责照顾茅盾夫妇。同行的还有胡风夫妇、电影导演沙蒙以及葛一红等。在茶园住了一周左右，惠州城日寇撤退了。我们由游击区交通员带着，一天走了一百来里，夜间到达惠阳。在惠阳住了一夜，县委通知我，廖承志已从惠阳去曲江（即韶关），要我们到曲江找他，并留下联络地址。

从惠阳坐船到老隆，连贯已在老隆安排旅馆接待我们，并雇用了几辆贩私盐的汽车，送我们去曲江。听说途中私盐查得很紧，盐贩子不敢走了，又折回老隆了，可是连贯已不在旅馆了，汽车才又开出去。

……

连贯在一篇回忆文章中说："茅盾化名孙家禄，与一批文化名人在1942年元宵节乘木船到达老隆，次日，以'义侨'身份搭上一辆去曲江的军用卡车。茅盾是个倔老头，到老隆后，不肯隐蔽，仍执意要冒险走，我没法，派人送他乘汽车到韶关，途经连平忠信镇，在广东省紧急救侨委员会忠信站招待所住了一夜，每人领得义侨证明一张，生活补助费18元。3月9日，茅盾等人乘火车到达桂林，距他们离开香港正好两个月。"

在福建会馆展墙上，有张友渔1985年4月29日为此次营救写的题词：

这次抢救工作，充分体现了战争年代我党我军同革命知识分子患难与共、血肉相连的亲密关系。

而茅盾在生前回忆中称这次营救为"抗战以来最伟大的抢救工作"。

营救文化名人，从起点——"香港海上交通站"开始，像接力赛般，一站一站地把困在港九的文化名人和爱国民主人士一批一批接出来，再护送着安全离开，绝非易事。

何香凝、柳亚子是国民党左派元老，年老体弱，不能从陆路脱险，必须坐船走水路。1942年1月中旬，中共党组织把他们两人接到海丰，计划将何香凝、柳亚子父女等人秘密用小船送到长洲，再转乘大船前往海丰马鬃港。但小船开出后，海面上风停了，船在海上自由航行，整整漂泊了七天七夜，食物和淡水都用光了。如果不是碰巧遇到东江游击队巡逻艇，及时给予帮助，能否抵达汕尾港？

柳亚子和女儿柳无垢一路艰险，刚到老隆又遇上了新麻烦，地下组织临时撤退，无法按时交接，几天后通知他们先到兴宁避一避，途中遇到盘查，护送人员登记的年龄与回答不符，被警察带走……

柳亚子对这段经历也写有一首《老隆流亡记事》：

无粮无水百惊忧，

中道逢迎舴艋舟。

稍惜江湖游侠子，

只知何逊是名流。

1942年4月下旬的一天，地下交通员从惠州护送来两位先生，其中一位消瘦、戴着眼镜、难民证上名字叫"李尚清"的香港某商行股东，就是邹韬奋；另一位是胡绳。两人当天被安排在"义孚行"住下。第二天，胡绳坐去韶关的车先走了。邹韬奋却留下了。

邹韬奋是第一批跟茅盾等人一起离开香港的，却是最后一个离开老隆。连贯在回忆录里对此中原委也有记述：

在这些营救的文化名人中，给我印象最深的是邹韬奋，他和茅盾等人是第一批从香港撤到游击区，为了安全，他在宝安游击区住了一段时间，直到四月间才转到老隆。邹韬奋到达老隆时，我党获悉国民党已派出特务，四处搜捕他，并下了密令"一经发现，就地惩办"。根据上级指示，我找邹韬奋谈话，说明目前他不能前往桂林，需要在广东隐蔽一段时间，夫人和子女可由党组织安排，先撤到桂林郊区暂住。邹表示服从党组织安排。于是，我决定将邹送往梅县一个偏僻的山村——江头村侨兴行经理陈炳传家里隐蔽下来。为了安全，我的女儿连结和郑展以表兄妹的关系，护送邹韬奋（化名李尚清）去梅县。

抗战初期，邹韬奋先生的生活书店出版的进步刊物，在全国声望卓著。他不仅是文化人中的著名人士，更是国民党顽固派一心想逮捕和惩办的对象。

如何保证韬奋的安全问题？连贯让自己的女儿与得力干将郑展结伴护送邹韬奋。那又为何将隐蔽地选在梅县江头村陈炳传家？

曹武斌说："陈炳传的真名叫陈启昌，1925年就加入了中国共产党，是梅县最早的共产党员，让邹韬奋隐蔽到他家，是党组织研究决定的。"

二十多年后，陈启昌写了一篇《韬奋在梅县江头村隐蔽的日子里》：

至梅县江头村我家隐蔽，对保卫韬奋的安全，具有几个较好条件：江头村是梅县的一个山村，大革命失败后，青壮年男子多已逃往海外，不再是反动派注目的地方。政治条件好，各阶层群众对国民党的反动统治极为不满，第一次革命战争时，这里就组织起第一个农民协会。第二次革命战争时，这里也是一个苏维埃村，畲江区苏维埃政府曾一度设在这里，因此曾遭受过几次反动派"围剿"，屠杀了三十多人。

有我父亲陈卓民专职承担对韬奋的保护工作。他过去曾在家乡一直搞农运，并参与第二次革命战争，斗争失败后祖母被杀，不能在家乡立足，便携全家幼小逃往南洋，直至祖国全面抗战爆发，国共合作后，才携带部分家人回住乡间，这时候他已是回国华侨，十年前的往事，不大为人注意了，由于他一向为人正直，因此在乡间有一定威望，历史上受过残酷的政治斗争，也有应对各种事变的经验和办法。

我自己，则一年前与几个同志，根据党的指示回到当时广东省战时省会的曲江创立前述商行并任经理，利用这个地位与梅县籍的高级朝野文武官员、较出名的城乡绅士，交上了朋友，建立起各种不同关系的交往。在梅县的县、区、乡大小衙门都有新旧的亲友关系，在人们的心目中，也不是过去的"共匪"，而是"财源通四海，往来无白要"的"上层人物"了。因此，只要安上一个适当的名义，把韬奋接往我家决不会引起人家任何怀疑。

记得行程已定，在老隆义昌楼上××行老隆办事处候车的一个下午，韬奋曾和我开过一次玩笑说："我们现在像《水浒传》的好汉上梁山的情景。我一想到上梁山，便联想到这位'柴大官人'。今天我到贵庄奉扰大官人了！"讲完话，张口大笑，脸上没有半点逃难的苦容。

……

我把韬奋带到家里是以××商行港侨股东李尚清（难侨证上的名字）的关系及与其因脑病，在曲江经不起敌机轰炸，来乡间休养的名义出现的，并在暗中对父亲加以郑重说明。我们把韬奋的住地安排在一个老学堂里，我父亲及我的一个孩子伴随他也搬进那老学堂里同住。韬奋的名字我父亲是熟悉的，在南洋也读过他的一些著作，因此对他甚为关心。

就在这个时候，从好多方面可以看出匪特对韬奋的侦缉活动一天紧似一天了。

……

在决定行程的前一天，大约是一九四二年九月二十一日，刚好是阴历中秋节。

夜深人静，韬奋和我漫步到老学堂前芙蓉树下望着月夜的村景。"啊！江头村，革命的江头村哟！"他满怀惜别之情地叹了一句。接着对我说："烟哥！我不能忘记江头村，这里是我第一次深入接触祖国农村，是我第一次和祖国劳动人民交往的场所。从这里引起了我不少惨酷与壮烈的想象，在想象中，我看到历史的和现实世界的屠夫们的血手，也看见中国人民对着屠夫们的浴血搏斗。在这里的半年生活，是我一生经历中有极深刻意义的一段，将来我一定把这段生活写出一本详细的回忆录来。"

……

离别前，韬奋还写给我父亲四幅遗墨，给我一幅的遗墨中，摘录鲁迅先生《狂人日记》的语句："翻开历史一查，歪歪斜斜的每页上都写着仁义道德几个字，仔细看了半夜，才从字缝里看出来，满本都写着两个字是'吃人'。"……

请原谅，原谅我抄录了陈启昌先生这么长的文字。

这是我后来在网上买到的一册旧书上看到的。书名《东江党史资料汇编》，中共惠阳地委党史办公室编，没有出版社和日期，是内部读物，书页泛黄，落满黄色斑点。我花了七十多元买的，很珍贵。

从上述回忆的几段文字里，也许我们能感到营救邹韬奋的一些过程与艰险。

周恩来曾电示："一定要让邹韬奋就地隐蔽，并保证他的安全。"

在江头村陈启昌家，邹韬奋一隐蔽就近半年，一路上的种种险恶，靠想象是想不出来的。一直到当年九月下旬，连贯和同志们才找到机会，护送邹韬奋离开广东，经湖南、湖北辗转上海，再从上海前往苏北。

日本侵略者梦寐以求，一心想要捕捉的"抗日分子"，在两个月内，突然从严密封锁下的港九神秘地"失踪"了。不久，侵略者发现，这些人又出现在抗日大后方和游击根据地。

在整个营救过程中，周恩来复电强调："以后凡疏散问题与电复直发给我，以免延误时间。""到东江二百余文化人统战干部，除已电告之十余人外，其余是些什么人，请分别电告。"

营救组织者也反复叮嘱一批又一批文化人："不要带钢笔、书籍，以免暴露知识分子身份""不要用北方口语讲话""要以回乡为名结伴而行"……

连贯重任在肩，顾不上家人，让妻子携三个幼子从香港逃难。路上，母子四人先是遇上日军飞机轰炸，后又遇劫匪，几近绝望之时，他的妻子看见隔壁旅馆住了一群看着有些面熟的人，打探后遂表明身份请求带上一起回老隆。当时，邹韬奋等人颇为惊讶："我们从香港出发就有人护送，一路上都有人安排，连贯的家属怎么会沦落至跟难民一起逃难呢？"

其实负责营救的廖承志、乔冠华、连贯等人更是时刻都在危险之中奔走。

1942年5月，廖承志为营救文化名人脱险而被捕。他在狱中给周恩来写信："希望你相信小廖到死没有辱没光荣的传统！其余，倘有机会，可面陈，无此机会，也就算了，就此和你们握手。"

据不完全统计，经老隆护送至韶关的文化名人和爱国民主人士有300多位。至1942年冬，在广东各级党组织的紧密配合下，滞留香港的800多位文化精英及家属、爱国民主人士和国际友人，越过重重封锁，闯过层层关卡，全部安全转移到大后方。

从福建会馆出来，我立在东江岸边，清澈的东江，平静得几乎看不见浪花。

江水使我们更能向前看，而且能看得更远。尽管它看上去仍跟八十多年前，跟两千多年前一样。

秦平定南越，赵佗置龙川县，后在岭南建立南海、桂林、象郡三个郡，香港属南海郡番禺县。汉文帝时期，香港隶属南海郡博罗县；东晋时香港隶属东莞郡宝安县；唐朝改宝安县为东莞县，香港仍属东莞县；明万历元年，香港属新安县……《汉书》记载，赵佗开创的南越国时期，有徐闻、合浦、日南漳塞海港，商团远航印度洋，到达印度和斯里兰卡。

《越南志》里有："赵佗造大船，能坐三千人。"而《粤记》里记载："广东之文始尉佗。"

现在，眼前的老隆当然早已变了模样，东江两岸变了模样，街道上车来人往，现代化建筑错落有致，各种商铺鳞次栉比，老隆更加时尚、热闹、繁华。

历史的云烟已悄然远逝，但这片古老大地长风依旧，如山岚，如云霭，在苍翠青山和浩荡东江上，舒卷不息。

龙川油茶种植可追溯到隋唐时期，至今已有1500多年历史。2009年龙川被国家评定为"全国油茶示范县"，成为全国200个油茶生产重点县之一，其油茶产业被广东省认定为林业特色产业发展基地。龙川县总面积3081.31平方千米，林地面积351.6万亩，森林覆盖率为74.06%。绿色、生态是龙川的第一优势、品牌。

龙川县委宣传部副部长徐丽花说，绿色于龙川而言，代表着地域优势、气候优势、生态优势等得天独厚的自然条件。龙川是农业大县，但地处"八山一水一分田"的丘陵山区，山多田少，依托山清水秀、空气清新、污染少，光、温、水条件好，具有发展生态种植产业的良好自然条件，坚持生态优先发展，发挥自身优势，大力发展高效生态农业和特色优势农业，走好生态与现代相得益彰的发展之路，是龙川人迈向发展新高地的理想选择。

截至2022年底，龙川县油茶种植总面积已达43.2万亩，占全县农作物播种面积近一半，鲜果总产量约13.7万吨，油茶籽年产量3.45万吨，茶油产能0.85万吨，油茶产业（鲜果）产值达10.8亿元，加工成茶油产值达17.23亿元，平均亩产值4250元。油茶产业以当地龙头企业为主导，已初步形成集生产、加工、销售于一体的全产业经济链。

此前，我在河源市的一份材料上，也看到一段关于油茶产业的文字：

河源88.9万亩油茶种植面积占全省三成以上，1.9万吨茶油年产值超30亿元。

在绿色发展中要迈出"绿富"双赢新步伐，特别是在油茶产业上，作为全省油茶种植面积最大的地区，河源要按照一产"扩面"、二产"提质"、三产"增效"的思路，全力打造油茶产业发展示范样板和新高地，在5年内新造油茶林34万亩，改造低质低效茶林9万亩，抚育油茶林20万亩，创新推出"油茶贷"金融产品，为茶农及油茶企业等客户授信"油茶贷"额度2.5亿元，以金融力量"贷"动油茶产业发展。

油茶树适应性很强，耐贫瘠，抗干旱，适合粤东北丘陵山区生长。

晚上，在灯下想白天的见闻，脑海里跳出一个问题：龙川的主色调是什么颜色？

绿色、古色、红色？龙川是油茶种植大县，茶花盛开时节，满山满谷油茶花怒放，繁花如锦，更是灿若云霞。古老的龙川大地，岂止三色？

客家人饮食从绿色自然中来，喜天然的食材本味，也将山水融入自己的精神世界。客家山歌，唱的不就是山水自然吗？连绵起伏的丘陵、盆地，奔腾的江河，就是他们的舞台，从这山唱到那山，唱山唱水，山水间回响的山歌，便是他们对这苍茫人间的无限深情。

山前山后起山坡，出门三步唱山歌。
人家话（偃）风流仔，风流较少压较多。
咁高大山有好柴，咁大酒店有酒卖。
咁好阿妹唔唱歌，枉在人间看世界。

绿色，是希望、生命的颜色，是最能体现人与自然关系的颜色。生态文明，其实就是绿色文明。绿色总能给人带来清新、自然、平静与希望，拥有绿色，就等于拥有了蓬勃的生命力。

一个地方，倘若能同时拥有绿色生态与厚重历史，那就是一方宝地、福地。龙川即是这难得的福地吧。

2023年11月4日

在和平，在高峰山

　　从卫星图上俯瞰，和平县境内是密密麻麻的山地丘陵。一走进这片土地，满眼却是浩荡起伏的绿。

　　和平县地处五岭南麓的九连山区，是京九铁路、粤赣高速公路南下入粤第一县，东江、浰江从这里穿过。

　　2023年11月5日，走进干净整洁的和平县城，我才知道它是一座历史颇为深厚的城市。自战国始，中原战乱不断，北人南迁，这里是主要的通道之一。唐宋时期南迁北人在此扎下根，世代繁衍，和平县因此成为全国三十二个纯客家县市之一。

　　2017年12月，和平县入选"中国最具投资潜力特色魅力示范县200强"，2018年获商务部"电子商务进农村综合示范县"，是广东旅游特色县。旅游业已成为带动和平县第三产业发展的龙头产业。全县森林覆盖率74.2%，植物种类达1400多种，野生动物140多种。

　　"来和平，不能不了解王阳明在这里的历史。"和平县王阳明研究会会长杨廷强告诉我，明正德年间，旷世大儒王阳明奉旨出任南赣左金都御史，以一年多时间，把盘踞在粤、闽、湖广边境，历数十年之久且愈演愈烈的农民起义和匪患平定下来。在平定浰头匪患班师回龙南途中，写下《回军九连山道中短述》：

百里妖氛一战清，万峰雷雨洗回兵。
未能干羽苗顽格，深愧壶浆父老迎。
莫倚谋攻为上策，还须内治是先声。
功微不愿封侯赏，但乞蠲输绝横征。

王阳明以这首诗告诫朝廷和百官，不要迷信武力，要破心中贼，须"昌明政教"，实行"内治"。

我在资料上看到王阳明在和平县的足迹：明正德十三年（1518年），王阳明分兵九路，率军前往龙南与广东交界处的三浰地区，巧用谋略，量敌用兵，仅两个月时间，就以少胜多，平定了盘踞浰头多年的"三浰之乱"，让当地百姓生活回归平静。

同年五月，为使广袤九连山区长治久安，王阳明上奏朝廷添设和平县治，并建议把县城设在羊子铺（今阳明镇）。

三个月后，朝廷批准："增设广东惠州府和平县，割龙川河源之地以隶之。"

据《惠州府志》记载，和平始设雷乡县治于南梁天监二年（503年），至隋文帝开皇十一年（591年），存在了约八十八年时间，后来雷乡县治时设时撤，但其治所都不在和平境内。

明正德十三年（1518年），古老的九连山区重设县治——和平县。自此，中国版图上有了"和平"这个县名。

嘉靖八年（1529年），王阳明因肺病加重向朝廷上疏乞求告老还乡，11月29日病逝于江西南安府大庚县（今江西赣州市大余县）青龙港舟中。

王阳明，名守仁，字伯安，后世尊称为阳明先生，是明代著名思想家、文学家、军事家、书法家。明代心学由陈献章开启、湛若水宗善、干阳明集大成，世称"姚江学派"。我在《古文观止》里读过《瘗旅文》《象祠记》《稽山书院尊经阁记》，还粗略翻过他的一些著作，记得他的名言："人者，天地之心也，民者，对己之称也。"

但我不知道，他曾在九连山区留下这样的足迹。

据《和平县志》记载，民国三十年（1941年），为纪念王阳明，和平县把所在城厢镇改名为阳明镇。

"王阳明来过和平县吗？"我问。

杨廷强说："王阳明在和平县有史可查的时间有四五个月，这是毋庸置疑的、千真万确的事实。"

走在和平县城，可以看到阳明大桥、阳明中学、阳明小学、阳明医院等。短短几个月，阳明先生为何会在这遥远边地留下如此尊崇？

杨廷强说："王阳明奏设和平县后，和平县的社会经济开始平稳发展，浰源、大坝等地的山民重新操起了先辈流传下来的手工技艺，在山里建起了各种造纸坊，并从外边引进先进造纸技术，生产出一种比原来的土纸更薄、更细、韧性更好的纸，叫'阳明纸'。后来和平人还将这种纸作为制伞原料之一，造出了'阳明伞'。民国前后，阳明纸、阳明伞一度畅销东江两岸、广州、香港、南洋等地。"

知与行，是中国哲学史上的一个特有命题。知，指人的道德意识和思想意念；行，则指人的道德实践与实际行动。王阳明于正德四年（1509年）提出"知行合一"，他在《传习录》里说："知者行之始，行者知之成，圣学只一个工夫，知行不可分作两事。"

阳明先生的"知行合一"是一门人生功课，跟儒学一样是一门大学问，是中华民族千年精神文化的积淀。500多年前，他在急促的征伐途中，将"知行合一"的种子播撒在岭南边陲，并一代代在这片土地上赓续，一个又一个的南迁家庭，以"此身安处是吾乡"，在这里繁衍生息。

杨廷强说："阳明先生的知与行是辩证统一关系，知是行的出发点，是指导行动的，行是知的归宿，是实现知的。行的根本目的，要彻底克服'不善的念'而达于至善；要真知笃行，不能说归说，做归做。这实质上是道德修养与实践的过程。他创立了以'良知'为德行本体，以'致良知'为修养方法，以'知行合一'为实践工夫，以经世致用为治学目的的阳明心学，是儒学重要的新发展。"

我听着，心里想着，脑子在他的著作里搜寻。王阳明说，人心是浮荡与浮躁的，受声色犬马的诱惑，东追西逐，不知所为，人心不再是美好的"良知"，而变成发狂的"牲口"，放逐于名利疆场。他主张对心灵做不断的净化，克私去欲，为善去愚，通过"知行合一"的功夫，破"心中贼"，从而培育人应有的"良知"。

王阳明的《陆澄录》有言："克己须要扫除廓清，一毫不存，方是。有一毫在，则众恶相引而来。"

省察克治是王阳明提出的修身养性方法之一，意在通过道德自律，在精微处时刻反省检视自己的思想言行，是否符合道德要求，克制私欲邪念，养成高尚的君子人格。他在《传习录》里说："省察克治之功，如去盗贼，如猫之捕鼠，一眼看着，一耳听着，才有一念萌动，即与无去，斩钉截铁，不可窝藏，方能扫除廓清。"

我跟着杨廷强在阳明博物馆边看边听。

博物馆收藏着王阳明1518年所写的《添设和平县治疏》，他在疏中提到：

新县里粮数少，官员应该减裁；且系偏僻之地，驿递不必添设。遇有使客往来，总于龙川县雷乡驿应付。前项居民，被贼残害，疮痍未苏，加以创县劳费，困苦可矜。成县之日，凡遇一应杂泛差役，坐派钱粮物料等项，俱各酌量减省，期待三年之后，方与各县一体差科。

建县伊始，王阳明在这里兴教育，建学宫，破迷信，开放思想，"知行合一"的思想在这土地渐渐落地生根。

看到一张仿制官衙堂前的图片，架子上两块牌子上写着：求通民情、愿闻己过。图片下有一段注解：

自古以来，官衙堂前，多以"肃静""回避"显官威。"肃静""回避"是官与民间的一道铁网、高墙，一边是官之威严，一边是民之卑微，一边是官之高贵，一边是民之低贱。王阳明一到南赣任巡抚，便挂出了"求通民情""愿闻己过"的牌子。他解释这样做的原因是："肃静欲使无言，闻过则招之使言；回避欲其不见，通情则召之来见。"

阳明博物馆在东山岭上，一座宽大的两层古式建筑，占地面积16000平方米，历时两年竣工，馆藏文物达14499件，是全国最早以王阳明命名的县级博物馆，也是首座设立王阳明廉政文化教育基地的县级馆，是省内占地面积最大、风格独特、馆藏文物最多的县级馆。

博物馆前一大片开阔平地为阳明公园，绿叶婆娑，绿草如茵。阳明先生的青铜雕像，头戴巾帽，身穿宽袍大袖，左手握着书卷，目光远眺。

东山岭是县城最高点，这片市民喜欢登临的高地，现在是"和平新八景"之一。

站在公园山边栏杆前，可俯瞰美丽的和平县城，远眺蓝天白云下辽阔苍翠的远山近岭。我的目光被繁华楼宇间一片高耸耀眼的绿吸引。

那片绿，太蓬勃高大，我的目光在县城上空转来转去，不可能忽略它。我盯着那绿看了半晌，又转身看看阳明先生的雕像，觉得应该思考一点什么。我在那里站了近二十分钟，城市和山川那么祥和，似乎屏住了呼吸。公园也是安静的。

但是，我心里起着波澜，急匆匆跟着杨廷强下山了，去阳明镇政府院内看那片绿。

它可真大啊！我克制住惊叹，像一个孩子，昂头站在下边，榕树树身周正，需十余人方能环抱住，树冠像一把巨大的伞盖，绿叶婆娑，比边上的五层楼还高出许多。关于这棵榕树，阳明博物馆的图片下有这样一段文字：

王阳明平乱撤离和平后，于正德十三年（1518年）五月初一上书《添设和平县治疏》，八月得朝廷批复，他要求"作急选委府县佐贰能干官员，……速将城池、衙门、学堂、仓厂、铺舍、街道等项作急筑造，备使坚固经久，毋得虚应故事"。后于正德十五年（1520年），城墙高一丈八尺，周长四百五十丈、敌楼四座、壕深七尺、雉堞九百九十二个，设三个城门的新城池正式竣工。传说县城竣工，请阳明先生到和平开衙时，亲手种下了这株榕树，历经沧海桑田500多年，今仍郁郁葱葱。

苍老、高大、枝叶蓬勃的老榕树，在沉默里见证了一切。它的年轮与传说，也铭刻在一代代和平人的记忆里。

它不像一般的榕树，枝杈向四周伸展着、向地面低垂着，它的枝杈挺拔着向上，向着阳光和天空。

阳明纸、阳明伞、阳明大桥、阳明小学、阳明中学、阳明医院、阳明博物馆、阳明青铜雕像、阳明文创产品……不断地传承与保护，是淳朴重教的客家人，对文化与美德发自内心的认同、敬重。这敬重与骄傲，已在岁月的流变里变成了和平人一张情真意切、韵味深长的文化名片。

然后，我们又穿过小巷，去老衙门西侧约200米处，看一口老井。因井水清甜可口，至今小区居民还在饮用。我们去时，有两个中年妇女从井里打了水，正在一边洗菜。井口直径一米多些，水清澈如镜，接近水的台沿，有鲜亮碧绿的苔藓，细腻厚拙的青石井沿上，有数十道吊绳勒出的深痕，那是生活，是日月，也是无声的历史。

这口老井，博物馆也有介绍：

明正德十六年（1521年），涮头残部千余人围攻和平县城，城内三日无水，守城官兵在今羊子埠右侧偏南，择地挖井，城内得救，后世百姓为纪念王阳明，将其命名为"活命之井"。

其实，在县城看到阳明大桥、阳明中学等那么多与阳明有关的名字时，我心里就应该想到点什么。从阳明博物馆出来，站在阳明公园前俯瞰和平县城，我心里起着层层涟漪，却没理出个所以然。

一直到晚上，临睡觉前，看到香港中文大学（深圳）讲座教授、全球与当代中国高等研究院首任院长郑永年的文章，心里豁然开朗。郑永年在《可能很快就会面临一个"全民弱智"的时代》里说：

知识体系是任何一个文明的核心，没有这个核心，任何文明都很难在世界上生存和发展，至多成为未来考古学家的遗址。从知识创造的角度来看，正是伟大的知识创造才能造就文明。在西方，从古希腊到近代文艺复兴到启蒙时代，这是一个辉煌的知识时代，没有这个时代，就很难有今天人们所看到所体验到的西方文明。中国也如此，从春秋战国时代的"百家争鸣"到宋朝的朱熹，再到明朝的王阳明等，铸造了中国文明的核心。

从知识创造者这个主体来反思当代中国的知识悲歌，更能接近事物的本质。也就是说，我们要回答"我们的知识创造者干什么去了呢"这个问题。

是啊，他们都干什么去了呢？我知道他们当中的大部分人都在干什么，但我无法梳理总结出来。郑永年说：

一个一般的观察是，在中国社会中，历来就是"争名于朝、争利于市、争智于孤"。这里，"争名于朝"是对政治人物来说的，"争利于市"是对商人来说的，而"争智于孤"则是对知识人来说的。今天知识悲歌的根源就在于现代知识人已经失去了"争智于孤"的局面，而纷纷加入了"争名于朝"或者"争利于市"，有些知识人甚至更为嚣张，要名利双收。

知识分子以利益为本、以钱为本，公然地和企业走在一起，各个产业都"圈养"着一批为自己说话、做广告的知识分子。这些人在每一步论证着政策正确性，推波助澜，而非纠正错误。

在互联网时代，知识更具备了"争名利于众"的条件。这至少表现在两个方面。一方面，知识人通过互联网走向"市场"，把自己和自己的知识"商品化"。当然更多的是充当"贩卖者"，即没有自己的知识，而是贩卖人家的知识。互联网是传播知识的有效工具，但这里的"贩卖"和传播不一样，传播是把知识大众化，而"贩卖"的目的仅仅是为了钱财。

看看眼下日渐流行的"付费知识"就知道未来的知识会成为何等的东西了。另一方面，互联网也促成了社会各个角落上的各样的"知识"（宗教迷信、巫术等等）登上"学术舞台"，并且有变成主流的大趋势，因为衡量知识价值的是金钱、是流量。

古今中外的真正学者没有一个是争名争利的，有很多为了自己的知识尊严甚至付出了生命的代价。一旦进入了名利场，知识人便缺少了知识的想象力。一个毫无知识想象力的知识群体如何进行知识创造呢？一个没有知识创造的国家如何崛起呢？

知识圈在下行，知识也在下行。尽管预测是危险的，但人们可以确定的是，如果这个方向不能逆转，那么中国很快就会面临一个知识的完全"殖民化"时代，一个全面弱智的时代。道理很简单，人们已经不能回到传统不需要那么多知识的时代，知识是需要的，但人们因为没有自己的知识，那么只好走"殖民"路线，即借用和炒作别国的知识。

2500年前，中国与欧洲，几乎同时成为世界文化辉煌的"双子星座"，引领全球历史文明的发展。古希腊时代，西方出现了诸如苏格拉底、柏拉图、亚里士多德等一大批伟大思想家、哲学家及科学家。古希腊有文史数理不分家的传统，诸多数学公式出自哲学思维的论述中，这不仅使1500多年之后的西方文艺复兴有了铺垫与基础，也促进了科学技术的迅猛发展。而在约2500年前，中国的春秋战国时代，百家争鸣，涌现出老子、孔子、墨子、庄子等一大批哲人，一个个皆可与苏格拉底、柏拉图媲美，他们成为东方文化的源头，而中国文史哲不分家的传统，也就是从那时开始的。

夜深人静。此刻我在灯下，在电脑前写这篇拙文，想着阳明先生在和平的足迹和他的"知行合一"思想，目光一遍遍在郑先生的文字上流连。

11月5日，匆匆吃过午饭。陈鸿辉说："现在再带你去看和平人的乡村生活。"

陈鸿辉是和平县委宣传部宣教组组长，毕业于华南农业大学，32岁的年轻干部，爱人在河源市区工作。

驱车出城，向西奔驰。车上，陈鸿辉说："县城距高峰山不远，约42公里，下车镇云峰村是和平最早种植猕猴桃的村子，也是全县最富裕的村子。"

我又拿出地图看，和平境内千米以上山峰竟有10座，最高峰凤吹蝴蝶嶂海拔1272米，还有大望嶂、铁心嶂、五花嶂、紫云嶂等，我们要去的高峰山，在香炉嶂南部。

车子从高峰山山脚沿盘山公路快速攀升，至海拔500多米半山腰，停在一处院落前。

有微风，有花香，有鸟语。四面环山，远山如墨，近山翠绿，以近40°的坡度向天空伸展。坡上是连片枝叶深绿的藤架。不细看，会以为那是山林，而不是藤本果树。有沉闷击打声从对面山坡绿藤下传出。

正要进院门，一位身材魁梧、壮实，寸发，浓眉细目，身穿一身蓝色工作服，脚穿胶鞋，戴着手套，车间工人模样的男子，拿剪刀和砍刀正要出门。

陈鸿辉介绍："云峰村原党支部书记、全国劳动模范何军祥。"

这个小院是他在山上劳作的临时住处，有些凌乱。

进院之前，门外停车场边上，竖着一大块蓝色牌子：

下车镇高峰山里人猕猴桃基地简介

此地位于下车镇西部。和平县高峰山里人农业科技有限公司猕猴桃基地面积3500多亩，以"品牌、质量、诚信"为原则，以"你无、我有，你有、我优，你优、我精，你精、我改"推动基地科学发展。

基地猕猴桃在全国猕猴桃博览会评选中获得铜奖。近年来，与仲恺农业工程学院等联合创建"广东名优特新农产品"，被国家农业农村部列入"全国名优特新农产品目录"，基地注册的"高峰山里人"猕猴桃商标，被评为广东省名牌产品和岭南十佳水果。本人是和平县猕猴桃种植创始人之一，也是基地创始人，曾荣获广东省"优秀党支部书记""优秀共产党员""优秀创业能手"，以及"全国劳动模范"。

基地坐落在香炉嶂海拔500多米的高峰山半山腰，环境独特，昼夜温差大，非常适合猕猴桃种植，用高山山泉水滴灌，是集"观光、休闲、采摘"为一体的生态种植基地，也是全国15个猕猴桃基地之一，是全国最南端、广东唯一的猕猴桃生产基地。

绿树围成了绿色院墙，桂花和脐橙树下，有长方形石桌和矮靠椅，桌上落一层灰尘，还有一片片污迹，烟灰缸里塞满了烟蒂。看上去已很长时间没人在这里坐过。

桂花的芬芳在清新的空气中弥漫。

来的路上，鸿辉告诉我，何军祥是一个有梦想、有情怀的人。

这些天在粤东北的丘陵山区穿行，从国道、省道到县道、乡道、村道，无论宽窄，弯急坡陡，皆是柏油和水泥路。群山皱褶里的无数村道，都从绿色山谷里通向宽阔平坦的省道和国道，通向城市。无数偏远乡村的年轻人通过这些路，以决绝之心，奔向他乡异域，奔向未知的城市与繁华。但何军祥和云峰村的人，几乎都守在这远山里过着一种传统本色的生活。

从16岁到52岁，在山溪的淙淙声里，在山野与春天里，在寻常艰辛的人间烟火里，他到底在追求什么？

"我这大半辈子，就干了种猕猴桃这么一件事。"何军祥笑说。

1983年，16岁的何军祥被父亲栽种的猕猴桃吸引，尽管只有几棵，果子稀稀拉拉，跟祖祖辈辈不知种了多少代的柑橘、橙子种在一起。但酸酸甜甜的味道，让这位山里少年很惊喜。

后来我翻《和平县志》，上边记载：

1983年，和平县林业局会同农业局，组织了首次全县野生猕猴桃调查，发现有多花、毛花、京梨、黄毛和灰毛等5个品种，分布在全县20个镇（现整合为17个镇），区域面积达16.5万亩。

1984年，惠阳地区科委把开发猕猴桃列为科研项目，由和平、龙川两县科委及地区林科所共同承担开发。当年冬，和平县从江西引进中华猕猴桃品种进行小面积试栽。

最早的野生猕猴桃，出现在《诗经》里："隰有苌楚，猗傩其枝。"

所谓苌楚，就是猕猴桃。

明代李时珍在《本草纲目》里描绘猕猴桃的形、色时说："其形如梨，其色如桃，而猕猴喜食，故有诸名。"

何军祥自小在山野长大，野生猕猴桃自然识得。他父亲种的几棵猕猴桃，是县里最早推广试栽的中华猕猴桃吗？和平县把猕猴桃列为科研项目展开开发研究，远在云峰村的何军祥也许并不知晓，而且他父亲栽种的猕猴桃在这个项目之前已经挂果。

"应该不是。他应该是江西人在这边卖的时候买的苗。"何军祥回忆说。

1984年，少年何军祥跑到江西去看别人种猕猴桃。买了苗，回来和父亲一起种，柑橘、脐橙、鹰嘴桃，什么都种。他拿回家的早鲜品种猕猴桃种出来，产量高，口感却不好——酸。他在一片山地里甩开膀子折腾了几年，试了多个品种，渐渐掌握了一些栽种方法。

1990年春天，20岁的何军祥被选为村干部。第二年，他和几个朋友出了一趟远门，去徐州那边的猕猴桃种植园参观学习，并从当地种植户手里要了一些苗，被在那里搞技术指导的一位教授看见。

教授姓魏，当地猕猴桃研究中心专家。魏教授说，你拿回去也种不了，种猕猴桃要在冬天下雪的地方，北方甘肃、陕西等冷一点的地方能种，南方太热不行。

何军祥笑而未语。高峰香炉嶂有野生的猕猴桃，况且自己在家里已经种了几年，他需要的是好品种。

二十个芽头，他在老枝上高位嫁接。两年后挂果了，长相漂亮，味道也好。

"山上光照充足，昼夜温差大，优越的气候与原生态环境，很适合猕猴桃生长，果子肉质细腻，酸甜可口，香气浓郁。"何军祥摇了摇头，"当时我当村主任，拿出村集体近两万亩山地，鼓励村民开发山地种猕猴桃。山地谁开发归谁的，谁种谁收益，都没人干。"

他接着说："1992年，全县200多个村子，我们村最穷，我必须带着村民找到一条致富路。"

他召集16名村干部、党员和村民小组长开会，围绕"村里要发展致富，一定得搞产业"，反复讲云峰村大面积种植猕猴桃的可行性、必要性、迫切性。

那是1994年的冬天，全村343户人家，何军祥已不大记得那样的会开过多少次。

1995年，他带着愿种的村民在山上开山地，能开多少开多少。同时他还跑来了一项扶持：一棵苗三块五毛钱，县政府和县农业局各出一元，下车镇政府再支持一元，村民只掏五毛钱。

更重要的是，他还帮村民办来了山地开发使用证。

后来我翻阅《和平县志》，上面记载：

早在1996年，和平县委、县政府作出了《关于加快山地开发的决定》（和委发〔1996〕17号），提出"全党动员，全民上山，奋战三年，人均半亩果，户平五亩竹，山上再造新和平"的山地开发奋斗目标。

何军祥的脚步，跑在了政府决策的前头，像穹空雁阵的领头雁。

丘陵山区，满眼皆是高高低低的山，起起伏伏，一山连一山，珍贵的小块山谷平地，建屋舍、村镇，发展只能向荒山坡地进军，在"山上再造新和平"，而且能种的生态经济作物只有毛竹、柑橘、脐橙等，选项极其有限。

云峰村没种毛竹，在何军祥的经济账里，猕猴桃的收益远远超过毛竹。

也是这年，何军祥自己两年前种的猕猴桃挂果了，亩产不高，一千多斤，一斤8到10元，几亩果子一抢而空。

行动是最有力的号召，事实胜于雄辩。观望的村民们一下子热情高涨起来。

1999年冬，何军祥接到县里通知，赴徐州参加全国猕猴桃博览会。

何军祥说："我带了徐香和米良两个主种品种，一到那边，又碰上了魏教授，他问，小何你来干什么？我说带了两个品种来参加评比，他呵呵笑了。"

那次博览会上，云峰村种的徐良后来居上，糖度达到了16.6，而别人相同的品种，只有11.8。何军祥种出的徐良获得铜奖。

回村后，他带着村民继续扩大种植面积，村里种植户一下增加到200多家，徐良亩产接近六千斤，而米良亩产则高至一万斤。

但是，一声霹雳突然从天而降，果子卖不出去，五毛钱一斤都没人要。

"那真是愁，觉都睡不着，乡亲们甩着汗珠子种出来的果子，烂掉太可惜了。我跑林业局、宣传部门，希望媒体多宣传推广，县里各单位买一点，买一箱送一箱。真是焦头烂额。"何军祥笑说。

他的笑云淡风轻，却意味深长。他用笑容告诉我，最难的日子过去了，又或者，没什么大不了，摸着石头过河，磕碰、跟跄，摔跟头，总归是免不了的。

"当时经验不足，没想到大面积种植容易出现病虫害，我们又不懂防治。赔本，没钱赚后，大家都觉得种猕猴桃没出路，近一半种植户放弃不种了。"何军祥说，"有什么问题解决什么问题，人不能被困难吓住，不懂就学习，只要方向对，就像一个人去一个地方，只要路不走错，即便慢一点，总归能走到要去的地方。"

在各种挫折里折腾了四五年，何军祥仍不放弃，他坚信，猕猴桃产业一定能让云峰村人过上好日子。

他带着几个村民又出山了，去江苏、江西学习管理经验。回来再给村民掰开来、揉碎了一点一点地教。

2006年，何军祥和云峰村的乡亲又迎来了欢喜的一年，果子产量上去了，价格也涨了，一斤卖到了四五元。有的品种甚至卖到四五十元一斤。

这一年，何军祥找政府投资400多万元，将云峰村到香炉嶂高峰山2.5公里坑洼不平的泥巴山路，修成了可让车辆通行的水泥路，将电也通到了山上。

山上山下一派紧张忙碌，山上忙园子，山下云峰村更是热气腾腾，喜气洋洋。挣了钱的村民，家家建新楼。

"2006年到2016年，是云峰村发展最快最好的十年，有200多户人家在种猕猴桃，年收入都在10万元以上。到2016年，年纯收入30万元以上的人家已经有几十户。省里划定贫困村时，我们村早在十年前就脱贫了。"何军祥笑得眼睛眯成一道缝，"现在村里有270多户人家种猕猴桃，面积1.8万亩，几乎有劳力的人家都在种。"

陈鸿辉说："现在云峰村人不光楼越建越好，轿车和货车是家家标配。"

我在鸿辉给我的一份下车镇材料上看到：

下车镇云峰村高峰林场，有山林面积1.2万多亩，占云峰村山林总面积的45%。高峰猕猴桃基地约120户种植户，成立有18个经济合作社（含3个家庭农场），种植面积约2.3万亩，挂果1.5万亩，2023年总产量达9000多吨，产值约1.2亿元。

这仅仅是高峰山上的，还有周围许多山地种植没算在里边。这么大规模的绿色产业，老百姓想不富裕都难。

"回来搞种植的年轻人多吗？"我问。

何军祥笑了："都是40到60多岁的人在种，我们村是全镇常住人口最多的村子，有劳动能力的都在家里种果子。年轻人回来了一些，不多。每个人都有自己的梦想，一代人也有一代人的活法。也许有一天疲累了，梦醒了，就回来了。"

他又说："我两个儿子，小的在东莞工作，大儿子在外企当翻译，两个人几年的收入加一起，还顶不上我一年的。但我尊重他们的选择和追求，人各有志，不勉强的。"

"你现在种了多少果子，咋卖的？"

他说："一百亩，果子六成从朋友圈和网上走，两成游客现地采摘，两成市场上卖，品质有保证，销路不愁。我们云峰的果子不冷藏，都是熟了才采摘，口感好，酸甜适中，外形美观，又比别的地方早一个月上市，今年价格是每斤六到十元。"

从20岁结婚至今，妻子罗美新不管面对怎样的挫折与困难，从没埋怨过何军祥，三十多年一直默默跟着他在山上忙碌。尽管现在种植比过去省力不少，山泉水用管子接到山上，水肥一体种植，但剪枝、留果、锄草、摘果都需要人。一年的大部分时间，何军祥和妻子吃住都在山上这个小院。

何军祥说："我俩的种植知识和经验，都是在实践中一点一点摸索积累出来的，比书本上的实在管用。"

"实践出真知嘛。"我说。

他嘿嘿笑，笑出了猕猴桃的甜蜜。

2018年，32岁的侄子叶根伟被选进村委会任副主任，何军祥主动辞去村支部书记，一心扑在了猕猴桃种植上。

在夫唱妇随的三十多年风吹日晒、早出晚归里，两人共担艰难，同享幸福与欢喜。何军祥先后被评为广东省"优秀党支部书记""优秀共产党员""优秀创业能手"，以及"全国劳动模范"。妻子罗美新亦是巾帼不让须眉，被评为"广东省劳动模范"和"全国三八红旗手"。

我想跟罗美新聊几句，听听她心里的酸甜苦辣，何军祥笑说："去地里干活了。"

我心里一动，刚才她还切了一盘脐橙端过来，想着先跟何军祥聊完了，再找她，没想她已不声不响去园子里忙了。其实，如果我不来打扰，此刻，何军祥也在园子里。

"老何现在是大忙人，他除了自己的园子，还要经常外出技术指导。"陈鸿辉说。

何军祥说："江西、韶关、从化有三个基地，我负责三年技术指导，保证不生病虫害，还有产量，别的不管。"

我原来以为猕猴桃是北方水果，不知道这里竟种了几十年了。何军祥说："广东许多地方能种，但要选对品种。"

他笑眯眯地给我讲了两个小故事：

2019年11月，一名企业家从网上找到他，想请他帮着种猕猴桃，他觉得自己园子里已经够忙了，没时间也没精力，没接茬儿。

有一天，企业家专门跑到高峰山来，当时何军祥正在院子里跟几个村民玩扑克牌，没理他。那人蹲在边上默默看了半个小时，何军祥心里过意不去，便丢下了牌。

企业家说，听说你是专家，专程跑过来想请你指导我种猕猴桃。

他问，你打算在哪里种？

"从化。"

他去了后，对企业家说，必须派一个人陪着我。

他在从化的山里住了四个晚上，早晨六点、中午十二点、凌晨十二点，让陪同的人记录温度变化。

山里晚上最冷时温度接近1℃。他选了三个品种让企业家试种，一年后两个品种试种成功，一个品种被淘汰。

然后，他帮着育苗，指导栽种、管理，手把手帮着建起了三百亩猕猴桃种植基地。

另一名企业家，承包了一座山，承诺三年给何军祥100万元，请他指导建猕猴桃基地。他过去一看，光秃秃的山，遍地密密麻麻刚砍过的桉树桩子，便说："这里种不了。"

那人说，你只管指导人种，就算种了不结果，我也不会少你一分钱。

"种过桉树的土地很贫瘠，再把遍地树桩一挖，整个土壤破坏了，种下去也长不成。"

他不愿人家赔得血本无归，转身就回来了。

故事不是传说，是他前两年的亲身经历。

陈鸿辉说，和平县的猕猴桃产业经过30多年的探索发展，现在已经成为和平县的特色主导产业。目前全县猕猴桃种植面积5.6万亩，年产鲜果近5万吨，猕猴桃作为和平县农业优势产业、主导产业和支柱产业，已成为区域品牌，入选全国名特优新农产品目录，成功申报猕猴桃省级现代农业园和岭南特色水果产业"双创"示范县。

"我们和平的气候和山地很适合发展猕猴桃产业，这些年各级政府想了不少办法，实实在在帮种植户办了很多实事，但要做大做强，还有很长的路要走，比如十万亩、二十万亩基地如何打造，还有集散地、冷藏、销售、品牌、技术团队等，许多事需要集中力量搞。"何军祥说，"我们这里的猕猴桃口感、品质好，每年市场和网上许多猕猴桃都说是和平的，其实是外地货。"

他几十年与山水为伍，与满坡满架的猕猴桃耳鬓厮磨，高峰山猕猴桃的形色都深深地刻在他心里，县城市场上那些猕猴桃是不是和平当地的，他扫一眼就晓得。

刚聊完，我还没合上笔记本，何军祥已起身拿着工具往院外走。

他的园子就在院外公路下边的山坡上。我又跟着他往园子里走。在坡下看到一排猪圈。

他笑说："养了60多头猪，昨天卖了25头，我养猪，主要是为产肥，我园子不用化肥，都是有机肥。"

说罢，他带我看一间低矮小平房，说："这下面是20多米深的化粪池，猪粪发酵后管子直接抽到园子里的果树下做底肥。"

然后，他笑着向我挥挥手，猫身进了园子。阳光透过略微转黄的猕猴桃枝叶，藤架下是一片一片明亮的碎金。

他将青春留在村里，将智慧与汗水播洒在香炉嶂的一面面山坡上，默默带着乡亲们发展猕猴桃产业，带着妻子在辛勤劳作里过着山区百姓的生活。他了解乡村农民的真实世界，渴望组建一个强力技术团队，指导帮助更多农户发展猕猴桃产业，把和平县变成华南地区唯一的猕猴桃种植大县，让大湾区更多人吃上本地绿色、生态、鲜美的猕猴桃。

想想这丘陵山区还有无数像云峰村一样的村庄，我觉得不仅何军祥的基地和这座高峰山会成为绿色生态产业和旅游的好地方，整个粤东北山区磅礴绵延的绿，处处都是"绿美"双赢之地。

我站在水泥斜坡边，看着他的身影消失在藤架下，转身离开时，忽地想起切斯瓦夫·米沃什的诗《礼物》：

如此幸福的一天。
雾一早就散了，我在花园里干活。
这世上没有一样东西我想占有。
我知道没有一个人值得我羡慕。
任何我曾遭受的不幸，我都已忘记。
想到故我今我同为一人并不使我难为情。
在我身上没有痛苦。
直起腰来，我望见蓝色的大海和帆影。

下到山脚，云峰村在山谷里，我没进村子，爬上村口的村委会楼顶，绿色山谷里，一栋栋现代化小楼一片一片往山谷里延伸进去。

在返回的车上，陈鸿辉说，时间还早，去上陵镇看看毛竹，毛竹也是和平的品牌绿色产业，上陵镇是华南最大的毛竹生产基地，有竹林近12万亩，每年产毛竹200多万根。

绿色、生态是河源宝贵的自然资源，有这个底色和基石，从市县到村镇，在广东省"百县千镇万村"工程中，各级的发展信心和底气都很足。我说："龙川除了油茶产业，也在生态优先中快速发展毛竹产业呢！"

陈鸿辉呵呵笑道："山区丘陵种庄稼不行，种经济林，走绿色产业发展路子比较适合我们。前些年推广种植桉树，长得快，但桉树被称为'抽水机'，对土地伤害太大，现在不让种了，要在两三年内将桉树全部退出林地。"

车子拐过一个急弯，他接着说："毛竹生长也快，用途广，是一种重要的森林资源，不仅有观赏和经济价值，还有很高的生态价值。"

我心想，这也许正是广东人的厉害之处，摸着石头过河，发现不行，立马调整思路和方向。广东省生产总值连续34年雄踞全国第一，这成绩并非什么特别机遇，是顺应时代发展不断改变创新，以敏锐视野奋力探索新经济、新动能、新发展创造的。

此前，在河源市政府的一份材料上看到：

把生态优势转化为发展优势，使绿水青山产生巨大效益。河源立足特有的森林资源，大力发展林下经济项目，重点发展林下种植、林下养殖、林下产品采集加工和森林景观利用等四大类林下经济，着力抓好茶（油茶和茶叶）、森林药村、森林旅游林下经济产业，探索出一条"绿富"双赢之路。

2023年上半年，林业产值持续快速增长，同比增长20.6%。

车子一进上陵，丘陵高山上，满山遍野身姿修长、柔美的竹林，满眼浩荡的翠绿。远远望去，层层叠叠的竹林，如绿色海浪在起伏、涌动。

一天之内，我的视野在两种截然不同的绿里切换，恍若隔世。

望着车窗外的浩瀚竹海，我的脑子浮现出竹签、竹筒、竹筷、牙签、竹藤椅及数不胜数的竹制工艺品。后来在河源市林业局看到，当地竹资源面积竟高达70万亩，可经营利用的竹资源面积约44万亩，每年产大径竹子620多万根，笋干1980吨，有竹加工企业24家，年产值近1.5亿元。

更令人惊讶的是，河源人抢先一步的目光与视野，竟与国家发展改革委等部门刚刚印发的《加快"以竹代塑"发展三年行动计划》不谋而合。这更为河源发展生态毛竹产业带来强劲动力。

被竹海环绕、拥抱的上陵镇翠山村像一个天然氧吧，是一个宜居宜游的绿色乡村。

陈鸿辉说："翠山村人多地少，丰富的毛竹资源就是当地村民的宝贵财富。因为会管会种，这里的毛竹不仅面积大，质量也好，全村种植面积超过万亩。上陵镇的森林覆盖率超过83%。毛竹是上陵镇最大的绿色资源，现在正在按乡村振兴和'百县千镇万村'工程推进毛竹产业，老百姓的幸福指数更是芝麻开花——节节高。"

走在空气清新，翠竹起伏，鸟声清脆，安静祥和的村子里，我随口诵出唐代诗人唐彦谦的《竹风》：

竹映风窗数阵斜，

旅人愁坐思无涯。

夜来留得江湖梦，

全为乾声似荻花。

陈鸿辉诵出苏东坡诗句：

宁可食无肉，

不可居无竹。

无肉令人瘦，

无竹令人俗。

我接："竹杖芒鞋轻胜马，谁怕？一蓑烟雨任平生。料峭春风吹酒醒，微冷，山头斜照却相迎。回首向来萧瑟处，归去，也无风雨也无晴。"

他又接："竹外桃花三两枝，春江水暖鸭先知。"

我再接："竹风萧瑟胜丝桐，吹过空堂自不穷。"

你来我往，我们先是一愣，接着两人哈哈大笑。司机在一旁也乐了："中国文人的咏竹诗，估计你俩背一天一夜也背不完。"

村里竹制品生产厂已经下班，在安静的生产加工车间，我们看到客户订制的各种竹制工艺产品，有的已经装箱，有的整齐地摆在桌案上，还有大量半成品堆在机床边上。

陈鸿辉说，上陵镇有丰富的毛竹资源，镇里走的是做优一产、做强二产、做大三产，"全竹利用""全链开发"发展模式，翠绿的生态毛竹已成为上陵镇推动乡村产业振兴的一把"金钥匙"。

原想跟村民聊聊闲天，听听他们竹制品致富的故事，无奈天色已晚，只能作罢。在离开上陵镇的路上，我心念一动："毛竹绿色产业链，还应该加上竹海观光、竹林探幽、竹楼民宿等生态旅游。"

陈鸿辉说："这是个好思路，就这么干。"

那神情，仿佛他是能拍板的镇长，抑或是一位带着我考察投资项目的老板。

随后，他又从副驾位上丢过来一句："已经这么干了！"

2023年11月5—6日

九连山下

　　九连山在哪? 2023年11月7日, 在赴连平县的路上, 我的脑海才冒出这个问题。答案在地图上很好找。

　　九连山在河源北部的赣粤交界处, 因环赣粤两省九县且有99座山峰相连而得名, 是南岭东部的核心部位。连平县就在巍巍九连山下。

　　《连平县志》载:

　　明崇祯七年(1634年)始建连平州, 辖和平、河源两县, 属惠州府。清宣统三年(1911年)改州为县。

　　据清光绪三十四年(1908年)的《连平州乡土志》记载:"连平开未久, 附籍者半居新来土著占姓聚族而居, 大都自元末明初迁居此地。"

　　九连山山脉主峰——粤东北第一高峰、海拔1430米的黄牛石顶就在连平县。据说九连山海拔千米以上的山峰，连平县境内就有78座之多。

莽莽苍苍的山林覆盖着这片大地的每一寸山峦。无山不绿，有水皆清，四季飘香，万壑鸟鸣。

连绵起伏、层峦叠嶂的大山风貌，在这里形成一片蔚为壮观的绿色海洋。

九连山山脉呈东北—西南走向，地势由南向北、由东北向西南递降，山脊向北伸展，向西南延伸，是一枝放射状的粗壮树枝。从地图上看，九连山宛如龙头，逶迤着出连平县境，向西南蜿蜒延展，其尾段以孤峰状现于我常年行走其间的那座巨大城池，也就是广州的白云山和"五羊"文化名山——越秀山。

绵长的九连山高昂着龙头，雄踞连平。连平人就在它的龙须下沉稳、安然地生活着。

进入连平前，我已经知道这条山脉的大概轮廓，《中国国家人文地理·河源》对九连山的绿有这样的介绍：

九连山有着得天独厚的自然环境和丰富的自然资源，已成为自然保护区。其绮丽多姿的森林风光，清新幽静的山林美景、四季宜人的气候条件，以及丰富多彩的动植物资源，是国内外专家学者进行考察研究的理想场所。九连山保存有较大面积的原生性常绿阔叶林，森林茂密，古老残遗植物繁多，是我国亚热带东部森林生态系统保存较完整的典型地区，素有"生物资源基因库""赣江源头"之称，为南岭东部的一座绿色宝库。现已查明并鉴定的高等植物有2796种，还有脊椎动物384种，昆虫800余种，鸟类236种。伯乐树、杜仲、银杏、鹅掌楸、观光木等，属国家第一批重点保护野生植物。在这丰茂的森林中，蕴藏着丰富的野生动物资源，其中属国家级保护的野生动物有华南虎、云豹、白鹇、水鹿、金猫、巨蟒等12种。

览奇山怪石，沐浴森林氧吧，我的目光和心思不在这里，也不在高昂的龙头与第一高峰上那块状如黄牛的奇石上。

上午从和平县入连平，下高速时，我的目光被一面巨幅广告牌深深吸引，上面写着：中国鹰嘴桃之乡。

广告牌下边的高台上，有一颗让人馋涎欲滴，果顶似鹰嘴，果柄凹陷，缝合线浅，两半比较对称，果皮色泽鲜亮呈淡青色的桃子。每年夏天，在广州农贸市场和水果店，我不停地往家里买它。它的果肉是白色的，近核部分带红色，肉质爽脆，味甜如蜜。我当然知道它是一个不知用什么材料做出来的假桃子，但我心里觉得它就是一颗刚从树上摘下，被轻轻搁在那里的鹰嘴桃。

连平县城夹在一片峡谷中，确实不敢说大。到了酒店，我匆匆扔下行李，立即转身出门。

连平县文联副主席曾建锐发动着车说："去哪里？"

他一问，我也一个愣怔，是啊，去哪里？

"去看桃，鹰嘴桃。"我说。

曾建锐笑了："三月赏花，七月品果。"

我自小在农村长大，18岁才放下镰刀、锄头之类的劳动工具，不会无知到这个时节去看树上的桃。我说："看桃园。"

他说："那就去上坪镇，那里满山坡都是桃园。"

眼看就是立冬节气了，即便是亚热带气候，也该有一点秋意的，况且这里是粤东北山区。但连绵起伏的九连山，满眼苍翠，阳光炽热如炎夏，穿着短袖依然热得冒汗。

青山、碧野、蓝天、白云、奇峰、峡谷、流水、小桥，河谷、山坡上，一片又一片油茶树开着洁白的花朵。我们的车子就奔驰在这画景里。

连绵的山像涌动的波浪，一浪一浪涌着、起伏着，云雾在山腰、在山尖缭绕、蒸腾，像巨幅水墨画。远处的山，则以一缕一缕淡烟般的轮廓，为近处的山做着背景。

我很想下车，端起相机拍几张照片，无奈高速上不可停车，只能将冲动摁在心里。

曾建锐说："美吧，每年都会有许多艺术家来我们这里摄影、写生。"

我没吱声，怕一张嘴控制不住，停车拍照的想法突然冒出来。

下了高速，看到一些村民在自家楼前的场院里，晒着一片一片黑色的东西。

"那是什么？"

曾建锐扫一眼窗外，说："油茶籽。"

"这山上的油茶树正在开花呢。"我说。

他笑说："都是今年刚收的，油茶树跟别的树不一样，花期与果实成熟期是重合的，寒露前后油茶果成熟，八月到十二月开花，盛花期十月中旬到十二月下旬。"

我默然，也惭愧。我吃过茶油，很香，比一般食用油贵一些，茶油是客家人的最爱。吃鱼生必须配以最纯正的茶油才好。

但我没想到，茶籽收下正在院子里晒着，它们的花朵还在树枝上争先恐后地绽放着。

想起龙川，龙川油茶产业颇有规模，那天他们想带我去看看，因为时间太仓促，放弃了。世上没有后悔药。

车子在山里绕，水泥路干净平坦，但多是弯道，绕得头晕。

或远或近，或大或小的桃园一片连一片。因为桃树有间距，树下少杂草，桃园的绿色是疏朗的，与它周围植被的茂盛墨绿拉开了一些微小距离。桃园边大都有一间两间的平房，路边闪过一个一个某某桃园的牌子。

看不到人，也许人在桃树下忙着。

车子继续在弯道上绕。终于看到了人，坡脚路边，一排平顶房边上接着一个宽大的棚。一个男人坐在棚下喝茶，看上去自在、沉稳。

层峦叠嶂、纵横起伏的山里，谷深地狭，小块的平地比金子还珍贵。村民们就地取势，在山坡与沟坎上，开垦出一片一片山地，种下一棵一棵桃树，便绵延成了气势非凡的桃园。

眼前峡谷两边近40°的山坡，皆是成片的桃园。

不远处山脊上，白色风力发电塔像哨兵，排着长队在风里挥舞手臂。

曾建锐与桃园主人谢文军是相熟的。一年一度的桃花节，文化搭台，经济唱戏，他们不会不熟。

谢文军也顺着我的目光往山脊上望，说："翻过山就是江西龙南。"

曾建锐说："上坪镇，是走105国道从江西进入广东的第一镇。小水村离龙南不到10公里。"

正在说笑，一个手里拎着砍刀的女人，一个手握锄头的少年，相跟着从桃树后边转出来，顺着两尺多宽的水泥小道向坡下走来。

女人叫赖金莲，谢文军的妻子；热汗淋漓的少年今年12岁，当然是他们的宝贝儿子。

48岁的谢文军告诉我，儿子在河源市一所私立中学读书，周六校车送至镇上，周日下午再从镇上坐校车返回学校，一周一趟。

多年前，他已在县城买了商品房，等儿子上学时住。但妻子若去照顾儿子生活，他身边没个帮手，连饭都吃不到嘴里。三个女儿都在外地上学、工作。

最后，他在无奈之中让儿子去河源市读私立学校。而县城这边，按月交着物业费的房子，已闲置多年。

我说："现在孩子精力和时间都在功课上，大人连一点家务都舍不得让孩子干，即便是农村孩子，不会、也没时间干农活，你就不怕耽误孩子学习？"

他说："周末回来，除了复习功课，也要帮我们干些力所能及的农活，不能宠坏了，劳动是人生最好的课堂。"

我心里一动，康德认为，从内在的视角来思考人的存在问题，不只是一个哲学问题，也是一个实践问题，是做什么、想什么、找什么乐趣的问题。

"劳动是人生最好的课堂。"这话是谢文军和妻子在这山坡桃园里，日复一日、年复一年的劳作中获得的真切体会吧。

深秋了，桃园里其实没多少事可忙。大山里万物静默、肃穆，也蓬勃。桃树叶子在微风里哗哗啦啦作响，清澈的大席河，在山谷绕着山脚一路向南，向着万绿湖奔流而去。

从内蒙古拉回来的有机肥已经备好，码在棚下墙边，再过些日子，落霜了，桃叶落了，他和妻子就可以剪枝、清园、下冬肥。春天来了，桃花开了，他们又得忙着接待游客。

大棚下的十来张大圆桌，都收起来立在墙边。小院干净，门前养着几盆花。

脸膛俊朗的谢文军，身穿蓝裤与咖啡色衬衫，戴软边遮阳帽，放下劳动工具，摘下手套，在电热壶上烧了水，坐在桌前泡好茶。衣着朴素，戴着一样的帽子，脚上穿黄胶鞋的妻子赖金莲从园子里缓缓下来。他递一杯热茶给她，两人围桌而坐，就像今天，一边歇着喝茶，一边说些园子里的农事，或儿女们的牵挂。然后，她走进旁边的屋子生火做饭。丈夫擦拭、修磨用过的农具。

两人再坐回圆桌，饭菜简单可口。暮色缓缓笼罩山谷，亮晶晶的星子，在穹空闪烁，山里一派寂静。

实际上，桃园下这四间房子的小院，也是谢文军的家，有时忙了，他们就吃住在这里，十天半月才回一次小水村的家。

"园子里就我们俩，风里雨里，也挺辛苦的。"赖金莲的言语轻浅、温婉，如她不急不缓的品性。

桃树下卧着二十来只鸡，还有五箱蜂，养着自己吃的，吃不了，可以送亲戚朋友，纯正的生态绿色产品，是稀缺的、金贵的。

"小时候我们这里太穷了，记得1990年之前，村里人就靠砍木头、种香菇换一点钱，连饭都吃不饱。"谢文军接着说，"家里多是山地，种一点红薯、花生，靠肩膀往山下挑，那时山上没路，村道也是黄泥路，去镇上要走三四个小时。上学交不起学费，我初中只读了半年，没钱上，就放弃了。"

1992年，16岁的谢文军，怀着一颗决绝之心走出大山，去深圳打工，去繁华热闹里寻找自己的梦想与生活。

"管吃管住，一个月一百元，这对我们山里人来说，已经是一笔大钱了。"谢文军说，"担心工厂嫌我小不要，我将年龄虚报成了18岁。"

在深圳两年，他与同在一个厂子里打工的江西龙南女孩赖金莲相爱了。

"1994年回来结完婚，我们就再没出去了。"

"早恋早婚哈，18岁才刚刚成人。"

"我们山里人结婚早，我妻子比我大两岁。"谢文军笑眯眯地说。妻子也在边上笑。

她说："我是看了电视剧《外来妹》，唱着《我不想说》去深圳追梦的，没想到转了个圈，又回到了山里。"

我记得这部十集电视连续剧是1991年中央电视台播的，火遍了大街小巷，从城市到乡村，四处飘荡着《我不想说》的歌声，二十世纪七八十年代生人，差不多都看过。我当然也看过。

这偏远的大山里，她忽然提出，三十多年过去，主人公的名字我甚至还隐隐记得，但我不想拐到这上边去。我问："那你俩后来为啥没再去深圳？"

"其实，我出去打工之前，1990年我们村就有人种鹰嘴桃，很少，四五家。那年我回来，有两户人家种成了万元户，我觉得村里也能致富，就留在家里学着种桃了。"谢文军说，"我爸也是村里最早种鹰嘴桃的人，在门前种了五六棵。"

谢文军带着新婚妻子，早出晚归，一锄头一锄头挖地，把家里四亩山地都种了桃。果子收了，羊肠小道，人工往山下挑，挑一担桃子走一个半小时，才能走到105国道上，卖给过路的司机，县城的果贩子也在那里收。

过了几年，他俩又租别人的地，将面积扩大到三十亩。

谢文军说，政府对鹰嘴桃产业发展非常支持，村里果园都通了水泥路，非常方便，桃园也变成了生态景区。

我们起身往坡上走。我发现园子不只有桃树，还有一些梨树和李子树。

谢文军说："桃花就紫色和粉色两种，一片红，种几棵开白花的，是个点缀，开花时好看。"

我忽然明白，脚下的水泥小道，不只他劳作方便，也是便于游客行走的。我觉得三十亩桃园规模已经不小了，谢文军却说，他的种植面积是最小的，村里五十亩以上的有近四十户。

他望着满坡桃树说："这些都是第二代，为了保证果子品质，第一代桃树早就砍完了。"

我是个俗人，俗了就会问不该问的。我说："这三十亩园子，一年能有多少收入？"

"现在是旺果期，除去各种开支，能落个30多万元。一亩地只能种二十到二十五棵树，不宜密。我用的有机肥一吨近4000元，比别人贵。园子里就我们两口子，摘果时忙不过来，找不到人，要去江西那边找人，管吃管住，女工一天150元，男工250元。过去下冬肥，人工用锄头刨，现在机械下肥，我们两个一个月就忙完了。不过，我种了三十年了，懂技术，每年去江西、清远等教别人剪枝、留果、下肥，一年也有几万元收入，挺好的。"

"果子销售顺畅吗？"

他笑说："我的果子每年都不够卖，三分之二被老客户订走，三分之一孩子们帮我在网上卖。"

赖金莲说，也辛苦，初冬树下施底肥，开花时追一次萌芽肥，果子长大一些还有一次壮果肥。桃子指甲盖大时，要选果，密了长不大，我们两个人在园子里忙一天，一个人才选三四棵树，想把园子经营好，一年四季总有干不完的活。

从一心向往都市到在这峡谷山坡上从容劳作，在艰辛里过自己想要的生活，从他和妻子落满阳光的脸膛上，从他们的话语里，我能感受到他们内心的洁净、自尊，一切在他们眼里和心里，都是淡然而坦然的，也是幸福的。

但在赖金莲的记忆里，一切都在，三十年的生活与时间都在，这片桃园保存和铭记着一切。她记得当年刚来到小水村时，丈夫弟妹七个，还有家婆家公，大哥成家有孩子，一大家十多口人生活在四间泥坯瓦屋里，三个妹妹还小，她砍柴、放牛，许多事情得顶上去帮家公家婆分担。

刚回来跟丈夫创业，没钱，又没技术，她带着丈夫回娘家，向母亲借了600元，从零起步，先跟着家公学着种了几亩，后来才有了现在的面积。

赖金莲说："因为经过那些艰难，所以我挺知足，不比，不怨，觉得挺幸福。山里生态好，空气好，人内心安静，我有时几个月都懒得去镇上一次。"

立在桃园里，她的话让我想起梭罗的话："我热爱自然，进而感受自然的美妙，是想用心地生活，并且体味人生的意义。因为只有这样，才不至于在我就要离开这个世界的时候，后悔自己从来就没有活过。"

谢文军的两个哥哥和弟弟，也在村里种桃。

"只要愿意劳作，幸福并不像想象的那么难。"谢文军说，"我们村三十来岁的年轻人，都在家种桃，没人出去务工的。"

上坪镇党委委员、纪委书记谢国贺笑说："小水村是我们县最富裕的村，家家有新楼，90%的人家有轿车和货车，小日子比城里人舒坦。"

富足的生活不只小水村。后来，我才知道，上坪镇是全国"一村一品"示范村镇，鹰嘴桃被评为"岭南十大佳果"和"国家地理标志保护产品"。

目前，全镇鹰嘴桃种植总面积4.58万亩，总产量5.72万吨，产值6.38亿元，现有合作社164个，家庭农场117个，依托绿色特色产业，一、二、三产业融合发展，现有餐饮业76家，物流66家，电商服务中心18个，批发零售、金融、工业等企业89家，全镇105国道沿线观光农业产业带已初步形成，镇域经济活力迸发。

桃子，像一个轰鸣的引擎，让上坪镇的"百千万工程"跑出了加速度。

我真是一个孤陋寡闻的人，在广州吃了那么多年鹰嘴桃，一直以为它来自北方，实际竟在九连山下的连平。

谢文军呵呵笑道："桃子本来就是北方水果。我们这里光照充足，温差大，适合鹰嘴桃生长，太热的地方不行，桃树不落叶子，只开花不结果。东莞那边想种，苗拿回来试种，不行。鹰嘴桃北方也能种，但口感跟这里不一样，成熟也会晚一些。"

停了半晌，他像忽然想起似的，说："我的一百亩新桃园，山地已经整好了，明年开春就可以种。"

我说那你俩更忙不过来了，谢文军说："忙不赢的，挂果了，要请人的。"

谢国贺脸上的神情比谢文军开百亩新桃园还兴奋，说2022年三月桃花节，上坪镇赏桃花盛宴的游客达60多万人。这两年，镇里依托绿色生态产业和自带流量的"桃花节""蜜桃节"，正在农旅融合、创建国家级产业园和"百县千镇万村高质量发展工程"上展开新探索。

他给我的材料上这样写道：

大力推动民宿集群发展，满足游客需求；建好小水村风雨廊桥露营基地，旗石村越野、房车露营基地，在西华山建观日出露营基地；推进上坪3A景区创建，建好广东最美婚纱摄影基地、最浪漫露营基地和最舒适徒步基地，以人与自然和谐共生的美丽生态环境，尽快形成农旅融合发展新格局。

离开时，谢文军与赖金莲像约好了似的，都笑着说："明年三月来看桃花。"

我也笑："一定来。"

谢国贺打开手机给我欣赏几张照片，满谷满坡桃花，在苍翠里肆意怒放，如火如霞，文峰塔耸立在波浪般涌动的云雾里，如海市蜃楼。

我又重复一遍："来，一定得来，下刀子阻挡也得来。"

车在105国道上奔驰，忽然停在路边。曾建锐说："带你喝碗传统手工酸梅汤。"

两大间平顶房，旁边石栏杆围成的一大片空场地上，摆满桌椅。角落一棵绿荫如盖的大榕树，像一把巨型大伞，遮在了上边，是一个惬意的好地方。

往里走时，我扫了一眼，墙上一块歪斜牌子，上写：传统特色酸梅汤。

不注意或不知底细，一般人不会认为这是一家店子。

我心想，现在生意人精了，也俗了，什么都往传统手工上扯，实际多是骗人的幌子。在这个人人梦想一夜暴富、成名，焦虑、浮躁，忙得吃快餐和预制菜的时代，有几人能静下心，用古人传统的匠心为他人制作一杯饮料、一碗饭菜？

我们还没落座，就感觉阴凉清新的空气里有水的气息。再看，这地方竟在河岸上，石栏外就是一条河，水不大，河水清澈见底，淙淙潺潺。曾建锐说："这是大席河。"

"是刚才老谢家桃园下那条河吗？"

曾建锐说："小水村山上的泉水和山谷里的溪流形成大席河，向南汇入新丰江。"

105国道左边山上，高耸着一座苍黑色古塔，曾建锐说，那是水口塔。

"树下河上的桥，叫水口桥。"我说。曾建锐和谢国贺嘿嘿笑了。

说笑间，特色酸梅汤上桌。小青瓷碗，汤色澄黄清亮，两粒紫红杨梅、一粒金黄的青梅沉在碗底。汤入口，清爽，酸酸甜甜，有回甘。

老板谢朝欣，一位精瘦的中年汉子，说酸梅汤可清热降火。

曾建锐问："好喝吧？"我说："好喝。"

谢朝欣17岁出门打工，2019年回村后，从父亲手里接过这门祖传手艺。他指着河右岸的远处："我太爷手上就开始做这酸梅汤了，店子在前边，我爷爷的店子在对面桥头那里，老房子都拆了。我爸手上才换到这个位置，我是第四代传人。"

我问生意怎样，他笑说："薄利多销，挣不到大钱，但够过日子。节假日人多，这么大地方坐都坐不下。我家也种着六十多棵桃树，两头忙，还可以的。"

曾建锐说："我小时候上学，从县城跑17公里，就为来这里喝碗酸梅汤。初中骑单车，两个同学换着骑，上坡时一个人在后边推。小学时一碗一毛钱，初中时一碗三毛钱，读高中家里有摩托车，就骑摩托车来。县城也有很多店，喝来喝去，这里最好，几十年了，一直是少年时的老味道。就是价格变了，原来是大碗，现在小碗，涨到一碗三块钱了。"

我盯着栏角的大榕树，看来看去，问谢朝欣树龄，他指一下桥：桥头有碑，桥多久，这树龄就多大。

我跑下去，碑是2014年新立的，上边写：

水口桥始建于清光绪元年（1875年），由谢氏十六世祖谢家璋号召乡人集资兴建，历时三年竣工，至今已有139年历史⋯⋯

这树，未必就是建桥那年栽的吧？

还未来得及细问，一辆黑色轿车停在了门口，下来一个年轻人。这是年轻有为的桃园大老板谢增县。

我笑说："种桃大镇，所见皆是气度非凡的大老板。"

谢国贺也笑了："全县桃子种植面积近6.8万亩，种植户7800多人，在街上随便遇个人，都有可能是年入百万的桃农。"

坐下一聊，发现这35岁的年轻人还真有些意思。

2010年大学毕业，谢增县先在深圳打了两年工，觉得那不是他想要的生活，便辞职了。然后，他成了一名背包客，一个人搭顺风车、徒步，四川川西高原、西藏、东北、新疆，整整两年，他都在穷游、摄影。

2016年回到上坪镇，他突发奇想，在当年的"桃花节"上搞了一场"老八盘"千人宴，想在桃花旅游与传统美食结合中，通过商业模式赚一点差价。活动很成功，现场引来8000多人，有3000多人一起品尝当地"老八盘"，比预想的还多，但他只赚了个吆喝，一下亏进去10多万元。

灰头土脸的小伙子有些不知所措，有桃农告诉他，种桃不如卖桃。因为批发价便宜，零售贵。

自己没技术和资金，那就卖桃吧。折腾了两年，他发现卖桃也不行，每年来看桃花、摘果的人越来越多，桃农有时都有单无货，他经常拿不到货，也拿不上好货，自己没基地，不可控因素太多。

一番折腾，他似乎醒了，开始踏踏实实种桃，当桃农。先种100棵，挂果后，一年收入20万元。紧接着，他流转百亩山地，率先建起了山野民宿，走农旅结合发展的创业之路。

在不停折腾的几年里，谢增县也不是没收获。他说："千人宴之前，客家人的传统菜'老八盘'，许多餐饮店连菜名都不知道，现在像点样的店都有这道名菜。我是全县第一家开民宿的，也是最早有品牌意识的人，品牌包装也从我开始的。"

2018年，谢增县被选为上坪桃农协会秘书长，他整合优化桃果物流成本，降低桃农快递费用，使单箱物流成本由原来的25元降至15元，每年仅快递费一项就为上坪镇桃农节省700多万元。

现在他的110亩鹰嘴桃园已进入丰产期，八间民宿，带着四个年轻人干得有滋有味。

"千帆过尽，热闹喧嚣不是自己想追求的，平淡无奇也不是自己想要的，有件自己欢心的事情做，即便挫折、艰辛又怎样，不迷茫、不悔就好。"谢增县说。

晚上在灯下翻笔记，又想起谢文军夫妻俩，在偏远穷苦的地方，劳动也可以让人活得从容、自尊、幸福。

2023年11月7—8日

醒狮、花灯、娘酒及鱼梁

和平县之美，美在漫山遍野蓬勃的绿，客家人流传千年的生活方式在这片热土上世代延续，古老的传统文化仍在这里滋养深耕，以一种向阳而生的方式，传承着，发展着。

2023年11月6日下午，我在林寨镇。这个镇在和平县浰江北边的盆地里，在县城东南方向，我们开着车，沿一条平坦旅游公路一直往前，就到了林寨镇。

但是，在见到林寨镇楼镇村彩扎醒狮之前，我的脚步停在了镇子里的"广东十大最美乡村"——林寨古村前。

在岭南行走，见过无数大大小小的客家村落，客家民居历史悠久，多为圆形围龙屋和方形围龙屋，也有半月形、椭圆形、四角形、八角形，还有杠式、堂横式、城堡式、自由式、中西合璧式，集家、祠、堡于一体，具有维系血缘性、宗族文化的作用，以及文武合一、耕读合一、官商合一、村围合一的独特魅力。

客家围屋与北京"四合院"、陕西"窑洞"、广西"栏杆式"、云南"一颗印",合称为中国最具乡土风情的五大传统住宅建筑形式。

但眼前这片四角楼建筑群,还是让我颇为震惊,我不得不停下来。

群山环绕的盆地完全可以用辽阔来形容。林寨古村依山傍水,前边是古云山、大岭山,正对林寨主峰铜锣嶂。浰江自西向东流过林寨镇,在东水镇汇入浩荡的东江。

古村周围平坦的稻田里,稻子已经收割,留着近一扎长的灰黑色稻茬。

每个人心里,都有一幅水乡画卷,如果在一个合适的时间,比如稻田金黄或碧绿,又或者春天金黄油菜花盛开,春和景明,一群孩子在村道、在田埂上放风筝。风筝在蓝天白云上忽高忽低,孩子们牵着线,奔跑,欢呼,尖叫。黄花与碧绿簇拥着一座座青瓦白墙、错落有致的古建筑,一定美得让人惊悚。斑驳厚拙的老墙、爬着青苔的古井、青石小巷、牌坊、小桥、翠绿竹林、潺潺河水、蓬勃辽阔的田畴……

如此景致,若不美得令人尖叫、惊悚,它如何获得"中国传统建筑文化旅游目的地""中国历史文化名村""广东十大最美乡村"等诸多美名。

而且,美得跨出了国界。2016年,林寨古村摄影作品登上美国邮票,第二年,又在联合国教科文组织和中国民俗摄影协会共同主办的第10届国际民俗摄影"人类贡献奖"年赛上获记录奖。

林寨古村现存的280多座古民居,核心区大型四角楼有24座,面积183.8万平方米,每座楼建筑风格都很独特,楼宇堂皇,雕梁画栋，客家建筑的各种精华几乎在这些四角楼中都有集中体现，而且基本保存完整，被誉为中国最大的古建筑群。

庞大的古建筑群里，谦光楼、颖川旧家、司马第、厦镇堂、永贞楼、朝议第等27栋四角楼，距今已有两三百年的历史，建筑群依山傍水，规模宏大，设计独特，结构完整，青山、绿水、小桥与炊烟构成了一幅独具特色的客家民居画卷，被誉为中国民居建筑史上的一大杰作，也是客家文化的一个缩影。

走进富商陈步衢建于民国九年（1920年）的谦光楼，心里的惊叹不停往嗓子眼跳。谦光楼建筑面积5000多平方米，是独特的客家风格。堂横式四角楼，厅堂为三层，五进三幢、四骑楼结构，楼设上、中、下三堂，十一个天井、十八个厅堂，每层八十四个房间，整幢楼有三百多个房间，长方形围屋四角建有高四层的碉楼，可以向各个方向瞭望、防御。

危险随时会来，在任何一个白天或夜晚。一群土匪或山贼，从无遮拦的旷野上飞奔而来，望角楼上锣声或号角急促响起，围屋外大人和孩子闻声，拼命往围屋里飞跑，合上厚重的门。院内青壮年操起家伙冲向角楼。然后，土枪、火枪黑漆漆的枪管伸出射孔瞄准，枪声大作，子弹向开阔地上的来犯者飞去……

据说林寨古村最早的建筑，建于秦朝。据史料记载，公元前214年，秦始皇派大军南下时，一名林姓将军在这里筑寨守关。林将军建关隘、军营、校场、屋井，因守关有功，此地被封赐给他，官府用他的姓命名为林寨，后来成为龙川古县十二都之一。这是林寨古村最早的缘起。

北宋时设有城防，1277年文天祥自闽退守梅州时，曾来林寨搬兵援战循州。

清咸丰九年（1859年），太平天国石达开南下经闽，抵梅县、大埔、龙川至林寨，因这里物阜民丰，驻军月余。

1918年春，廖仲恺以国民政府署理财政代总长身份考察山区农村，住在古村陈襄廷家中，夫人何香凝和儿子廖承志随行；1924年，廖承志利用暑期来林寨体验生活……古村墙上的军事大事记很长，一直罗列到1991年人民子弟兵在这里救灾。

盆地肥沃辽阔，陆路丘陵山区连绵，阻隔重重。有东江与浰江，水上交通便捷，明、清至民国时期，林寨凭借水上船运之兴，成东江流域最重要的商埠之一。据说船运兴旺时，林寨浰江两岸有四大码头，帆船林立。茶叶、松香、木炭等各种货物在这里集散，运往广州、南海等城市。

水上贸易带动林寨百业兴旺，古村街道商铺鳞次栉比，人流熙攘，造船厂、药厂、油坊、酿酒坊遍布浰江两岸。

盆地地势低洼，易遭水浸，经济发达，又易引来土匪、山贼袭扰，客家人木石结构的四角围屋，喜欢聚族而居的庞大建筑在这里拔地而起。这些古建筑，是林寨繁华鼎盛、商贸繁盛的历史见证，客家文化、广府文化、西洋文化兼容并蓄的缩影。

我不大懂建筑，在默然里看着，只觉得这古屋上的一砖一瓦，一窗一门，一井一栏，都在无声地诉说它们的来历，诉说这里曾经的富足与喧嚣。

陈鸿辉说："每年端午节浰江有赛龙舟，春节有打香火龙、舞醒狮等各种传统民俗文化活动，客家人的许多古老习俗与技艺仍在这里延续着。"

从古村建筑群里出来，阳光普照。岭南深秋的阳光仍有夏天的味道。

我立在田埂上，久久凝视眼前乡村客家民居风格的建筑群，它们庄重、内敛、沉稳，在阳光下，与田野的辽阔、纯净、蓬勃相辉映，处处透露着生活的趣味。想起现代都市里的建筑像一个模具里出来的，长相雷同，争相往高处走，已很难看到两三层的屋宇。那些张扬、丑陋、愚蠢的建筑，像我们肤浅、潦草的生活，愚蠢已成为一种常态。人待的地方离大地越来越远，内心的浮躁、不安、空虚、膨胀，亦如不断飙升的高楼大厦，乱云飞渡。

建筑不仅仅表现财富、权势、地位，还直接表现文化、美与想象力。现代建筑的炫目里，建筑师的智商似乎越来越瘦弱，而愚蠢越来越强烈、膨胀。

有中年妇女握着水管站在田边浇菜地，几个村民在田里收拾散堆的稻草，几个孩子尖叫着在村道上奔跑。两头黄牛低头在田埂上吃草。恍惚间，觉得他们就是这些老屋的主人，忙完回到老屋，灯火亮起，似乎时间并未逝去。

但林寨古村巨大坚固的建筑群老了，也空了。在风雨里挺立了那么漫长的岁月，它们没法儿不老。

它们破碎、驳杂、含混难辨的过往与传说，已在时间里老成一个深沉的秘密。人间烟火已经散去，尽管它们高大苍老的身躯静默如谜，但建筑上的智慧与梦想还在，是古老隐秘的人间，是时代与命运的见证。

但它们沉默着，精心掩藏着主人的过往。像一棵树，一丛缤纷艳丽的花树，老了，枯了，又在一旁不声不响地长出一丛新枝，重吐芬芳。

林寨古村的苍老建筑群落四周，平田广畴上一片一片现代村舍、楼宇，与它们交相辉映，寂静、安详。

癸卯年的深秋，浰江岸上的林寨镇，山清水秀，盆地、田野、山脚，花丛般鲜亮的村舍，一派安然。曾经的帆船变成了村道上奔驰的轿车。

楼镇村与古村不远，几乎紧挨着。我跟着陈鸿辉，沿水泥村道过去。在一片楼丛里，与陈金明邂逅。

太阳西斜，阳光温暖。49岁的陈金明身形挺拔，我们在他简单的办公室隔桌而坐。他是彩扎醒狮传统手工作坊负责人，也是河源市级彩扎醒狮非遗传承人。

旁边几间敞亮、无门窗的车间里，40多名女工，一人一桌，正在用劈好的竹篾扎醒狮骨架。一些已经扎好的部件，被挂在敞开的房间干燥着。

"我爷爷、父亲都是扎醒狮的，我是第三代。"陈金明说，"醒狮分很多支，东海支、佛庄支、鹤山支的市场接受度高一些。"

彩扎技艺随着中原汉族南迁传入岭南地区，在生活的流变里与当地传统美术、竹编、装置等工艺融合，制作出独具特色的彩扎醒狮，形象逼真，色彩斑斓，纹饰靓丽，是客家人年节里必不可少的娱乐道具。

陈金明说："彩扎源于宋末元初，兴于清末民国初期，距今已有六百多年历史。"

扎骨架的竹，中秋后才会去砍，五年以上的毛竹，密度高，水分含量少，砍回来先在大铁锅里用开水煮，不煮透易生虫、长霉斑。

一根竹，不同部位的材质硬度不一样，在骨架上对应的部位也不同，严格的讲究里，传承着老一辈工匠的品质与追求。

深秋是彩扎最好的季节，田里农活大都歇了，天气干燥，扎好的骨架容易晾干。

作为第三代彩扎醒狮传人，此前二十多年里，陈金明一直在自家的家庭作坊里忙碌。

2018年，在对口帮扶楼镇村的深圳市福田区支持下，陈金明联合村委及全村672户村民，共同出资1500多万元，成立了一家文化公司，专门从事醒狮工艺品生产和销售。每年公司收益40%归村集体收入，30%村民分红，剩下30%继续投入公司运转。

陈金明知道，只有不断创新，与时代和市场对接，传统工艺才能在时代的浪潮里传承、存活下去。

他独创出将彩扎醒狮拆分开，按部位扎骨架的新制作流程，员工可以选择自己擅长的步骤和部位制作。因为一个醒狮骨架被分解为若干部位绑扎，又是计件工资，多劳多得，员工们不受工作场地和时间限制，若家里忙，走不开，可以将材料领回家，在照顾老人、孩子，下田劳作的空闲里抽空做，一个月也能挣三四千元。

陈金明说："过去一个部位有1300多个绑点，一个醒狮骨架20多斤，太重了年轻人舞不动，现在我们把绑点缩减到了670多个，醒狮重量减轻到了10斤多一点。"

有时候，创新就是把复杂的事情往简单里做，而不是往繁复里去。

各部位的骨架绑扎好，组装成完整醒狮骨架，先贴一层薄薄的油纸，之后是细纱布，最后再贴一层纸，才能上色彩绘，不同的颜色代表不同的文化与醒狮舞动场所。若客户有特别要求，则需按要求上色。

"装饰也很严格，眼珠、天灵盖等，每一个部位都有传统与讲究，不敢粗疏。"陈金明比画着手势，"最后配上舞狮人的衣服，衣服的面料、颜色必须与醒狮头部色彩协调一致。"

这些细碎、讲究的传统工艺，都是陈金明跟着父亲在实践里一点一点掌握的。

楼镇村彩扎依物塑形，主要工具有钳子、刀子等，制作分为制竹、扎制、糊纸、彩绘、装饰五大工序。

"竹篾为骨架，糊纸为皮，表面辅以彩绘，一直到最后装饰完成，整个制作过程纯手工，每道工序都要花费时间慢慢做，急不得。"陈金明说，"我们不光有彩扎醒狮，还制作凤凰、龙、彩灯、鲤鱼等传统民俗文化产品，彩扎制品款式非常多。"

龙的形象源于中国古代的图腾，乃中国四灵之首（龙、凤、麒麟、龟），被视为中华民族的象征。龙是海中神物，人们把它看作能行云布雨、消灾降福的吉祥灵物。

比较完整的关于龙的文字记载据说出现在汉代。据董仲舒《春秋繁露》记载，当时在四季的祈雨祭祀中，春舞青龙，夏舞赤龙或黄龙，秋舞白龙，冬舞黑龙；每条龙都有数丈长，每次5至9条龙同舞。

龙即是水中的主宰，在中国沿海一带，渔民皆立庙祭祀，以求风调雨顺。

据《礼王制》记载：

宗庙之祭，春曰钥，夏曰禘，秋曰尝，冬曰烤。

春节"开灯"，代表"春祭"。"舞龙"最初应当是一种祭祀，而非娱乐，成为助庆娱乐当是唐以后的事情。

全国的舞龙有上百种，经过几千年的流传和发展，表现形式更是多种多样。舞龙受百姓如此喜爱，除灵首图腾崇拜，我想群众性、娱乐性也是其中原因之一。舞龙时少则十几人，多则二十多人，甚至上百人舞一条大龙。舞火龙常伴有数十盏云灯相随，又在夜里舞，所以"火龙"也叫"龙灯"。

广东客家地区有舞龙舞狮的传统习俗，特别是舞狮，认为可以驱邪辟鬼，彰显客家人在不断的迁徙中积极应对自然挑战的风貌。春节期间或各种喜事、宗族礼仪、神庙祭祀往往要舞狮，锣鼓喧天，非常热闹。

猫头狮和斗牛狮统称醒狮。猫头狮又称客家狮，因獬、豸的狮头形状似猫而得名。

"产品市场怎样？"

"2020年之前，我们产品90%出口东南亚、北美等华人聚集区，这几年，市场发生了变化，出口少了，但国内市场还不错，客家人大年初一必舞醒狮，还有各种庆典、祭祀活动，一年能卖13000多套。"陈金明说，"市场与产品定位，对传统工艺的生存至关重要。"

"扎猫头狮吗？"

陈金明说："也扎，不多，市场需求太小了。"

陈金明告诉我，猫头狮分大、中、小三种尺寸，狮头重量最重为6斤，最轻为3斤。猫头狮制作汇聚了泥塑、绘画、裱糊等民间工艺，有取泥、塑坯、上纸、点画、上油等五道工序。和平县民间艺人从1444年起就制作猫头狮，已有570多年的历史。和平县猫头狮曾参加2006年6月广东省首届非物质文化遗产保护成果展，实物被广东省博物馆收藏。

"扎醒狮的员工要培训吧？"

他忽然笑了："那当然，现在村子里有三个彩扎传承人，我们一起负责传统制作工艺培训、组装、彩绘等，别人不会干的都得我们三个人亲自上手。"

我心里想着在锣鼓、鞭炮、笑声里，人们在无限欢喜里欣赏醒狮舞动的场景，走出楼镇村，夕阳已不声不响地为盆地镀上了淡淡的金色。

款式丰富多样，新潮美观又不失传统，也许这正是陈金明在非遗传承里往远处走的动力。

在连平县的丘陵山区行进，不，是在整个粤东北地区，视野里的景物是"单调"的——蓝天白云下，满眼碧绿、苍绿、墨绿，浓稠、茂盛、蓬勃的绿，层层叠叠、起伏浩荡的绿。不绿的地方是屋舍、村镇，飘带似的公路。

车子驶进连平县忠信镇时，我以为曾建锐走错了路，误将我带到了另一个县城。

忠信镇确实不像镇，它完全超出了我对镇的印象。它的规模与繁华，甚至越过了连平县城。

曾建锐被我的感慨逗笑了，他说："你的感觉是准确的。"

《连平州志》载：

素有"福地"和"小平原"之称的忠信镇，自古以来就是周边4县16镇商品贸易集散地，人口密集，市场繁荣，商贸活动极其活跃，民间文化也相当丰富多彩。

之前曾建锐跟我聊起忠信花灯时一脸深情：每年正月初九是我们这里闹花灯的日子，东南六镇圩街上挂满争奇斗艳、绚丽多彩的花灯，人如潮涌，卖灯买灯，那热闹喜庆堪比新春里广州的十里花市。

这就是我这个外地人对忠信镇的最早认识。

抵达忠信镇才发现，这座地处新丰江上游的镇不简单，它位于连平、和平、东源三县交界处，是一个商品贸易集散地，是连平南部六镇二十万人口的经济、文化、交通中心。

百工技艺，各祀其祖，三百六十行，无祖不定。木匠的祖师是鲁班，纺织业的源头在黄道婆，茶业的偶像是陆羽。令人心动的忠信花灯源头在哪里？

曾建锐说，客家先祖迁居这里后，在生产生活中融合当地文化逐渐形成了客家方言，以及崇拜祖宗、重视礼仪、迷信神灵的文化心理，又承袭了崇文重教、耕读传家的中原文化传统，花灯、客家方言、山歌就是一种贴近生活的独特客家山区文化。

站在忠信镇上坐村赖秀山七世祖上寮屋宽大的院子里，我有些茫然与恍惚，时间在这里似乎停止不动，一切看上去都是曾经的模样。围屋八十多间房子仍保存完好，能住人、生活。围屋门口挂着一块牌子：连平县忠信镇花灯上寮屋制作基地。

进大门，合廊道两边墙上，贴着基地各种活动及赖秀山制作的花灯、荣誉的照片。50岁的赖秀山可以在这里指导村民或学生制作忠信花灯，传授花灯制作技艺，乡亲们也可以在这里演奏客家风情锣鼓。2019年2月14日，连平县首届忠信花灯制作工艺大赛就是在这里举办的。

忠信花灯被誉为"客家传统文化瑰宝"，这座上寮屋据说是它真正的发祥地。

据清雍正八年（1730年）卢廷俊纂修的《连平州志》卷二"风俗篇"记载：

"上元喜簇花灯，作龙狮各种戏舞，唱采茶歌……"

"上元"即元宵节。史料记载，明朝"忠信图"就有借灯助兴的做法。"忠信图"也就是今天的忠信镇、油溪镇、高莞镇、大湖镇、三角镇、绣缎镇的统称。"图"是明代地方行政管理的基层组织，当时"忠信图"人烟稀少，据说每平方千米只有四人，所以按人口数量设为图，

"图"，是州—县—乡—里（图）—亭行政架构长链中的一环。

从9岁开始，赖秀山就跟着做了一辈子花灯的父亲制作忠信花灯，描画、凿纸、裱糊；12岁扎骨架；14岁时已掌握了花灯的全部制作技艺，能独立制作一盏花灯；19岁中专毕业后，他开始潜心研究和创新花灯制作技艺。之后在自家的花灯作坊里，一边埋头制作花灯，一边给爱好者传授制作技艺。

2022年，赖秀山被评为"河源市级非物质文化遗产项目忠信花灯代表性传承人"。2011年6月，忠信花灯被列入国家级民间美术类非物质文化遗产，连平县也因忠信花灯，被誉为"客家花灯艺术

之乡"。

赖秀山告诉我，300多年前，曾在国子监供职的上寮赖氏十一世祖仕昌公告老还乡后，把在外头学到的花灯制作技艺带回上寮村。每年元宵节，他会亲手制作花灯悬挂，以增添节日气氛，族中后辈争相效仿，也跟着制作、悬挂花灯，慢慢传开后，以灯助兴的做法还演变出了忠信地区的"吊灯习俗"。

作为赖氏家族第十三代忠信花灯传统手工制作传承人，已在忠信花灯制作上钻研了三十多年的赖秀山是个大忙人。

实际上，他一年里在上寮屋花灯制作基地的时间并不多。他在河源市有花灯制作工作室，河源市两所职业学院也有他的"非遗文化工作室"，为学生讲授花灯文化和制作技艺。

据说花灯起源于农历正月十五汉武帝在皇宫设坛祭祀天神的活动，因为祭祀彻夜举行，终夜点灯照明，此为元宵节点灯的开端。佛教自印度传入中国，道教神仙术与佛教燃灯礼佛的虔诚结合，每至正月十五夜，士族庶民一律挂灯。

唐代，元宵节的花灯已是盛况空前的灯市，上至王公贵族，下到贩夫走卒，无不外出观灯，灯海人头攒动。孟浩然有诗《同张将蓟门观灯》：

异俗非乡俗，
新年改故年。
蓟门看火树，
疑是烛龙燃。

到了宋代，灯市更是空前热闹。在欧阳修《生查子·元夕》记：

去年元夜时，
花市灯如昼。
月上柳梢头，
人约黄昏后。
今年元夜时，
月与灯依旧。
不见去年人，
泪湿春衫袖。

花灯从汉代起源，盛于唐代，宋代花灯遍及民间，至今已2000多年历史。忠信花灯是中原花灯文化大树上的一枝繁叶，在时间的流变里，已不是曾经的花灯。它的上部有灯盖，挂有灯联、灯带，中部灯身通透，下部有灯衣、灯裙，经过历代忠信手工艺人的实践创造，成为融多种艺术手法为一体的综合性艺术品，并以较为固定的制作工艺传承下来。

上寮的忠信花灯，灯身里还装有"走马风车"，灯身下端的灯火点燃，里面随即万马奔腾，生动活泼，动感十足。

赖秀山转动着他的花灯说，"走马风车"以竹丝、铜丝编造，辅以薄纸裱糊，将灯火置于灯身最下面的各对角线交叉处，灯火点燃时，气体对流，产生动力，推动"走马风车"旋转，人骑着马随风车的旋转不停地奔跑。"走马风车"也可以装一些老百姓喜闻乐见的画片，原理是一样的。

他的家在上坐村一栋居民楼的一层。窄小的客厅里，一张大圆桌上面堆满了东西，篾刀、刻刀、剪刀、印版、画笔，各色颜料及凿好的一摞摞彩色纹样。

他说，上寮忠信花灯以竹子、薄纸为原材料，用竹子为骨架进行造型，将竹编、剪纸、绘画、书法、对联与钻、扎、剪、印、刻、描、糊、裱等多种手工技艺相结合，才会制作出一件完美的忠信花灯。

他讲得云淡风轻，实际上，做起来远比他说的繁复耗神，每一道工序里，又分若干环节。比如扎架，就细分为裁竹、破篾、钻孔、对柱、钳架等五个环节，破篾要把竹子破削成篾条和竹柱，每一个环节都是精工细做。

我们欣赏着他的作品，他扳着指头给我算花灯品种：缭丝灯、龙凤灯、宝莲灯、五福灯、宫廷灯、状元灯、秀才灯、伯公灯、紫灯、廊灯、磨灯……花灯形态有四角、八角、十二角等。

我听着看着，眼前的花灯上方下圆，像一座宫殿，看上去似有屋顶、有飞檐、有花窗、有柱子、有回廊、有楼阁，灯盖的每个角都贴有红色的灯联。

一般的对联都是上下二联，忠信花灯上的灯联依灯角的数量而定，每个角一条灯联。

听得云里雾里，我抬头问："做一盏花灯要多长时间？"

他说："扎架、剪纸、描画、裱糊，每一道工序机器都无法代替人手，靠纯手工制作，完成一盏花灯，要独自一人制作的话，手艺娴熟的艺人最快也要四天时间。"

"最小的'伯公灯'，直径0.4米，最大的十二角花灯直径1.4米。越小越难做。"说着，他从柜子里拿出一个小巧的车钻，在一根比筷子头还细的竹棍上钻出一个小小的榫眼，"灯架全部是榫眼对接，不用绑扎的。"

他手上的车钻，让我眼前忽地一亮，那是我小时候见过的，老一辈木匠手上常有的打孔工具，早已跟着传统木匠消失多年，原以为只能在博物馆去寻找的旧物，竟在他这里见到了。

记得小时候，家里请了木匠打家具，我拿着车钻在木头上钻着玩，被木匠看见了，会骂着要过去，怕被玩坏了。

我拿起小车钻试了试，心里温暖而亲切。尽管我不是木匠。

坐在桌前慢慢欣赏着赖秀山的花灯，想起陇东老家过节也是讲究挂花灯的。

鞭炮和花灯是年节喜庆不可或缺的。小时候，日子富裕的人家，会在集市上早早给自家孩子买回花灯（陇东人叫灯笼），日子拮据的，则多是自己动手做。

最初，我也是跟着父亲学做花灯，后来自己掌握了技艺，便自个儿做。

2022年春节前回家，我将炉火捅旺，泡一壶茶，从扫把上抽下十多根竹子，劈成薄竹篾，找一些硬纸板，自己动手扎灯笼骨架。竹篾在炉火上烤热，可轻松弯成各种形状。家里常做的灯笼有球形、正方形、棱形、火罐形和莲花形。我做了三个脸盆大的圆灯，一个八角形灯，六个碗大的小莲花灯。

八角灯挂上房门楣，圆灯在大门楼和东西厢房上挂，小莲花灯给大哥、二哥的孙儿孙女们回来挑着玩。大灯笼糊红纸，八角灯和小灯笼用红、黄、绿三色彩纸。二哥喜欢画画，家里扎了灯笼，他会在每个面上绘上彩色图案，一两朵小花，一丛兰草，下边贴一圈彩纸剪的穗子。

点亮的蜡烛，或小墨水瓶改做的油灯，坐进小灯笼里，风不易吹灭，孩子们可挑着在室外玩。

二十世纪八九十年代走村串户的手艺人很多，各样节灯和节日用品都有手艺人做了在街上卖。现在没得买，也很少有人会做了。

记得那时甩花、起火一块钱一小把，二十多根，比筷子细，尺许长。甩花点燃刺刺冒火星，舞动，细碎的火星随着手臂在夜色里画出各种流动的图案，是孩子的最爱。起火一块钱十根，一根尺许长的细竹棍，一个小鞭炮大小的起火粘在竹棍一端，点燃，带着尖锐的啸声和尾焰嗖一声蹿上天空，有的带响，有的不响。孩子们成群结队，一手挑着小灯笼，一手拿着甩花，吵吵闹闹，东家出，西家进，满村子疯玩。

三四十年，在人类的历史长河里，短得连一瞬都算不上，谁还记得互联网时代席卷之前的慢生活？动车般呼啸的时代，给我们带来太多新东西，信息、娱乐、财富，方便快捷，让我们与外界有了从未有过的参与性、丰富性。每个人都在喧嚣里表达自己的观点与意愿，但有几人会真正聆听他人的声音？理解与爱之间的距离亦越来越远。焦虑、浮躁、欲望、愤懑……像汹涌的激流，卷走了生日贺卡、相簿、同理心、耐心，也卷走了人的观察与思考，我们失去的不仅仅是那些传统手艺、旧物件、讲究与仪式，更有人从容、专注、沉浸的内心世界，越来越多的人已失去了从缓慢里过滤人生甘苦的能力。

母亲60岁后，信佛、烧香，逢初一与十五素食。小佛堂前供着不息的酥油灯。

灯是佛教六种供奉器具之一，代表智慧。小时候，每年春节，父亲总要去村畔下的小庙里上香，一瓶珍贵的植物油，一盏小油灯，线香袅袅，表达对神的敬畏与对美好生活的祈愿。那微弱摇曳的灯火，缭绕的线香里，沙哑的念叨里，有光明与幸福来临之前的不易、虔诚，对自然万物的敬畏。

父母上香、供灯，实际上供奉的是一颗纯净善良的心，是自己对儿女们的爱与牵念。

我坐在炉边一边扎灯架、糊纸，一边和母亲说闲话，86岁的母亲在暖炕上剪纸穗儿。阳光从玻璃窗照进来，在屋内变幻出一道道光帘，时光祥和而安静。

2023年11月8日上午，我坐在连平县忠信镇上莒村赖秀山家的客厅里，看着他用传统手工制作的精美花灯，心里五味杂陈。时间赫然而冷酷，让我们不断地与那些美好事物不着痕迹地告别，时刻都处在告别之中，而我们还没有学会珍惜。在时代的呼啸里，我们的脚步越来越快，但我们像那只掰苞谷的猴子，边掰边丢，最后丢失的似乎远比拿在手里的多。

有灯无月不娱人，有月无灯不算春，正月十三赏花灯，龙腾香飘闹新年。我们在赖秀山家几盏花灯前，坐着喝茶、聊天。在千百年流传下来的花灯中，我们仍能找到和祖先相通的心愿，用绚丽的花灯表达对美好生活的祈愿，对生命延绵的美好祝福。

正月十三，这里的客家人不仅要舞火龙、饮灯酒，还有一项非常严肃、讲究的吊灯习俗。

吊灯是客家人庆祝家族增添新丁举行的一种独具特色的诞生礼仪，也是一种家族庆典仪式。

吊灯的起源是点灯，后来借"灯"的谐音与"丁"的意蕴，祈望多子多福，壮大家庭、家族，也是一种联络家族情感，强化客家人宗亲情结的活动。无论穷富，凡是上年生了男孩的人家，都会购买和定做一盏花灯挂在祠堂大厅梁上，以示"添丁"。

赖秀山说，忠信地区的吊灯仪式非常讲究，一般由放灯绳、选灯、迎灯、吊灯、赏灯、暖灯、化灯等七道程序组成。每个程序和环节时间不同，跨度也比较大，前后近十天。添丁人家年前就要发请柬给亲朋好友、兄弟祖叔。农历十二月二十五日，准备一根十八米长的棕绳，一端用红纸写上某某新丁的黑色毛笔字，把绳子一端系在祠堂的大柱上，另一端放在梁上，希望新生的儿子长大后有出息，成为栋梁之材。

迎灯仪式讲究，也热闹，"迎灯"的人家要在祖屋前摆上供桌，点燃红烛，摆上各种供品，带着请来的舞龙、舞狮队，在村口迎接做灯人送来的花灯。接灯人得是本族阅历广、有知识且德高望重的人，在锣鼓、鞭炮声中，龙、狮热舞，在山歌和吉利的应对声里，花灯迎回祠堂或灯寮里，拜过牌位上的先祖，族里的长者把最大的"头灯"挂在事先挂好在正梁的灯绳上。挂好灯，族中长者拿来毛笔，按族中辈分把"新丁"的名字添入族谱。先放灯绳体现了秩序与辈分的尊重。初九选灯迎灯，取尾数九，有长久、久远之意；正月初十上灯，希望小孩生长健康；正月十六或十八暖灯，则希望小孩顺利发达；正月二十化灯，寄寓十足完美。

忠信花灯是一次性使用的竹纸艺术品，最后一项程序化灯，就是把花灯烧掉。这些讲究里，体现的其实是客家人对美满幸福生活的祈愿与追求。

"客家先民在不停迁徙中，大多处在自然环境恶劣、山多地少、生计艰难的丘陵山区，易被当地土著或先抵者歧视。同族聚居、休戚与共的生活使他们懂得，要安居乐业、繁衍生息，就必须人丁兴旺，多子才能多福，对血脉的绵延看得比较重，特别是生了男孩，不仅增加了劳动力，更能抵抗外族侵扰，所以添了新丁，就特别重视。"曾建锐说，"过去是家里生了男孩吊灯，现在生了女儿，建了新房，娶了媳妇，儿女考上大学，参军入伍，老人过寿，也都有人吊灯。"

"上莒村有三十多人会做忠信花灯，30岁以下会整套工序的只有三个人，基地一年也就做三千多盏花灯。"赖秀山说。

因为销路不畅，没什么收益，做花灯的人越来越少，赖秀山想让儿子跟着学，但儿子大学毕业宁愿在外打工，也看不上他祖传的手艺。

曾建锐说："靠做花灯养家很难，所以老赖平时还承包一点小土木工程补贴家用。"

"你认识和平扎醒狮的陈金明吗？年节舞狮，有花灯更添喜庆，跟他搭伴一起闯市场如何？"我问。

赖秀山说："认识。这是个路子。"

"忠信花灯是榫卯结构，不用绑扎，如果能折叠起来，或者像一些轻便组合家具一样，客户从网上买回家，自己能按图纸组装，邮寄方便，外地的客家人都可以买，也许会打开新的市场。"

赖秀山眼里闪过一道亮光，兴奋地看着我："这个值得好好探索，如果真能实现折叠、携带、邮寄方便了，销售就可以往国内、东南亚和其他客家人聚居区延伸了。"

我笑说："有销路，有钱挣，还怕你儿子不回来做花灯？"

他呵呵笑道："就是，应该把网络平台建起来，抓紧探索。"

在说笑里离开时，赖秀山说："你春节来，这里的喜庆是别处少有的，挂花灯，舞龙舞狮，非常热闹。"

我知道我春节来不了，但我点头回他："找机会一定来。"

走在街镇上，阳光浩荡，青绿色的群山在远处起伏，街上人如织，车如流。想起司前村村委会楼前的"吴氏家训"碑文：

一厚伦理，二尊王法，三救急难，四和乡里，五勤本业，六莫非为，七周贫乏，八谨祭祀。

司前村是忠信吊灯习俗的传承基地，其吊灯习俗被列入广东省非物质文化遗产名录。每年从正月初三到正月十八，美轮美奂的花灯和特色吊灯习俗，会吸引大批游客来忠信游赏。

我心想，其实，吴氏家训不仅仅是吴氏先祖留给吴氏后人的族规家训，也是一代又一代客家人，乃至华夏儿女的人生指南。

年节里的喜庆总是离不开醇香醉人的美酒。在忠信吊灯习俗的每一道仪式里，几乎都伴随着一桌桌酒宴。

逢年过节，酿制娘酒是客家人的传统，孩子满月、老人生日、婚姻嫁娶，每逢喜事，热情的客家人都用自家酿制的客家娘酒招待客人。

客家娘酒是我国最古老的酒种之一，已有1000多年酿造历史，据传源于三国时期廖化的母亲。之后，随着客家人南迁，这种古老的美酒也在河源地区落地生根，在这秀美山川间酿造着醉人的幸福生活。

明末程登吉《幼学琼林》记载：

其味香芬甜美，色泽温赤，饮之通天地之灵气，活经络之神脉，尤适健身容颜之益也。

2023年10月31日，在驱车前往东源县涧头镇的路上，包丽芳说："客家出嫁的女儿'坐月子'时，都以客家娘酒配上鸡、蛋、猪肉等食材做月子饭菜，产妇吃了有美容、催乳、祛风、散瘀、活血、强身等许多特殊功效。"

关于"客家娘酒"，在河源市客家文化公园散步，邹晋开还给过我另外一个答案：因为客家妇女生孩子做"娘"了，所以要吃黄米酒以补身子而称之为"娘酒"。公元前214年，龙川置县图治，首任县令赵佗上疏朝廷迁移一万多名未婚女子至百越，她们成为最早的客家妇女，被尊誉为"客娘"。

多年在岭南大地行走、生活，我当然也喝过客家娘酒，颜色白中略带淡黄，清澈透亮，其味如《幼学琼林》所言，香芬甜美。

但我被它的甜美与度数不高蒙蔽了。应该是十年前，在海岛，朋友拿出一个五公斤的白色塑料桶说，很抱歉，岛上偏僻，没啥好酒招待老朋友，喝几杯米酒略表心意，家里做的，没任何添加，不醉人。

他一脸歉意，说得诚恳。说完揭盖倒酒，杯子是寻常给客人倒茶水的那种纸杯。酒液里还带着零星洁白饱满的糯米粒，一纸杯酒接近二两。六个人的漫长晚宴结束时，我看见旁边的桌子上放着两个空塑料桶。因为第一次喝这种酒，第二天还要工作，我心里是谨慎的。于是，喝了几杯后，朋友干一杯，我喝三分之一，朋友喝三杯，我喝一杯，甚至以茶代酒，以吃代酒。但是我仍然喝下了成斤的客家米酒。

第二天，我发现自己喝带着米粒的客家米酒醉了，整整一天，目光呆滞，头昏脑胀。后来，再碰到客家米酒，便格外谨慎，不敢轻易端杯。

我坐在车子后排想着曾经的糗事，心里笑了。这很有意思，现在要去探访的正是客家娘酒。

洞头村就在洞头镇上。青绿小山坡的一片平地上，一排一排简朴的青瓦红砖墙瓦屋，低调，也低矮。靠山坡，一栋两层小楼。在一栋长方形客家围屋的厅堂里，李振伟和妻子肖丽梅，倒上茶水，端来一盘点心，与我们围桌而坐。

夫妻俩的身材都是瘦削的高个子，是这家"绿纯酒厂"的主人。从大学毕业回乡创业至今，他们已在这山坡上守望了20多年。

"尝尝我们用传统方法做的客家米饼。"肖丽梅说。

我怕甜食，知道糕点里或多或少都会有糖。但我禁不住她的热情好客，也禁不住好看点心的诱惑吃了一块，口感酥脆香甜，夹杂着芝麻花生香味。

后来，我在厂里参观，正巧碰上员工们在做这种青瓷小碟里的点心，才知道这是客家米饼，旧时也称年饼，以冬米为主要原料，将黑米、黏米、芝麻、黄豆混合，先淘洗，翻炒，炒熟后再加入白糖，上石磨碾磨成粉，加入芝麻和花生油揉搓成团，放些许碎花生，在模具里压模成型，还要入锅蒸20分钟。

客家米饼以圆形为主，外形看起来像是缩小版的月饼，取团圆、幸福之意，寄托着人们对美好生活的追求，包裹的更是客家人对团圆的满满期许。

肖丽梅说："厂里除了娘酒，我们也经常用纯手工做一些客家点心，让员工学唱客家山歌，希望尽可能多地保留一些客家传统文化。"

1999年从华南农业大学生物专业毕业之前，肖丽梅已在河源某职业学院毕业留校任教一年多，深造回来，她原本可以继续在学院当老师的。

"当时回来跟着振伟建这个厂子，家人和朋友都不支持，说读书不就是为了走出农村、走出山区吗？你倒好，好不容易出去，又回来了。"肖丽梅笑着说，"但是我心里喜欢客家传统的东西。"

李振伟1995年从广东工业大学工业企业管理专业毕业后，回到河源一边在企业上班，一边在河源电视台免费做一档教客家人说粤语的节目。

三年后，他离开河源县城，回到涧头村做娘酒。

"刚毕业时，这辈子干什么，我也迷茫过。当时为啥主动去电视台做粤语节目，就是挑战自己，看自己到底能扛起什么担子。客家人的围屋会老、会拆掉，服装也会过时，山歌只有在一些特定场所与时节才欣赏到。客家传统文化如何保留、传承？客家女人生小孩，都会吃甜酒鸡，年节里会喝客家娘酒，有客家人的地方，就会有娘酒需求。人只要怀着一种情怀创业，就不会感觉累。"李振伟说话，如他生风的脚步，很快。

他知道，企业要往远处走，质量是生存的命脉。

市场上糯米质量参差不齐，买不到好糯米，他去村里调查，发现种子不行。他自己埋头研发种子，研发出的"康仙糯"稻种亩产950斤，高标准农田亩产达1250斤，比村民传统种子产量高出近一半。2002年"康仙糯"荣获广东省十大优质稻米品种。

一年后，一边忙企业，一边在稻田里挥汗如雨的李振伟，被评为广东省劳动模范。

好酒酿制出来，新的难题又来了，放久了容易变酸，一发酸便不能饮。

如何破解制约客家娘酒千年的酸败问题？夫妻俩咬住这个核心技术难题潜心攻关。2003年难题解决了，研发成果获国家发明专利。

2007年，"三鹿奶粉"事件如寒流席卷大街小巷。远在洞头村的李振伟也被惊醒，他在心里问自己：带有QS标志的产品不仅代表着经过国家的批准，也意味着食品生产企业必须经过强制性检验，产品在最小销售单元的食品包装上标注"QS"标志后才能出厂销售。但现有酒类国标不适合客家糯米酒的生产和发酵工艺，客家米酒的QS认证标准在哪里？

他给国家QS标准委员会写报告，建议建立广东糯米酒认证标准，并主动扛起了认证标准起草的重担。

这年12月1日，他起草的标准得到广东省质检局审议通过。自此，全省糯米酒生产有了统一质量认证标准。

客家娘酒含糖量每升180～220克，含糖量与现代人的清爽低糖饮食需要不相宜。

2015年，夫妻俩又开始攻关。三年后，降低客家糯米酒含糖量的技术研究成果又获国家发明专利。

我笑说："从胜利不断走向胜利，这些年，你俩一共拿了多少个专利？"

李振伟也笑了："5项吧。"

他给我讲了一件小事，1998年他以英文注册"绿纯酒厂"，没想到却引来一场官司，法国一家企业诉他侵权，双方你来我往一年，最后开庭，他赢了。

"纯色、生态、纯正，是品质的根本，也是我们的最高追求。"李振伟说。

2022年，绿纯酒厂的客家娘酒获得绿色认证，企业获评广东省环保教育基地。

现在，酒厂原料种植基地已扩大至1200亩。从"康仙糯"研发出来那年开始，他就开始每年给村民免费提供种子，鼓励村民按他的标准种植，产多少他收多少。

"当时想法其实挺简单，希望村里妇女回家种田致富，减少一些留守儿童。"李振伟说，"2008年，我们建立了'三红糯稻种植合作社'，发动村民加入种植基地，现在厂里有20多名固定员工，基地140多户村民也有稳定收入。"

2011年，绿纯酒厂客家糯米酒手工传统酿造技艺被评为广东省第四批非物质文化遗产项目。两年后，他俩创办的"绿纯酒厂"又获评广东省非物质文化遗产生产保护示范单位，李振伟入选广东省客家娘酒传统制作工艺非物质文化遗产传承人。

2017年，李振伟建立"广东省劳模工匠与创新工作室"。

"传承人是荣耀，也是沉甸甸的责任。"李振伟说，"工作室三年一考评，非常严格。"

跟着肖丽梅走进生产车间，我才发现，一杯纯正的客家娘酒酿制工艺，远比我想象的精细、复杂。酿制时先将糯米用水泡透，沥干，将米盛进木制饭甑置于大铁锅上蒸成"酒饭"。"酒饭"凉到微温时，按一定比例配入特制"酒曲"，再将"酒饭"装入酒缸糖化发酵。数天后，"酒饭"酒香熏人，等发酵到一定火候，去掉糟粕，将好酒装入酒瓮，周围堆上谷壳、油茶壳等，凌晨三点点火，用慢火炙烤酒瓮，整整一天一夜。最后才是储存，成品。

"怎么判断火力是酒瓮需要的？"我问。

肖丽梅说："通常我们会在酒瓮上面放一碗水，从水的变化判断酒坛里酒的炙烤程度。"

从生产车间到储存和成品间，一排排粗大如汽油桶的酒瓮，每个上面都标注着生产日期和批次。许多酒瓮已默默蹲成了二十年前的老酒。

外行看热闹。我知道那些酿制工艺远比我记得的复杂，他俩似乎不愿多讲自己创业的酸甜苦辣，我只能通过他们描述的几根粗枝，在心里眺望枝干上繁茂、丰沛的细节。

从厂区后边，爬上一面四五十米的斜坡，一片平地上是一排圈舍，里边养着猪、鸡和鸭，一群鸭子昂着头嘎嘎嘎，鸡在树下草地上低头寻食，风里却无一丝臭味。

我心里忽然闪过一种从未有过的惊讶，从进厂坐在敞着的厅堂聊天，到参观生产、存储，从场区到实验检验楼，所到之处皆整洁干净，一尘不染，草坪和树是精心修剪过的，整个厂区看不见任何乱丢乱放的东西。

让我吃惊的还不止这些，我在这里活动三四个小时，眼前竟然未出现一只蚊子或苍蝇。醋厂和酒厂易招苍蝇，厂区周围又是村镇和人家，更何况这坡上还养着鸡鸭。

但仔细想也不奇怪，李振伟从早到晚盯着产品品质和卫生，那蚊蝇哪里敢来这里？

圈舍前边，十几棵青皮桉树，粗如人腰，高有20多米，直挺挺往天空伸展。

李振伟说："这是我在这里刚建厂子时栽下的。"

"厂里的酒糟怎么处理呢？"我问。

他转身将我带到小山坡，几块梯田里的叶子像豆叶、蓬勃葱绿的植物前。

"这是我从国外引进的一种牧草，去年刚试种，很适合我们这里的环境气候，马、牛、羊、猪、鸡都喜欢吃，明年准备推广村民种植。用牧草和酒糟加工绿色饲料，这样从原材料到尾料，就形成一个完整的闭合链路，环保，也不会浪费。"

从坡上往下走时，我才知道他的人生，还有过多种别人羡慕的可能。

1996年，刚回河源一年，市里一家大型企业请他去挑分厂厂长的担子，月工资1000元。这在当时是一个相当诱人的职位。那时公务员月薪只有300多元。

2002年，一家房地产企业请他去任副总，配专车和一套500多平方米的别墅。

2005年，一家企业找上门来，给他500万元，企业还是他的，把娘酒改为工业化生产，产品对方全部包销。

各种诱惑迎面而来，他俩都一次次拒绝了。

站在林木苍翠的山坡上，李振伟望着坡下简朴的厂区，像自言自语："人经得住诱惑，才能不停地往远处走。"

离开涧头村的路上，想着李振伟临别的自言自语，想起了波兰诗人切斯拉夫·米沃什的诗《诱惑》：

我在星空下散步，

在山脊上眺望城市的灯火，

带着我的伙伴，那颗凄凉的灵魂，

它游荡并在说教，

说起我不是必然地，如果不是，那么另一个人

也会来到这里，试图理解他的时代。

即使我很久以前死去也不会有变化。

那些相同的星辰，城市和乡村

将会被另外的眼睛观望。

世界和它的劳作将一如既往。

看在基督分上，离开我，

我说，你已经折磨够我。

不应由我来判断人们的召唤。

而我的价值，如果有，无论如何我不知晓。

"水发时，这鱼梁堪称一种奇观，因为是斜横在河中心，照水流趋势，即有大量鱼群，蹦跳到竹架上，有人用长钩钩取入小船，毫不费事。"

11月8日下午，出连平县城向东南方向，驱车前往33公里外的

田源镇肖屋村。路上，我的脑海里反复闪出沈从文先生自传里的这段文字。

十多年前，去过两次沈从文先生的故乡湘西，在那片山水里，我寻寻觅觅，在他写故乡的作品里缓缓而行，但用鱼梁捕鱼的画面已消失难见。

此次来河源，听朋友说连平肖屋村有鱼梁，便心心念念要来看个究竟。

遗憾的是，赶到连平县田源镇肖屋村，我还是没看到鱼梁。

但我没看到，并不等于它不存在。肖屋村党支部书记肖锦奎说："现在淹在江水里，水瘦时就露出来了。"

"啥时候水会瘦？"

50岁的肖锦奎笑道："过了春节，三四月份。"

他的笑容里有自豪，也有不易察觉的神秘与遥远。他的身后，是他和妻子开的餐馆——肖屋鱼庄。

肖屋村地处戈峰山脚下，依山傍水，山是连平县八景之一的"戈峰耸翠"，水也不寻常，是新丰江水。

不远处，就是与肖屋村毗邻而居的新丰县科罗村。

立在深秋的新丰江岸边，江水清澈，江面宽阔平静，似乎没有流动。看着眼前美景，猛然发现，我几乎走到了新丰江的源头。

新丰江是东江的最大支流，源头就在韶关新丰县云髻山亚婆石，从高山峡谷间向东一路奔流过来，肖屋村是它进入连平县的第一村，然后与连平县境里的连平水、大席水、忠信水、游溪水、锡场水、客家水等二级支流一路汇合，在河源市六公里外，在新丰江大坝前形成我前文写到的华南地区最大湖——万绿湖。

万绿湖清澈的湖水出新丰江大坝，在河源城区汇入东江，形成珠江水系干流之一。

听说新丰江与东江在河源城区交汇时，因新丰江江水碧波荡漾，东江水浊流涌动，有"泾渭分明"的自然奇观。

在河源住的那两天，我抽空叫了罗志勇去城区两江相汇处看景，原以为会欣赏到陕西渭河与甘肃泾河相汇时的"泾渭分明"奇观，那是这个成语的源头。

也许跟我们站立的位置和天气有关，我并未看到明显的"泾渭分明"，或许晴天从高空俯瞰会不一样。

罗志勇说，东江发源于江西寻乌县桠髻钵，上游称寻乌水，流至广东龙川县合河坝，汇入安远水后称为东江，然后经龙川、东源、源城区，向惠阳、博罗流去。因上游寻乌水长138公里，全段都在丘陵山区地带，河床陡峭狭窄，水流湍急，含沙量较高，水体略呈棕黄色。河源地区生态、绿化好，新丰江泥沙少，一路流下来，水体几乎没什么变化，而且万绿湖的万顷碧波，水质长期保持在国家地表水I类标准。两江相汇，有时会有"泾渭分明"的视觉反差，但不是很明显。

我说，两条源头都带"髻"字的江，像两个同胞兄弟，穿越千山万谷重重阻隔，在河源热烈拥抱在一起，纵使分别千年，长相与气质也不会有太大区别。

罗志勇呵呵笑道："有意思。"

罗志勇的有意思，是什么意思？我没问，看着"兄弟俩"手挽手，平静、壮阔地向下游奔涌而去。大自然万千奇观，每个人都有自己的认知与解读。

此刻，我站在新丰江上游，在肖屋村肖锦奎的鱼庄前。

肖锦奎说，肖屋村人从祖上开始，就在这里世代以捕鱼为生计，用鱼梁这种古老方式捕鱼，已有500多年历史。

来肖屋村之前，我在手机上搜索鱼梁是什么，有这样的解释：

鱼梁，也称渔梁，一种古老的捕鱼方式。筑堰拦水捕鱼的一种设施，用木桩、柴枝或编网等制成篱笆或栅栏，置于河流、潮水河中或出海口。

再细看，这个解释来自2019年10月18日"学习强国"平台的广东学习平台。

后来我在《辞海》和《现代汉语词典》查"鱼梁"或"渔梁"这个词条。均未找到答案。

《诗经》里有"勿逝我梁"之句，《毛传》里这样解释："梁，鱼梁。"

宋代诗人陆游的《初冬从文老饮村酒有作》一诗有：

山路猎归收兔网，水滨农隙架鱼梁。

唐代杜甫诗《田舍》：

田舍清江曲，柴门古道旁。
草深迷市井，地僻懒衣裳。
榉柳枝枝弱，枇杷树树香。
鸬鹚西日照，晒翅满鱼梁。

肖锦奎说："我们肖氏祖先以鱼梁捕鱼的传统到我这里，已是第19代人了。"

我对古老行业的偶像心存敬重，很多时候都持一种宁可信其有，不可信其无的态度。

肖锦奎捧出一本肖氏家谱，指着他的始祖说："始祖乐耕公生有三子，明代初年，大儿子蔬圃公迁徙到这里，当时这里因为有许多桐梓树，叫桐梓园，解放后才改为肖屋村。蔬圃公看到这里有江水，鱼很丰富，就安居在这山下繁衍生息了。以前一到雨季，江水很大，很急，有落差，很适合鱼梁捕鱼。现在生活好了，不必以捕鱼为生，我制作鱼梁的主要用途不是捕鱼，而是传承一种古老的技艺与文化习俗。"

"靠水不吃水了，那吃什么？"

他呵呵笑道："山好、水好、生态好，戈峰山也是旅游胜地，每年来这里游玩的人不少。许多人专门跑这里来看鱼梁，人多时村里还经常堵车。"

我说一路过来没看见游客，这鱼庄一个人都没有，肖锦奎笑说："现在不是季节。"

肖屋村户籍人口989人，皆姓肖。

江河的终点都是流向大海。肖锦奎说，过去山区里陆路山多，不好走，但有新丰江，水上交通便捷，这里有盐仓和货物码头，有通往江西的古驿道，从佛山、广州运来的食盐和各种货物在这里集散，然后人挑马驮走古驿道，销往江西。

但我关心的是，鱼梁到底是怎样制作、捕鱼的？

肖锦奎打开手机，给我看他当年带着村民制作鱼梁的视频和照片。埋头看了10多分钟，我看到了鱼梁的真容，也大体知道了它的制作过程。做鱼梁的主要材料是小臂粗的竹子、圆木、竹篾、石头，然后要选址、备料、祭神、动工。

长圆木一头削尖，竹篾绕着四五根圆木编成一个筒状，在提前选有落差，能形成急流的地方，顺着水流方向定好中轴线，将编好的多个筒状竹编的尖端打进河床，竹编里装石头，像一根根桥墩，用横梁将墩子连起来，绑格条，编竹篾，形成一个长方形，状如U形，可以漏水的竹排，迎着水流方向，前低后高，前宽后窄，前端与后端形成近一米的落差，竹排两端留有大孔，洄游的鱼类逆流而上，遇到阻挡后，从两端的大孔游入，会被湍急的水流冲到竹排的斜面上。

鱼在竹排上蹦跳、挣扎，江水奔腾，村民们在竹排上轻松捡鱼，而不是"长钩钩取"。这场景颇似沈从文笔下的画面。

"我爷爷做的鱼梁比较简陋，随着时代发展，不断改进，越做越精细。"肖锦奎说，"前八字拦水，后八字是迷阵，逼着鱼进入鱼梁。鱼梁看着简单，做起来很费事的，十个壮劳力，要干一个月，耗资近10万元。鱼梁是竹木结构，常年泡在水里，隔两三年就要修补、维护一次。现在村里除了几个老人，一般人都不懂了。"

肖锦奎原来跟村里年轻人一样，也在外头务工。2006年回到村里创业，他觉得鱼梁是中国古代农耕文明撒落河源山水间的一粒文化星火，是人类顺应季节，利用河流的水流、地势、落差，掌握鱼类习性捕鱼的一种民间智慧，不能在自己这代人手上失传，应该把中断多年的鱼梁重新恢复起来。

肖锦奎决定自己花钱做鱼梁，半途村里跟自己同龄的肖草也加了进来，两人合资把鱼梁建了起来。

2011年肖锦奎当选村主任，又带着人对鱼梁做了一次大修。

老肖说："当时用料好，建得结实，现在还能用。以前鱼多，每年清明节前后至农历九月这段时间，旺季每天能捕捞上万斤，现在鱼少了，黄金时段也就一两千斤。"

2018年5月，肖屋村鱼梁被连平县列入第四批县级非物质文化遗产项目名录。2022年，肖屋鱼梁被列入广东省第八批省级非物质文化遗产代表性项目名录，肖锦奎被命名为连平县县级非物质文化遗产项目肖屋鱼梁捕鱼技艺代表性传承人。

在"肖屋鱼庄"外的露天茶桌上聊了三个多小时，暮色缓缓笼罩下来。

"现在许多人都不会做了，村里就我跟肖草两个人还会制作鱼梁。"肖锦奎望着平静的江水，又重复一次前边说过的话。

"关于我们人类，大地比万卷书教得更多 。"返回途中，望着车窗外静谧山川和穹空明亮的星子，法国作家、飞行员圣·埃克苏佩里的话，如一股清凉的风从我脑海里掠过。

肖锦奎的鱼梁会有新传人吗？记得木心先生曾说："对生命，对人类，过分的悲观，过分的乐观，都是不诚实的。"

在河源行走的这些日子，我看到了这大地上许多非遗项目，它们在广东省实施的"百千万工程"中，在河源市、县时不我待的非遗保护体系中，像一棵棵百年千年的老树，悄然绽放出新绿。一项项紧锣密鼓的传统文化保护举措，正在让这里的客家文化、红色文化、恐龙文化以及众多优秀传统文化，像这片大地上的青绿山水一样，成为粤东北山区独特的发展资源优势。它们在传统工艺振兴计划里，大胆探索"非遗+文创""非遗+民宿""非遗+基地""非遗+研学"融合发展模式，还有乡村工匠人才培养计划和非遗项目、非遗传承人抢救性保护机制，都会给这片土地注入勃勃生机与活力。

也许下次再来，与我面对面交流那些古老技艺的人，会悄然换成一张张新面孔。

2023年10月30日—11月8日